Kirsten Wulf

Sommer unseres Lebens

Roman

Kiepenheuer & Witsch

Verlag Kiepenheuer & Witsch, FSC® N001512

1. Auflage 2017

© 2017, Verlag Kiepenheuer & Witsch, Köln
Alle Rechte vorbehalten. Kein Teil des Werkes darf in
irgendeiner Form (durch Fotografie, Mikrofilm oder ein
anderes Verfahren) ohne schriftliche Genehmigung des Verlages
reproduziert oder unter Verwendung elektronischer Systeme
verarbeitet, vervielfältigt oder verbreitet werden.
Umschlaggestaltung: Barbara Thoben, Köln
Umschlagmotiv: © plainpicture/Mato/Meliza Myburgh/4Corners
Gesetzt aus der Baskerville
Satz: Buch-Werkstatt GmbH, Bad Aibling
Druck und Bindung: CPI books GmbH, Leck
ISBN 978-3-462-04889-6

Für Tani

Das Foto

Der Regenbogen im blaugrauen Himmel über dem Atlantik, drei junge Frauen am Strand, T-Shirts und Haare klatschnass, Arm in Arm, strahlende Gesichter. Sterne in den Augen.

»Einige fühlen den Regen, andere werden nur nass«, hatte Hanne frei nach Bob Marley erklärt und die Arme ausgebreitet. Claude und Miriam waren hineingeflogen, sie hatten die Köpfe zusammengesteckt und »klack«!

Damals, lange bevor »Selfies«, Smartphones und Facebook erfunden worden waren. Claude hatte ihre Kamera auf einem Fels am Strand drapiert, sich zu den Freundinnen gestellt und – »Achtung!« – den langen Drahtauslöser gedrückt. Der Horizont lag schief.

Es war der 15. August 1989 gewesen. Der Tag, den dieses Trio Infernale zu seinem gemeinsamen 25. Geburtstag erklärt hatte.

1

Die Haustür war krachend zugeflogen und Hanne wusste, dieses Mal würde es lange dauern, bis sich ihre Tochter wieder beruhigte. Sie trat auf den Balkon, sah Franziska über die Straße zum U-Bahnhof laufen, die Tasche über der Schulter, die Jacke noch offen. Sie verschwand im Eingang, ohne sich umzudrehen.

Hanne suchte hinter den leeren Blumentöpfen nach den Zigaretten, die Tim und Florian dort versteckten. Zumindest hielten die Söhne den Ort für ein Versteck, Hanne war so freundlich, den 16-jährigen Zwillingen nicht die Illusion zu rauben. Dafür genehmigte sie sich manchmal, aber wirklich nur in Ausnahmesituationen, eine heimliche Zigarette aus der Packung. Zum Beispiel, wenn sie sich mit Franzi gestritten hatte. Hörte das denn nie auf?

Seitdem ihre Tochter ausgezogen war, verstanden sie sich besser. Aber nach der heutigen Szene wagte Hanne keine Prognose, wie es weitergehen würde. Nur gut, dass die drei Brüder nicht zu Hause gewesen waren.

Hanne zündete sich eine Zigarette an und sank in die Hängematte. Begonnen hatte das ganze Desaster mit diesem Brief vom Anwalt. Ihr Exmann war zwar selbst Anwalt, aber wenn es um Geld ging, kommunizierte er mit ihr vorzugsweise über einen Kollegen aus seiner Kanzlei. Vermutlich verfasste Jens diese Pamphlete, und der Kollege setzte nur seine Unterschrift drunter. Feigling. Aber falls er mit seinen Drohungen tatsächlich Ernst machen sollte, konnte Hanne ihren Kram zusammenpacken und aus der großen Altbauwohnung ausziehen, in der sie ihre vier Kinder großgezogen hatte, und sich eine hübsche kleine Sozialwohnung suchen. Wohlgemerkt: Sie – Hanne – hatte die Kinder großgezogen. Jens hatte eines Tages nüchtern erklärt, er habe sich sein Leben anders vorgestellt, war in München in die Kanzlei des Vaters eingetreten und mit seiner Geliebten zusammengezogen. Ohne Kinder. Hanne war zum dritten Mal schwanger gewesen. Ungeplant, mit Zwillingen.

Dieses Drama lag nun 17 Jahre zurück. Hanne hatte überlebt und war Yogalehrerin geworden. Jens hatte nicht viel, aber immerhin regelmäßig Unterhalt gezahlt.

Bis zu diesem Brief. Hanne hatte ihn fassungslos gelesen, noch mal und noch mal, und kontrolliert, ob wirklich ihr Name in der Adresse stand. Nur langsam war der Inhalt in all seiner Konsequenz in ihr Bewusstsein gesunken: Jens wollte Geld. Viel Geld. Und das Schlimmste: Er hatte Franziska alles erzählt.

»Ich habe keinen Bock mehr auf dieses Getue: die heilige Alleinerziehende!«, hatte Franziska ihre Mutter angebrüllt. »Du verstehst immer alle und alles. Ich nicht.

Und dich verstehe ich sowieso überhaupt nicht mehr, du Schlampe!«

Dann knallte die Haustür.

Hanne hatte sich nicht gewehrt, nicht widersprochen und wäre am liebsten im Erdboden versunken. Einmal im Leben hatte sie Mist gebaut. Richtig ordentlich Mist gebaut. Kein Johanniskraut würde ihre Laune heben, kein Lavendel die Nerven beruhigen. Hanne steckte sich eine zweite Zigarette an.

Das Foto. Sie hatte es aufbewahrt. In der kleinen hölzernen Schatzkiste, in die sie manchmal Geld legte, das am Monatsende übrig geblieben war. Das war selten der Fall, aber trotzdem: In 25 Jahren hatte sich etwas angesammelt. Am Geld sollte das Versprechen des Trio Infernale nicht scheitern. Sie hatte es nicht vergessen und nie daran gezweifelt. Seit 25 Jahren freute sich Hanne auf ihren 50. Geburtstag.

Die zweite Zigarette ließ sie schwindeln. Aus dem Dunst tauchte eine Erkenntnis auf: Nach dem Streit mit Franzi *musste* sie nach Portugal.

Hanne schwang sich aus der Hängematte, drückte die Zigarette aus, leerte den Aschenbecher und wischte ihn aus. Dann ging sie in die Küche, brühte Pfefferminztee auf und holte die Schatzkiste aus dem Schlafzimmer. Sie nahm das Foto unter den Geldscheinen heraus, das sie alle drei nach dem Sommergewitter zeigte. Wo waren Claude und Miriam heute? In den ersten Jahren hatten sie sich noch Glückwünsche zum 15. August geschickt, dann hatte sich ihr Kontakt auf Postkartengrüße, Hochzeitskarten, Geburtsanzeigen der Kinder reduziert. Ein einziges Mal hatte sie Claude noch wiedergesehen.

In Hamburg, auf der Durchreise zum Ferienhaus an der Nordsee. Hanne war mit vier kleinen und halbwüchsigen Kindern in Claudes Café am Elbstrand geplatzt. Es war ein sonniger Samstagnachmittag gewesen, die Terrasse am Flussufer brechend voll. Claude hatte gerade einen Kellner zusammengestaucht, als Hanne sich vor sie hingestellt und die Arme ausgebreitet hatte. Claude hatte sie verdutzt angeschaut, sich an einem begeisterten »Hallooo!« versucht, aber viel mehr hatten sie sich nicht mehr zu sagen gehabt. Bei Hanne war vor allem der komische Name von Claudes Lokal hängen geblieben, »Duckdalben«. Die Bedeutung hatte sie später im Wörterbuch nachgeschlagen: »eingerammte Gruppe von Pfählen zum Festmachen von Schiffen im Hafen«. Claude hatte also tatsächlich angelegt.

Hanne schaltete den Computer ein. Suchanfrage bei Facebook nach Claude und Duckdalben. Gefunden: Café, Loungebar, Nachtclub am Elbstrand. Ein paar Klicks und das Foto des Trio Infernale war gepostet.

Es war Ende Mai, höchste Zeit. Sie hatten es einander versprochen.

2

»Re-gen-tanz!«, summte Claude, als sie das Foto auf Facebook erkannte. Sie musste es selbst noch in irgendeinem Karton haben.

»Verdammt lang her … es ist so weit: Sehen wir uns?« stand drunter. Mensch, Hanne! Claude wusste sofort, wie lang »verdammt lang her« war. Kein Zweifel, es war so weit. Allerdings, mitten im August nach Portugal fahren? Wenn im Hochsommer das Duckdalben – hoffentlich – brummte? Das konnte sich Claude nicht leisten.

Außerdem, was zum Teufel hatte sie mit den beiden noch zu tun? Gar nichts.

Also, »Gefällt mir«-Häkchen, kein Kommentar.

Wenige Tage später klingelte morgens um zehn der Postbote. Einschreiben. Schlaftrunken unterschrieb Claude und fiel noch einmal ins Bett.

Mittags schreckte sie hoch. Der Brief! Das Einschreiben mit dem offiziellen Absender. Sie kannte den Inhalt, ohne die Zeilen zu lesen. Wie hatte es nur so weit kommen können?

Sie warf die Decke zur Seite, sprang aus dem Bett

und lief die Treppe runter ins Wohnzimmer, scheuchte ihren Kater vom Sessel, nahm den Laptop vom Beistelltisch und öffnete ihren Facebook-Account. Das Foto, wo war das Foto? Claude scrollte die Seite hinunter, stoppte – da waren sie, das Trio Infernale. Claude überlegte einen Moment, dann schrieb sie einen Kommentar darunter.

»Klar sehen wir uns! Versprochen ist versprochen …!«
Jetzt fehlte nur noch Miriam.

Die Ex-Hardcore-Feministin. Claude hatte sie noch ein einziges Mal nach dem gemeinsamen Sommer gesehen. Eine peinliche Geschichte war das, damals vor zehn Jahren. Trotzdem rutschte Claude bei der Erinnerung ein Schurkenlachen raus.

Es war im September gewesen, nach wochenlangem Schönwetterstress. Das Duckdalben war in kurzer Zeit der Hamburger *place to be* geworden. Claude hatte das biedere Ausflugslokal ihrer Eltern am Elbstrand entrümpelt und die Räume samt Terrasse zu einer sonnigen Strandbar umgebaut, die abends zu einer Lounge wurde. Seitdem sie sich manchmal um Mitternacht eine Federboa über die Schulter warf, lasziv ans verstimmte Klavier lehnte und zu den Klimpereien ihres Barkeepers Chansons sang oder auch mal Hans Albers anstimmte, brummte der Laden. Die Nächte endeten fast immer im Morgengrauen und oft mit einem Spaziergang im Arm eines Liebhabers. An der Elbe entlang, die Werften und Hafenkräne am anderen Ufer noch eingehüllt im blauen Zwielicht des frühen Tages.

Das war Claudes Leben geworden und in regelmäßigen Abständen wurde es ihr zu viel.

Dann warf sie Klamotten in eine Tasche, stieg in ihr Auto und brauste los, ab durch den Elbtunnel. Flucht Richtung Süden. Weg, weg, weg. Von den überdrehten Nächten, betrunkenen Gästen und den – am Ende meist beleidigten – Liebhabern.

Nach spätestens einer Woche stand sie wieder summend hinter dem Tresen, mixte Cocktails, experimentierte mit Fingerfood – und legte sich in guten Nächten wieder die Federboa um. Eine Diva, warum nicht?

Nach jenem Sommer vor zehn Jahren war es wieder so weit gewesen – allein der Gedanke an einen weiteren Tag im Duckdalben hatte sich wie ein Grabstein auf Claudes Brust gepresst.

Elbtunnel, Richtung Süden. Bei Hannover folgte ihr Atem wieder einem normalen Rhythmus, bei Kassel begann sie zu überlegen, wohin sie eigentlich wollte.

Kurz zuvor hatte sie eine Postkarte von Miriam aus dem Briefkasten gezogen und in ihre Umhängetasche gestopft. Miriam war umgezogen, neue Adresse in Frankfurt. Sie hatte den Job gewechselt und machte ernsthaft Karriere, irgendwas mit Marktforschung. Warum also nicht Frankfurt? Claude hatte den CD-Spieler aufgedreht und hemmungslos geschmettert: »*Noooon, rien de rieeeen! Nooon, je ne regrette rien …*«

Miriam wuppte ihren neuen Job in der Marktforschung, zwei quirlige Kindergartenkinder, einen gutmütigen Mann und ebensolchen Hund im Einfamilienhaus mithilfe einer Putzfrau und eines Au-pairs, genauer: eines charmanten 18-Jährigen aus Seattle, der auf seiner Gitarre einige bemerkenswerte eigene Songs spielte.

Ein Junge als Au-pair – war das der real gelebte Feminismus, dessen streitbare Vertreterin Miriam gewesen war? Der blitzgescheiten Politikstudentin, die messerscharfe Analysen der Weltpolitik geliefert hatte?

Miriam war am ersten Abend mit Claude nach einem Glas Wein auf dem Sofa zusammengesackt und hatte die Freundin ins Gästezimmer komplimentiert. So früh hatte Claude schon lange nicht mehr auf der Bettkante gesessen.

Auch am nächsten Tag wollte die Urlaubsstimmung von früher nicht so recht aufkommen. Miriam hechtete durch ihren Alltag und Claude saß allein im Einfamilienhaus. Fast allein. Der Au-pair war auch noch da. Tja. Hätte sie die Gelegenheit ungenutzt lassen sollen?

Nach drei Tagen war Claude wieder fit fürs Duckdalben und verschwand so spontan, wie sie aufgetaucht war. Zurück Richtung Norden. Mit dem Au-pair auf dem Beifahrersitz. Einen derart coolen Aushilfskellner hatte sie noch gesucht. Doch bevor er seinen ersten Cocktail servieren konnte, klingelte das Telefon. Miriam. Eiskalt. »Sei so gut, schaff dir selbst Kinder und Au-pairs an, aber halte dich aus meinem Leben heraus. Ich habe schon genug Kinderkram zu erledigen«, zischte sie, »du setzt Steve in den nächsten Zug nach Frankfurt, ist das klar?«

Glasklar. Claude bezahlte einen Erste-Klasse-Fahrschein und verabschiedete den Amerikaner mit Kusshand am Bahnsteig.

Seither hatte Claude nichts mehr von Miriam gehört. Aber wenn der Alltag die feministische Revolutionärin nicht komplett kleingekriegt hatte, dann sollte auch sie sich an das Versprechen erinnern.

Claude grübelte vor ihrem Computer. Frau Dr. Miriam Ferber, in welchen sozialen Netzwerken treibst du dich herum? Natürlich, auf Facebook war die Karrierefrau nicht zu finden. Vermutlich präsentierte sie ihr kostbares Profil ausschließlich in professionellen Zusammenhängen, Xing, LinkedIn – Bingo! Claude loggte sich ein und schickte eine Verbindungsanfrage. Passte die Wirtin einer Hamburger Szenekneipe in das exklusiv sortierte Netzwerk ihrer alten Freundin? Vermutlich nicht. Trotzdem, Foto und Gruß: »Es ist so weit. Umarmung, Claude«.

Miriam akzeptierte die Hamburger Wirtin tatsächlich nicht in ihrem exklusiven Netzwerk, aber antwortete 24 Stunden später mit einer E-Mail, freundlich und professionell: »Schön, von Dir zu hören, hoffe, es geht Dir gut. Sehr herzlich, Miriam«.

Bitte? War sie etwa immer noch sauer?

Unter dem Text fand Claude die automatische Signatur – mit Telefonnummer. Sie zögerte nicht einen Moment.

Das Versprechen

Es war ihr Sommer gewesen. Gestrandet an diesem verlorenen Atlantikstrand im Süden Portugals, mit der Bar, die nur eine blau-weiß gestrichene Bretterbude im Sand war, ein paar lange Tische und Holzbänke davor. Gemächlich rollten die Wellen heran, bäumten sich auf und glitzerten türkis, für einen Moment nur, bevor sie sich überschlugen und auf den Sand krachten, die Luft mit Gischt erfüllten und lang ausliefen.

Das Sommergewitter hatte sich verzogen. Miriam, Hanne und Claude saßen zum letzten Mal vor der Bretterbude. Amalia, die fast zahnlose Fischersfrau und Wirtin, hängte Petroleumlampen über dem Tresen auf, auf dem Grill lagen kleine Fische, ihre Kinder tobten am Strand herum.

Es war der 15. August, Maria Himmelfahrt und Hannes 25. Geburtstag. »Unser Küken!«, hatte Claude sie genannt, dabei waren Miriam und Claude nur ein paar Tage und Wochen älter.

Die Sonne verschwand langsam hinter den orangerot leuchtenden Wolken. Es war ihr letzter Abend.

Miriam hob das kleine Cognacglas an, »Der 15. August«, verkündete sie, »sei in Zukunft unser gemeinsamer Geburtstag«.

Hanne und Claude applaudierten, »Wunderbare Idee!«

»Im Gedenken an diesen Sommer und unsere Freundschaft, die Freiheit und …«, Miriam zögerte einen Moment, aber dann fügte sie mutig hinzu, »die Lebenslust!«

»Jaaah«, seufzte Hanne, »und die Leidenschaft!«

Keine von ihnen wusste, was das Leben nach diesem portugiesischen Sommer mit ihnen vorhatte, und vielleicht verlangte Claude deshalb eine Art Versicherung, »Jungs schließen in solchen Momenten Blutsbrüderschaft. So etwas haben wir natürlich nicht nötig«, sie machte eine theatralische Pause, »aber ich schlage vor, wir legen einen Schwur ab. Wollt ihr mir nachsprechen: ›Was auch immer geschieht, zum Fünfzigsten sitzen wir wieder hier!‹«

»Ja!«, rief Hanne, und Miriam ergänzte, »zum halben Jahrhundert sind wir wieder hier! An unserem gemeinsamen Geburtstag. Genau hier, an diesem Strand, in dieser Bude.«

»Hoch und heilig!«

Sie legten ihre Hände übereinander. »Was auch immer geschieht, zum Fünfzigsten sitzen wir wieder hier!«

Das war ihr Versprechen. Hoch und heilig, nicht zu brechen.

»Und bis dahin«, schloss Claude pastoral, »lebet wild und gefährlich.«

Sie schauten einander in die Augen. Klar, das würden

sie tun. Das war ihr Lebensgefühl nach diesem Sommer am Rand Europas, wo vor Jahrhunderten Seefahrer aufgebrochen waren, um in unbekannten Meeren fremde Welten zu entdecken. Miriam, Claude und Hanne – sie würden sich was trauen im Leben.

Dann bestellten sie bei Amalia die nächste Runde Kaffee mit Cognac und drehten weitere Zigaretten, während die Wellen sich aufbäumten, glitzerten, zusammenkrachten und lang im Sand ausliefen.

3

Miriam hatte ihrem 50. Geburtstag gelassen entgegengesehen. Sie würde ihn hinter sich bringen. Kleines Fest, fifty – so what?, und weiter im Text des Lebens.

Doch dann tauchte eines Morgens beim E-Mail-Check eine dieser Verbindungsanfragen auf. Von einer Claudia Hollander, nie gehört, klick und weg – Moment, Claudia Hollander? War das etwa … Miriam öffnete die Nachricht mit Foto – und blickte in drei regennasse, glückliche Gesichter. Portugal! Der Atlantik, die Wellen, der Strand, der feuchte Sand unter den Füßen – der lange Sommer.

Es war so weit. Natürlich.

Leider absolut nicht machbar.

Miriam betrachtete ihren Kalender auf dem Computerbildschirm, die Stapel auf dem Schreibtisch – Entwürfe für Fragebogen, Anfragen, Pressemitteilungen, Einladungen. Sie lehnte sich in ihrem Bürostuhl zurück, schloss einen Moment die Augen.

Fünfzig! Das war Lichtjahre entfernt gewesen, ein schlechter Witz aus einem anderen Universum. Als ob das stinknormale Leben ausgerechnet uns drei nicht hätte erwischen können, dachte Miriam. Andererseits, sie hatten sich ihr Versprechen so ernst und ehrlich gegeben, dass sie vielleicht doch geahnt hatten, wie wenig abenteuerlustig man sich mit fünfzig fühlen konnte.

Tag für Tag traf Miriam am laufenden Band Entscheidungen – ja, nein, bitte nachhaken, zur Wiedervorlage. Gab klare Antworten, verteilte Aufgaben. Routiniert und souverän. Aber jetzt war sie überfordert: Was sollte sie Claude antworten? Ignorieren ging nicht, zusagen auch nicht. Also absagen. Nein. Was tun? Zeit gewinnen.

Das normale Leben war über Miriam direkt nach ihrem exzellenten Studienabschluss hereingebrochen. Praktikum in der Marktforschung, Jobangebot und los ging's. Sie hatte sich an an ein, zwei Stufen auf der Karriereleiter versucht – sie trugen bestens. Also weiter, Stufe um Stufe, die Aussicht von weiter oben war nicht schlecht, der Job wurde interessanter, vielseitiger und vor allem: angenehmer, je weniger Chefs ihr in die Projekte reinreden konnten. Als sie schwanger wurde, waren die Entscheidungen schnell getroffen: Hochzeit, Geburt und Robert blieb zwei Jahre zu Hause. Miriam verdiente damals schon irrsinnig gut, der junge Architekt konnte da nicht mithalten.

Robert war ein anwesender Vater und konnte auch mehr als nur Fischstäbchen in die Pfanne werfen. Zusammen waren sie ein prima Team, glücklich und ihre Kinder vermutlich gelungen. Derzeit war Florian zwar vollpubertierend und bis auf Weiteres in seinem Kapuzenpulli verschwunden und die 15-jährige Sofia schlenderte mit unerträglichem Desinteresse, aber picobello gezupften Augenbrauen und penibel lackierten Fingernägeln durch die Flure des Gymnasiums. Das würde sich alles geben, Robert hatte Vertrauen. Miriam war, zumindest mit ihrer Tochter, weniger gnädig und geduldig. Sie hätte nun wirklich etwas wilder und gefährlicher sein können.

Aber Miriam hatte alle und alles gebändigt, diszipliniert konzentriert, und so war aus einer feministischen Rebellin das Erfolgsmodell jeder Familienministerin geworden, die Vereinbarkeit von Beruf und Familie predigt.

Zwar hatte sie sich hin und wieder an ihr Versprechen erinnert, aber so, wie sich im Laufe der Jahre ihre Überzeugungen abgeschliffen hatten, so war der Wunsch nach einem Wiedersehen am Strand verblasst.

Bis zu dieser Nachricht am Morgen, diesem Windstoß, der ihr optimiertes Leben durcheinanderwirbelte. Was sollte sie Claude nur antworten?

Es ging ja nicht um ein Klassentreffen, bei dem man sich einen Abend lang bemühte, Kindernamen mit erwachsenen Gesichtern, grauen oder gar keinen Haaren und erstaunlich runden Bäuchen zusammenzubringen.

Es ging um eine Reise nach Portugal mit zwei Frauen, die sie vor 25 Jahren kennengelernt und zu denen sie keinen Kontakt mehr hatte. Mit denen sollte sie an einem gottverlassenen Atlantikstrand über ihr bisheriges Leben mit all seinen kleinen Betrügereien sinnieren? Weinselig ergründen, ob sie mit fünfzig nur die erste

Halbzeit hinter sich gebracht hatten oder schon in der Nachspielzeit waren?

Diese nostalgischen Spinnereien, Miriam hatte weder das Bedürfnis noch die Zeit dafür. Der Sommer war mit den Kindern natürlich längst durchgeplant, im August musste Miriam schon wieder im Büro sitzen.

Also gut, sie sollte Claude wenigstens antworten. Freundlich, unverbindlich. Und so tippte Miriam am späten Nachmittag hastig ihren Gruß an Claude. Vergaß in der Eile, ihre automatische Signatur mit der Telefonnummer zu löschen.

Keine Minute später klingelte das Telefon.

»Ciao Miri! Du hast dich also doch noch erinnert?«

Da war sie, diese vergnügte, etwas heisere Stimme, die Miriam schon damals umwerfend gefunden hatte.

»Claude, ich bitte dich, natürlich erinnere ich mich«, Miriam versuchte, sich zu fassen, »Wie geht es dir?«, aber sie fühlte, wie sie hilflos ruderte.

»Komm schon, Miri, du weißt, warum ich anrufe.«

Das war Claude, schnörkellos direkt. Damals war die Tramperin mit Rucksack und Gitarre auf eine wunderbare Weise extravagant gewesen. Hatte sie immer noch den jungenhaften Kurzhaarschnitt, mit dem sie aussah wie Jean Seberg in »Außer Atem«? Die mit Jean Paul Belmondo im Bett so irrsinnig lässig die Zigarette danach rauchte.

Vermutlich rauchte Claude immer noch. Zumindest klang ihre Stimme so, tiefer und rauer als damals.

»Ging schneller als gedacht, was? 25 Jahre ...«

Miriam gewann ihre Fassung wieder, sie sollte schleunigst klarmachen, dass es kein Wiedersehen in Portugal geben würde. »Ach Claude, damals haben wir uns eingebildet, alles wäre möglich. Was haben wir uns nur dabei gedacht? Woher soll ich die Zeit nehmen?«

»Gar nichts haben wir gedacht«, unterbrach Claude, »und das war gut so!«

Miriam hörte ein Räuspern, Claudes Stimme senkte sich, als sie sanft, aber sehr entschieden hinzufügte, »15. August, Miri!«.

Pause.

»Wir haben es uns versprochen!«

»Natürlich, aber ...«, sie rang nach Worten, »damals konnten wir uns nicht vorstellen, wie das Leben wird, mit Familie und Beruf, und alle wollen ständig was von mir ...«

»Nun entspann dich mal«, Claude schlug diesen Ton von damals an, und Miriam hörte sich selbst leise lachen. Wie damals, als Claude mit ihr auf der Düne gesessen und ihr zum Sonnenuntergang nicht nur gezeigt hatte, wie man einen erstklassigen Joint baut, sondern vor allem, wie man ihn cool durchzieht: tief einatmen und Rauch zwischen vollen Lippen verführerisch in Kringeln Richtung Horizont schicken.

»Relax«, sagte Claude am anderen Ende der Leitung und Miriam musste lachen, »Wie hieß der Kerl noch? Der mit den Tattoos und dem unmöglichen Irokesenschnitt?«

»Frääänkie?«, quäkte Claude so amerikanisch wie möglich, »benannt nach Frankie Goes to Hollywood.«

»O Gott, ja«, stöhnte Miriam und erinnerte sich, wie dieser Typ morgens auf der Düne gestanden und wie ein Feldmarschall von oben »Relaaaax!« gebrüllt hatte. Seine tätowierten Kumpel am Strand waren aufgesprungen, »Relax, Alter!«. Ein johlender Morgengruß statt Yoga.

»Man möchte nicht wirklich wissen, wo der gelandet ist«, sagte Miriam.

»In Hollywood vermutlich nicht«, antwortete Claude trocken.

»Und wie hieß der Typ mit dem Saxophon noch«, schob Miriam hinterher, »Sebastião? Hast du von dem noch mal was gehört?«

Warum fiel ihr dieser Name bloß wieder ein? Der mit den langen Wimpern und den meerblauen Augen.

»Keine Ahnung.«

Hanne hatte sie noch gewarnt: »Schlafzimmerblick, Mädels! Ganz billige Nummer!« – ausgerechnet Hanne, die liebe, süße Hanne.

Genug. Miriam riss sich zusammen. Sie sollte nicht tiefer graben, sondern das Telefongespräch beenden.

»Claude, ich muss Schluss machen. Also, tut mir wirklich leid, aber ich kann unmöglich im August weg«, sie hatte sich wieder im Griff. »Das kannst du dir vielleicht nicht vorstellen, aber … hast du inzwischen eigentlich Kinder?«

»Nein. Lenk nicht ab. Also, meine Liebe, wild und gefährlich, du erinnerst dich?«

»Natürlich. Schön wär's«, quälte sich Miriam.

»Zwei Wochen«, forderte Claude, »mindestens zehn Tage.«

»Du ahnst ja nicht, was hier los …«

»Hanne hat ihren Flug gebucht.«

»Oh«, entfuhr es Miriam. Sie war sprachlos.

»Tja …«, Claude klang triumphierend.

»Hanne, so entschlossen?«, wunderte sich Miriam.

»Nun, vielleicht hat das Leben sie etwas gelehrt?«, sagte Claude, »Miri, du hast keine Chance. Zehn Tage. Mindestens. Ohne dich werden wir nicht fünfzig. Wir …«

»… haben es uns versprochen«, beendete Miriam den Satz.

Regungslos blieb sie nach dem Gespräch hinter ihrem gläsernen Schreibtisch sitzen.

Das war tatsächlich Claude gewesen, Claude pur.

Es klopfte an der Bürotür, Miriam schüttelte sich, »Ja?«.

Svenja, ihre junge Sekretärin, schaute herein.

»Ich gehe jetzt.« Sie hatte bereits Laufhose und Schuhe angezogen, sie joggte immer nach Hause, sehr effizient.

»Alles in Ordnung?«, Svenja musterte sie.

»Klar, sicher. Warum?«

»Sie wirken etwas … irritiert?«

»Schon in Ordnung«, wiegelte Miriam ab, »Ist noch etwas?« Wie alt war Svenja eigentlich? Schon dreißig?

»Sie haben gleich einen Arzttermin …«

»Verdammt«, Miriam warf einen Blick auf die Uhr, »den hätte ich verpasst, danke. Ciao, schönen Abend.«

Miriam klappte den Laptop zu. Augenarzt, natürlich, dieser dunkle Fleck im linken Auge.

Robert wollte sich um das Abendessen kümmern, Miriam sollte sich entspannen.

Morgens um vier war sie hochgeschreckt. Herzrasen. Dieser Traum, schon wieder. War zu schnell einen Abhang hinuntergerannt, hatte Beine und Füße nicht mehr kontrollieren, nicht mehr anhalten können – und war schlagartig erwacht. Ihr linkes Bein summte und trat ins Leere.

Vielleicht hatte Robert recht, sie sollte einen Gang runterschalten.

Und vielleicht sollte sie sich später bei Hanne melden.

4

Berlin, Sommer 1989

Sogar für Hanne war Jens' unterirdisch schlechte Laune
schwer erträglich. Sie hatte die zweite Kanne Tee zum
Frühstück an diesem wolkenlosen Samstag gekocht. Jens
las die Tageszeitung, in der einen Hand das Nutella-
Brötchen, mit der anderen tastete er nach dem Teebecher.

»Ist noch heiß …«, sagte Hanne und schob ihm den
dampfenden Teebecher hin, legte ihm ihre Hand in den
Nacken und las über seine Schulter die Schlagzeilen.

Jens nippte, »Verdammt, ist der heiß!«, und knallte den
Becher zurück auf den Tisch. Hanne holte einen Lap-
pen.

»Hat deine Maus doch gesagt, Jensi-Boy!« Ihr Mitbewohner Paolo war in Unterhose, T-Shirt und Bade-
latschen in die Küche gekommen und grinste.

Jens schwieg. Es war noch zu früh für lange Sätze.

»Er hat bis zwei Uhr heute Morgen am Schreibtisch
gesessen«, verteidigte Hanne ihren Liebsten.

»Der Arme«, spottete der italienische Mitbewohner,

»aber solange du ihm noch den Nacken kraulst …«, er nahm zwei Becher aus dem Regal und goss Tee ein, »Was wäre unser zukünftiger Staranwalt nur ohne dich?«

Jens muffelte irgendetwas Unfreundliches, schob den Rest seines Brötchens in den Mund, blätterte in der Zeitung und vertiefte sich in die Seite mit den Auslandsnachrichten.

Hanne seufzte. Sie hatte gerade ihren letzten Arbeitstag im Kindergarten hinter sich und vor ihr lag ein langer Sommer ohne Pläne, aber mit Arbeitslosengeld, und im Herbst das erste Semester Sozialpädagogik. Jens hingegen bereitete sich auf das Juraexamen vor. Aber Hanne gedachte ihn aufzuheitern und bei Bedarf für Ablenkungen zu sorgen.

»Hör mal, Hase«, begann Hanne, »wir könnten doch am Wochenende zu …«

»Hanni«, fuhr Jens auf, »nicht schon wieder! Ich kann gerade gar nichts, und schon gar nicht am Wochenende irgendwo hinfahren. Wenn du das machen willst, viel Spaß, bitte sehr, aber ohne mich, tut mir leid.«

Hanne legte ihm die Hand auf die Schulter, »Du musst mal raus, den Kopf durchlüften«.

»Danke, Hanni«, knirschte Jens, »ich sage Bescheid, okay?«, er schüttelte ihre Hand von seiner Schulter, »Wenn du Fernweh hast, bitte, da ist Paolo, der wollte nach Italien!«

»Sorry, hat sich erledigt!«, Paolo hob die Hände, »Ich lass euch Turteltäubchen allein. Morgen bin ich weg, ich habe eine Mitfahrgelegenheit gefunden, auf dem

Motorrad mit …« Er grinste, es war das Stichwort für den Auftritt eines verschlafenen Lockenkopfes in der Küchentür, in einem zu großen T-Shirt von Paolo.

»Katharina!«, beendete Paolo seinen Satz und legte der kleinen barfüßigen Frau den Arm um die Schultern. »Nach Italien, nicht wahr, amore? Möchtest du Tee?«

Hanne betrachtete Katharina, das war also die »Mfg gegen Bkb« nach Italien, die Paolo aus den Kleinanzeigen am letzten Wochenende gefischt hatte. Mitfahrgelegenheit gegen Benzinkostenbeteiligung, sperrige Worte für einen einfachen Deal, zu lang und zu teuer für eine Kleinanzeige.

»Du? Bei ihr auf dem Motorrad?«, Jens blickte hoch und scannte den Lockenkopf bis zu den lackierten Fußnägeln.

»Sie hatte eigentlich eine Frau gesucht, aber dann kam eben Paolo und nicht Paula zum Treffen, haha! Kleines Missverständnis …«

Der Lockenkopf lächelte, nahm einen Teebecher und verschwand.

»Mal ehrlich, Hanne«, Paolo nahm die Zeitung vom Tisch, »willst du dir wirklich den ganzen Sommer verderben lassen? Schau mal, hier gibt es doch bestimmt …«, Paolo blätterte auf die Seite mit den Kleinzeigen, »auch für dich eine charmante Mitfahrgelegenheit.«

Hanne stand in der Küche und betrachtete die beiden. Jens hatte eine schlechte Phase, sicher, aber sie liebte ihn trotzdem und gemeinsam …

»Hier, wie wäre es mit Portugal, Hanne?«, feixte Paolo,

»maximale Entfernung zu diesem Stinkstiefel hier. Nur in Lappland wärst du sicherer, ist aber nicht so sonnig.«

Jens boxte Paolo mit dem Ellenbogen in die Seite, »Es reicht. Schönen Urlaub, Paolo!« Er stand auf und schlurfte den Flur hinunter, Richtung Schreibtisch.

»Jensi-Boy, entspann dich mal«, rief ihm Paolo hinterher, zwinkerte Hanne zu und verzog sich seinerseits in Richtung seiner lockigen Mitfahrgelegenheit.

Hanne schaute dem gut gelaunten Gigolo hinterher, sie würde später Details über die neue Prinzessin erfahren. Wie üblich. Sie war Paolos Vertraute, seitdem sie in die WG eingezogen war.

Sie hatte Jens beim David-Bowie-Konzert am Brandenburger Tor kennengelernt, in dem historischen Moment, als »Heroes« von der Bühne dröhnte und die Fans im Osten hinter der Mauer mitjohlten. Doch davon hatte Hanne nichts mehr mitbekommen, denn neben ihr stand dieser Typ, Hände in den Hosentaschen, der Einzige, der kein Feuerzeug, keine Wunderkerze schwenkte. Ihre Blicke trafen sich im Schein der vielen kleinen Lichter – und ließen sich nicht wieder los. Hanne verbrannte sich den Daumen an ihrem Feuerzeug, ein Lächeln flog über sein Gesicht, sie hatte ihn tatsächlich aus der Reserve gelockt. »We can be heroes!« – das war's. Hanne wurde immer noch schwindelig, wenn sie sich daran erinnerte.

Jens hatte das größere WG-Zimmer mit dem größeren Bett zu bieten, fortan wechselte Hanne in ihrer WG nur noch die Klamotten.

Paolo fand die exklusive Zweisamkeit der beiden okay, solange Jens weiterhin mit ihm zum Basketball ging. Sabine, die damalige dritte Mitbewohnerin, packte nach krisengeschüttelten WG-Gesprächen ihre Kisten und zog aus. Hanne blieb und schickte Jens zum Basketball, kochte derweil für die Jungs und guckte ungestört von blöden Kommentaren »Schwarzwaldklinik«.

Hanne schwebte verliebt durch die Tage, bändigte im Kindergarten mit Engelsgeduld einen Sack Flöhe – je bunter das Leben, desto lustiger.

Dann flog Jens durch das erste Staatsexamen.

Nicht knapp, sondern volle Kanne. Sein Vater, selbst Anwalt, drohte, die monatlichen Zahlungen einzustellen. Sein Sohn könne mietfrei und vermutlich konzentrierter im Elternhaus in München lernen. Dem Vater war offensichtlich der Zusammenhang zwischen Hannes sonniger Präsenz im Leben seines Sohnes und den finsteren Resultaten des Studiums aufgefallen.

Hanne räumte das Frühstücksgeschirr in die Spülmaschine, legte die Tageszeitung auf das Fensterbrett und wischte den Tisch ab. Gemeinsam würden Jens und sie diese Krise meistern – eine Herausforderung für ihre Liebe. So konnte man das ja auch mal sehen.

Hanne nahm die Zeitung und setzte sich an den Tisch.

Nur ein kurzer Blick, sie blätterte hastig – da waren sie, Kleinanzeigen, Reise, »Mfg gegen Bkb für Frau, Berlin–Portugal ...«

Portugal! Allein das Wort elektrisierte Hanne.

»... hin Mi 12.7., zurück nach Absprache, Miriam«.

Tat sie Jens nicht vielleicht sogar einen Gefallen, wenn er in Ruhe lernen konnte? Mittwoch war in vier Tagen. Hanne atmete tief durch und ging zum Telefon.

Vier Tage später fuhr sie mit Miriam schweigend durch die DDR gen Westen, begleitet vom rhythmischen Be-dumm-bedumm-bedumm-bedumm, dem Sound der Plattenautobahn. Im Schleier des Nieselregens verloren sich Wiesen und Felder. Hanne verfolgte die Linien, die Regentropfen über das schmale Schiebefenster der Beifahrertür zogen. Was für eine bekloppte Idee. Im R4 quer durch Europa, mit dieser Miriam, die offensichtlich auch nicht besser gelaunt war als Jens. In den ersten beiden Stunden hatten sie kaum miteinander geredet: Benzinkosten? Abwechselnd die Tankfüllungen zahlen. Führerschein? Hatte Hanne. Könnte sie Miriam auch am Steuer ablösen? Klar, kein Problem. Isomatte, Schlafsack dabei? Nein, wieso das denn? Macht nichts, kann ich dir leihen. Übernachten im Zelt, in Ordnung? Klar, kein Problem. Schweigen.

Nach einer Weile versuchte sich Hanne an einem Gespräch.

»Und, was machst du so?«

»Studiere. Politik und Soziologie.«

»In Berlin?«

»Nee, Köln …«

»In Berlin hast du Freunde?«

Schweigen.

»Scheißthema.«

»Ah. Verstehe.«

Schweigen.

Hanne verfolgte wieder Regentropfen. Sie dachte an Jens. Linste zu Miriam. Sie sieht klasse aus, dachte Hanne, sehr hübsch. Groß, die dunklen Haare energisch hinters Ohr geklemmt. Herbe Gesichtszüge. Wenn nur diese Zornesfalte nicht wäre. Wütend sah sie aus. Und traurig. Kinder plärren einfach los, dachte Hanne, Erwachsene halten die Luft an und Miriam schien eine erstklassige Luftanhalterin zu sein.

Sie wirkte so entschieden, das gefiel und verunsicherte Hanne. Sie selbst ließ die Dinge meist geschehen, ihr Leben passierte einfach. Deshalb saß sie ja auch in diesem Auto. Eigentlich hatte sie überhaupt keine Ahnung, was sie in Portugal wollte. Es war das Wort »Portugal« gewesen, das Bilder in ihrem Kopf entstehen und sie einen Moment lang Jens' Elend vergessen lassen hatte.

Die Frau am Telefon hatte nett geklungen. Miriam war nicht da gewesen, aber ja, der Platz im Auto sei noch frei.

Als Miriam zurückrief, war Hanne nicht zu Hause. »Mittwochmorgen, neun Uhr, ich hole sie ab«, diktierte sie dem verdatterten Jens und fragte nach der Adresse.

Hanne hätte sich am liebsten aufgelöst, als Jens ihr wortlos den Zettel mit der Notiz gereicht hatte, aber statt einer Szene hatte Jens nur gemurmelt »finde ich ja irgendwie …«, mit den Achseln gezuckt und war zum Schreibtisch geschlichen.

Sonntag. Montag. Dienstag. Mehr hatte er zu ihrer

spontanen Portugalreise nicht zu sagen gehabt. Kein »Das finde ich blöd …« oder vielleicht »Ich vermisse dich jetzt schon …« oder gar »Bleib!«. Im Gegenteil.

Nach einer schlaflosen Nacht hatte Hanne am Morgen der Abfahrt entschieden, »Hase, ich fahre nicht! Ich lasse dich nicht allein.«

»Schon okay. Ich komm klar, Hanni«, das war's. Fand er diese Mfg gegen Bkb mit ungewisser Rückfahrt etwa in Ordnung?

Inzwischen war sie hundemüde und wäre am liebsten an der nächsten Raststätte ausgestiegen. Zurück nach Berlin. Ins Bett, zu Jens. Aber so einfach konnte sie auf einer DDR-Autobahn nicht die Seiten wechseln. Vorwärts immer, rückwärts nimmer, oder wie hieß das noch?

Aber dann begann Miriam, mit der rechten Hand in dem Karton zu Hannes Füßen zu kramen. »Lass, ich mach schon«, sagte Hanne, »was suchst du?«

Miriam blickte kurz nach unten, »geht schon, warte …«, zog eine Kassette heraus, murmelte »wusste doch, dass sie noch dadrin ist …« und schob sie mit dem Anflug eines Lächelns in den Rekorder.

»Eine für dich …«, sie drehte die Lautstärke auf und Ina Deter röhrte:

»Ich sprüh's an jede Häuserwand,

ich such den schönsten Mann im Land.

Ein Zettel an das Schwarze Brett

er muss nett sein auch im Bett.«

»Das habe ich ja ewig nicht gehört«, Hannes Laune

hellte sich auf, »Hast du damals ihren Auftritt in der Hitparade gesehen?«

»Ina Deter? Bei Dieter Thomas Heck?«, empörte sich Miriam, »Unmöglich! Die war doch nicht bei diesem Schlagerfuzzi!«

»Doch, doch«, sagte Hanne, »Ich weiß noch, dass mein Vater gesagt hat, die habe das doch gar nicht nötig, so proper, wie sie aussieht.«

»Typisch«, schnaubte Miriam, »Aber egal, ist ohnehin nicht mehr mein Thema.«

»Was?«

»Männer. Neu oder alt – aus, vorbei. Aber du, du siehst so aus …«

»Ich? Ich brauche keinen Neuen. Seitdem ich mit Jens zusammen bin, brauche ich keinen anderen.«

»Sicher?«, Miriam warf ihr einen skeptischen Blick zu.

Im Regenschleier tauchten die Absperranlagen der DDR-Grenze auf. »Neue Männer braucht das Land!«, sang Miriam leise den letzten Refrain mit und schaltete den Rekorder aus, als sie abbremsten. »Wir wollen diesen Männern besser nicht die Laune verderben.«

Sie reihten sich in die Autoschlange ein. Miriam schob das Fenster auf und gab einem Grenzsoldaten ihre Pässe und die Fahrzeugpapiere, er reichte sie zur Kontrolle weiter, winkte sie aus der Schlange auf einen Parkplatz. »War ja klar«, stöhnte Miriam.

»Wieso nicht mehr dein Thema?«, fragte Hanne.

»Was?«

»Männer, du hast gesagt …«

»Na Männer eben«, raunzte Miriam, »oder vielleicht doch wieder, egal, wir fahren jetzt erst mal nach Portugal, fertig.«

Grenzsoldaten schlenderten um den alten Renault. »Immer dieser Affentanz …«, Miriam schaute nervös aus dem Fenster. Sie schwiegen. Hanne wusste, sie musste es jetzt sagen, sonst wäre es zu spät. Sie atmete schwer.

»Hör mal, ich fahr nicht mit nach Portugal. Ich steige im Westen aus, lass mich an irgendeinem Bahnhof raus und ich fahre nach Berlin zurück.«

»Bitte was?«, Miriam guckte sie fassungslos an. »Ich weiß überhaupt nicht, was ich in Portugal soll. Das war ein spontaner Entschluss, ohne nachzudenken, und jetzt … das ist nicht in Ordnung«, stocherte Hanne herum, »Mein Freund sitzt allein in Berlin, büffelt für sein Examen und wenn er durchfällt, kann er sein Studium stecken, all die Jahre …«

»Herr im Himmel, wo lebe ich eigentlich?«, Miriam warf verzweifelt die Hände hoch, »Frauen …«, stöhnte sie verzweifelt.

Hanne schluckte. »Verstehst du, Jens ist in der Krise und ich hau ab, während er mich braucht …«

»Er braucht dich nicht«, sagte Miriam trocken.

»Woher willst du das wissen?«

»Er hat dich ins Auto geschoben.«

»Hat er nicht …«

»Hat er doch. Ich habe Augen im Kopf.«

Hanne schwieg beleidigt.

Miriam hatte recht.

Hanne spürte noch den Druck seiner warmen Hand. Sie hatte einen Moment gezögert, ins Auto einzusteigen. Er hatte sie hineingeschoben.

Ein Beamter neigte sich zum Fenster herunter. »Öffnen Sie den Kofferraum.«

Miriam stieg aus, zog die Klappe hoch, die Grenzer räumten aus. Miriams Tasche, Hannes Rucksack, Zelt, zwei Isomatten, zwei Schlafsäcke, eine Kiste mit Campingkram und eine mit Büchern – kein Platz mehr für einen Flüchtling der Republik. Sie bekamen ihre Pässe zurück und rollten weiter zu den Grenzern der BRD.

»Warst du schon mal in Portugal?«

Miriam nickte. Die Zornesfalte tauchte wieder auf.

»Scheißthema?«, fragte Hanne.

Miriam starrte durch die Windschutzscheibe.

»Und was willst du dort machen?«, wagte sich Hanne vor, »Urlaub?«

Miriam schüttelte den Kopf. »Nelkenrevolution 1974, Agrarrevolution 1975 und die revolutionäre Rolle der Frauen – Recherche für eine Semesterarbeit.«

Hanne hatte keine Ahnung, wovon Miriam redete, brauchte aber nicht nachzufragen, Miriam hatte eine Vorlesung parat. »1974 beendete das portugiesische Militär unblutig über 40 Jahre Diktatur und koloniale Herrschaft«, dozierte die Studentin der politischen Wissenschaften, »Das Volk tanzte auf den Straßen, steckte den Soldaten Nelken in die Gewehrläufe, das Regime fiel zusammen wie ein Kartenhaus.« Miriam zeigte mit dem Daumen hinter sich auf die Befestigungen der DDR-Grenze, »*Das* war ein Volksheer, von so einer Revolution würden diese Männer da drüben Albträume kriegen.«

Sie passierten schweigend den Grenzübergang in die BRD, Pässe raus, Pässe zurück, der Kofferraum blieb geschlossen. Miriam setzte ihr Referat fort, »Ein Jahr nach der Revolution der Nelken begann die tatsächliche Revolution: Bauern und Tagelöhner besetzten die gigantischen Latifundien im Süden und gründeten Kooperativen. Eine traumhaft revolutionäre Geschichte, aber natürlich: Bis heute wird sie erzählt, als ob Frauen nicht dabei gewesen wären, als ob Frauen nicht die Hälfte des Himmels gehören würde.«

»Klar«, sagte Hanne, »und das willst du nachholen?«

Miriam nickte zögernd, »Ich will erst mal Interviews mit Bäuerinnen machen und verstehen, was aus den Kooperativen fast 15 Jahre später geworden ist. Ein sozialistisches Portugal wäre natürlich nicht im Interesse des globalen Kapitals …«

»Du sprichst Portugiesisch?«, unterbrach Hanne.

»Ähm, Portugiesisch? Nein.«

»Wie willst du mit den Bäuerinnen reden?«

»Wird schon irgendjemand Englisch sprechen.«

»Portugiesische Bäuerinnen sprechen Englisch?«

»Nein, natürlich nicht«, fuhr Miriam auf, »Man muss halt improvisieren, mit Händen und Füßen, diese ganze Reise – ach, verdammt!« Miriam schlug mit dem Handballen auf das Steuerrad, »Ich bringe dich zum nächsten Bahnhof und fahre nach Köln, Sommer am Rhein, Urlaub auf Balkonien. Mir wird schon ein anderes Thema für die Semesterarbeit einfallen. Sowieso besser so.«

»Spinnst du?«, Hanne glaubte es nicht. Eben blitzten noch Feuer und Flamme für Revolutionen und Bäuerinnen in Miriams Augen und jetzt wollte sie auf ihrem Kölner Balkon Tomaten pflanzen?

»Ich ziehe das Ende mit Schrecken diesem Eiertanz vor«, grummelte Miriam und wischte sich mit dem Handrücken eilig eine Träne von der Wange. »War alles anders geplant gewesen. Eigentlich hätte Sonja auf deinem Platz sitzen sollen. Die Frau, mit der du telefoniert hast, Schlafsack und Isomatte sind ja noch hintendrin. Wir haben uns vergangenen Sommer in Portugal auf einer Frauenreise kennengelernt. Sie war Reiseleiterin, sehr smart. Und sie spricht etwas Portugiesisch und wollte mir helfen.«

»Also, dann, ihr wart ein Paar?«, fragte Hanne leise.

»Waren wir eben nicht«, fuhr Miriam auf, »Ich war ihre Affäre! Ihre heimliche Geliebte! Wie jede scheißnormale Heteronummer. Wer sich nach sechs Wochen nicht getrennt hat, trennt sich nie, hat mir eine Freundin am Anfang gesagt. Dann wartest du dein Leben lang. Das gilt für Männer wie für Frauen.«

Miriam wischte sich links und rechts Tränen aus dem Gesicht, schnäuzte sich, »Und weißt du, was das dickste Ding ist? *Sie* hat die Kleinanzeige aufgegeben, sie! Wollte angeblich für *uns* eine Mitfahrerin organisieren, wegen der Kosten. Tatsächlich hat sie nur dafür gesorgt, dass ich auch ohne sie fahre. Heute Morgen hat sie sich verabschiedet. Ihre Freundin hätte angeblich alles über uns rausgekriegt und einen Nervenzusammenbruch hingelegt, sodass Sonja begriffen hat, wo sie hingehört. Bei mir könne man ja auch nie wissen, von wegen vielleicht doch hetero, bla, bla, bla ... Nun ist Sonja wieder bei ihrer Trulla und feiert Verschwesterung oder was auch immer.«

Miriam fuhr auf einen Parkplatz und sprang aus dem Auto. Sie lehnte sich an den Kotflügel und blieb mit verschränkten Armen im Nieselregen stehen. Hanne öffnete die Tür, stieg aus und rief über das Dach, »Und weil Sonja dir freundlicherweise eine Mitfahrerin ins Auto gesetzt hatte, konntest du nicht einfach absagen?«.

Miriam nickte.

»Jetzt fährst du *meinetwegen* nach Portugal?«, Hanne musste lachen. Sie ging um den Wagen herum, rüttelte Miriam an der Schulter. »Echt? Meinetwegen?«

»Na ja, auch wegen der Bäuerinnen«, Miriam lächelte unter ihren Tränen.

»Also dann«, begann Hanne vorsichtig, »Ich spreche ein wenig Französisch. Vielleicht hilft das? Ich könnte dich begleiten.«

»Sicher?«

»Klar. Kein Problem.«

Claudes Gitarre und Rucksack lehnten am blauen Autobahnschild. Sie hielt den Daumen in den Hamburger Nieselregen und fragte sich, welche barmherzige Verirrung sie auf die Idee gebracht hatte, Krankenschwester zu werden. Sie, die singen wollte, vielleicht auch schauspielern, fotografieren, so etwas, aber doch bitte nicht im Schichtdienst Nachttöpfe leeren, Schnabeltassen reichen und all das Blut immer – Grundgütiger! Ihre besten Einsätze waren noch die Spät- und Nachtschichten gewesen. Von ihr hatten die Patienten zur Nachtruhe nicht nur bunte Becher mit allerlei Tabletten bekommen, sondern auf Wunsch auch – und zwar mit beachtlichem Erfolg – Schlaflieder: lieber was Romantisches, wie »Fever« von Elvis Presley, oder wehmütig wie Ella Fitzgerald, »Summertime – and the living is eee-easy ...«? Das war immer gut angekommen und hatte oft auch ihre eigene Laune gerettet. Das Beste an diesem Job war noch gewesen, dass er sie vor familiären Einsätzen als Kellnerin in Schwarz-Weiß im piefigen Lokal ihrer Eltern am Elbstrand bewahrt hatte. Schicht war Schicht und danach musste sie ausschlafen, da gab es nichts zu diskutieren.

Doch nachdem Claude mal wieder beim Blutzapfen ohnmächtig zusammengesackt war, erwachte sie auf der Liege im Schwesternzimmer mit einer glasklaren Entscheidung: Schluss damit. Das war nicht ihr Leben. Sie wollte singen. Und zwar nicht im Krankenhaus.

Deshalb stand Claude mit Rucksack und Gitarre an der Autobahnauffahrt, grobe Richtung Südfrankreich, Straßenmusikantin an der Côte d'Azur und vielleicht rüber nach Italia tingeln? Nach zehn Minuten hielt ein Typ im VW Polo – Osnabrück? Claude war weg.

Einmal auf der Autobahn, lief alles wie am Schnür-
chen. Von einer Raststätte zur nächsten, und am Abend
fand Claude kurz vor Paris noch einen Fernfahrer.
Schlief ein paar Stunden in seiner Koje, während er
durch die Nacht fuhr. Er weckte sie auf einem Rasthof
vor Tours. Sein schiefes Grinsen und die Hand zwischen
ihren Knien machten ihr klar, dass diese Mitfahrgelegenheit hier besser ihr Ende hatte.

»Okay, okay, lass mich in Ruhe. Ich komme schon
weiter«, murmelte sie und stolperte hastig mit Rucksack
und Gitarre aus dem Führerhaus auf den Parkplatz.

Sie öffnete die Tür zum Laden der Tankstelle, einige Fernfahrer tranken ihren ersten Kaffee an Stehti-
schen und drehten sich zu ihr um. Stille. Saloon, dachte
Claude, Wilder Westen, mir fehlt nur der Colt. Sie ging
zum Tresen, bestellte Café au Lait und ein Sandwich,
nahm noch eine Flasche Wasser, Nussschokolade und
eine Landkarte von Frankreich. Sie spürte die Blicke im
Nacken, zahlte und ging nach draußen, quer über den
Parkplatz, zu den Picknicktischen.

Sie breitete die Landkarte auf dem Tisch vor sich aus.
Tours, Tours – Mist, sie war zu weit im Westen gelandet. Für die Côte d'Azur und vielleicht Italien brauchte
sie einen Lift Richtung Clermont-Ferrand. Nicht Bor-
deaux, nicht Atlantik, auf gar keinen Fall Spanien. Sie aß
ihr Sandwich und ein Stück Schokolade, dann begann
sie, sich bei den Autofahrern durchzufragen.

Am späten Nachmittag fühlte sich gar nichts mehr
abenteuerlich an. Sommerferien, fast nur Familien un-

terwegs, alle Autos voll besetzt. Claude war hängen geblieben. Atlantik oder Mittelmeer war ihr inzwischen
wurscht, sie wollte nur noch weg von dieser verdammten Autobahnraststätte.

Sie setzte sich wieder an einen Picknicktisch, vertiefte sich in die Landkarte, auf der sie inzwischen jedes Dorf kannte. Ihr fielen die Augen zu, sie ließ den
Kopf auf die Tischplatte sinken. *Dumm dadada daa dada
da da* wummerte es leise – Reggae. Claude schaute
hoch. Ein grüner R4 mit Kölner Kennzeichen rollte
auf sie zu und parkte genau vor ihrem Picknicktisch.
Sie setzte sich auf. Bob Marley tönte aus den geöff-
neten Fenstern – ausgerechnet. Claude holte tief Luft.
Reggaerhythmen, meist gepaart mit seligem Dauer-
lächeln, lösten bei Claude leichte Aggressionen aus. Die
Beifahrerin hatte ein rundes Glückskeksgesicht, lange
blonde Haare, der Arm hing aus dem Fenster, schlenkerte im Takt der Musik. Die Fahrerin wirkte weniger
beseelt.

Claude hatte keine Wahl: Dort parkte die Rettung.
»Let's get together and feel all right«, brummte sie und
raffte sich zu einem Lächeln auf.

»Hi! Nehmt ihr mich mit?« Während Claude wie
ein Mantra ›Positive vibration, yeah!‹ murmelte, hörte
sie die Blondine sagen: »Klar, kein Problem …«. Die
Frage Atlantik oder Mittelmeer würde Claude später
klären.

Die andere schaute sie kurz an, nickte und sagte, »Wir
fahren nach Portugal. Okay?«

Portugal? Ja, warum eigentlich nicht Portugal?, Claude war bereit, überall hinzufahren, Hauptsache weg. Sie schob Rucksack und Gitarre auf die Rückbank und wartete in der Sonne, bis die beiden Frauen mit Kaffeebechern und Sandwiches aus der Raststätte zurückkamen.

Bob Marley hatte fortan nicht mehr viel zu singen, Claude warf ihre drei Mixtapes nach vorn und schmachtete mit Edith Piaf, »Nooon, rien de rieeen ... noooo, je ne regrette rieeeen«. Hanne stimmte ein und sogar Miriam brummte nach einer Weile mit und – hatte Claude das richtig gesehen? – wischte sich eine Träne aus dem Auge. »Hey, was ist los?« Und so erfuhr auch Claude von der verflossenen Frauenliebe.

Sie fuhren auf Landstraßen durch das zerklüftete Bergland Nordspaniens, diskutierten über Miriams Thesen zur strukturellen Benachteiligung von Frauen in der Gesellschaft und alltäglichen Diskriminierung. Claude provozierte mit kleinen Scharmützeln von der Rückbank – wollte Miriam etwa auf Männer verzichten?

»Ich ziehe es vor, dem Feind direkt in die Augen zu schauen«, raunte Claude und sang leise, »The world will always welcome lovers, as time goes by.«

Miriam drehte sich zu ihr um, mit dem Blick einer Lehrerin, die verzweifelt Schülern das kleine Einmaleins erklärt.

»Aber nichts gegen deine Bäuerinnen-Befragung«, besänftigte Claude, »bestimmt interessant, was die dazu so zu sagen haben. Also, echt, ohne Ironie.«

»Wichtige Sache, finde ich auch«, stimmte Hanne zu und nickte ein bisschen zu eifrig.

»Interessiert euch das überhaupt?«, fragte Miriam nach einer Pause.

»Ehrlich?«, gluckste Claude und sah von hinten im Rückspiegel ein breites Grinsen in Hannes Gesicht.

»Okay, okay, ich halt die Klappe!«, gab sich Miriam geschlagen.

»Neiiin!«, tröstete Hanne. »So war das doch nicht …«

»Doch, doch, so war das gemeint!«, rief Claude von hinten. Hanne prustete los und dann lachte tatsächlich auch Miriam. Damit hatte sich, bevor sie überhaupt in Portugal angekommen waren, das Projekt »revolutionäre Bäuerinnen« erledigt.

Sie zogen durch die Weite der spanischen Estremadura. Ein Motorradpolizist der Guardia Civil raste an ihnen vorbei, winkte mit der Kelle.

»Buenas tardes«, grüßte der Offizier und stellte einen Strafzettel aus. Das Nummernschild des R4. Nicht mehr lesbar. Sofort zahlen. Miriam stieg aus, wischte den Staub ab, nichts zu machen. Er hielt die Hand auf: die Schlüssel. Sie kratzten ihre letzten Peseten zusammen.

Buenas noches, España. Nachts lagen sie nebeneinander auf einer Wiese am Straßenrand, guckten Sternschnuppen, und weil allen doch ein bisschen unheimlich dabei war, sang Claude zu selbst gedrehten Zigaretten und billigem Rotwein die beliebtesten Gutenachtlieder aus dem Krankenhaus.

Als sie Lissabon erreichten, saß Claude am Steuer.

Weder Hanne noch Miriam kamen auf die Idee, sie nach ihren Plänen zu fragen. Keine von ihnen mochte sich trennen.

Meco Beach

Sie fuhren durch die staubige Hitze des Sommers. Weizenfelder begrenzten den Horizont. Weiße Gehöfte duckten sich unter der Hitze.

Einmal kam ihnen ein Haufen singender Bauern auf der Landstraße entgegen, mit Eselskarren und Trommeln. Sangen sie tatsächlich das Lied der Revolution?

Im letzten Licht des Tages leuchtete die Erde glutrot. Sie fuhren in den Süden des Südens, bis ans Ende Europas. Schauten von den schroff abbrechenden Klippen über den Atlantik und stellten sich vor, wie einst die Seefahrer in neue Welten aufzubrechen.

Weiter ging's die Westküste entlang Richtung Norden, von einem Strand zum nächsten, einsam und maßlos weit.

Schließlich erreichten sie eines Abends Meco Beach. Sie setzten ihr Zelt an den Rand des ausgetrockneten Flusses, wo das Raunen des Meeres sie in den Schlaf wiegte und der Schatten der Dünen sie am Morgen vor der ersten Sonne behütete.

Sie waren angekommen. Bei Amalia, ihrem knurrigen Fischer João und den Kindern, dem kleinen Mädchen und seinen drei Brüdern, die sich ständig im Sand balgten. Bei den Freaks aus Nordeuropa, die der Sonne hinterhergereist waren, und den Portugiesen aus Lissabon, die am Lagerfeuer revolutionäre Lieder und Fado sangen, über das Schicksal und die Sehnsucht philosophierten und wundervolle Augen hatten. Wie der Junge, der nachts mit seinem Saxophon über den Strand spazierte und wehmütige Töne in die Sterne warf. Sebastião.

Sie blieben. Lange Sommerwochen. Verloren die Zeit. Bis zum ersten Regen. Er kam vollkommen unerwartet. Es regnete eigentlich nie im August.

5

Endlich los. Es war viel zu spät, natürlich. Claude hörte die dicke Inge hinter sich schnaufen, während sie die Treppe zur Elbchaussee hinaufstiegen. Jetzt bloß keinen großen Bahnhof, keine Erklärungen oder Taschentücher zum Abschied, Claude hatte der alten Nachbarin notgedrungen und mit verschwörerischem Lächeln von ihrer Abreise erzählt, schließlich musste jemand die Kletterrosen im Vorgarten wässern, Kater Simon füttern und ab und zu die Fenster in dem schmalen roten Reihenhaus am Elbufer öffnen und durchlüften.

»Aber«, hatte Claude ihre Nachbarin gebeten, »wer auch immer kommt und nach Claudia Hollander fragt, du antwortest ...«

»Ich weiß, Deern, du hast mal wieder den Abflug gemacht, ein paar Tage, mehr weiß ich nicht, ich füttere nur den Kater.«

»Genau so.«

»Aber nu' ma' unter uns, Deern ...«

Nichts weiter. Claude war stumm geblieben. Wer nichts weiß, kann sich nicht verplappern. Aber die Nachbarin, die Claude mitsamt dem Reihenhaus von ihrer Großmutter geerbt hatte, ließ sich nicht so leicht abhängen. Trotz der ungewöhnlichen Hamburger Hitze, trotz Claudes grottenschlechter Laune – Inge bestand darauf, ihre ›Deern‹ zum Abschied bis zum Auto zu begleiten.

»Ziemlich voll«, schnaufte Inge, als Claude die Hintertür des maisgelben Renault Kangoo aufzog und eine letzte Reisetasche auf die Kisten warf.

Claude ignorierte Inges Einwand und stieg in ihren Kastenwagen. Nach 213 000 Kilometern klapperte er zwar bedenklich, aber Daniele, der italienische Mechaniker, hatte noch vor wenigen Tagen versichert, jede Reparatur würde ein schwarzes Loch öffnen – wenn man erst mal beginne, sei kein Ende abzusehen. »Ist aber alles nicht sicherheitsrelevant«, hatte er abgewinkt. Claude solle einfach weiterfahren. TÜV habe sie ja noch. Eben. Mehr als ein Jahr.

»Ich melde mich«, Claude drehte den Zündschlüssel, »und danke, Inge, pass gut auf Simon auf!«

Sie gab Gas, hupte und sah im Rückspiegel ihre alte Nachbarin zögerlich winken.

Als Claude von der Elbchaussee Richtung Autobahn abbog, zögerte sie kurz. Los, Claude, vorbei ist vorbei, nur nicht rührselig werden auf den letzten Metern.

Sie beschleunigte, fädelte sich auf die Autobahn Richtung Süden ein, während sie die SIM-Karte aus ihrem Handy fummelte – Fenster auf, weg damit. Der Handyvertrag war ohnehin gekündigt.

Als sie aus dem Elbtunnel auftauchte, die Kräne und

Container vorbeiflogen, die Silhouette ihrer Hafenstadt im Rückspiegel verschwand, löste sich ein tiefer Seufzer. Geschafft. Sie war nicht mehr erreichbar, wie damals. Sie war endlich auf der Autobahn. Grobe Richtung: Süden, der Rand Europas. Der kam dem Ende der Welt ziemlich nahe. Zumindest war es damals so gewesen, vor 25 Jahren.

Sofia kam ausgerechnet in dem Moment ins Schlafzimmer, als Miriam das ausgeleierte violette T-Shirt mit der Aufschrift »No problem« hochhielt, ein Relikt aus jenem Sommer, das alle Umzüge und Entrümpelungen der vergangenen 25 Jahre überlebt hatte. »Wie peinlich ist das denn, Mama?«

»Ein Souvenir«, antwortete Miriam betont ruhig und warf das T-Shirt in den Koffer.

»Damit bist du früher echt rumgelaufen?«

»Mmmh«, nickte Miriam und sinnierte vor dem Kleiderschrank über ihre Urlaubsgarderobe. All diese Markenklamotten, die passten doch nicht zu ihrer Portugalreise. Hatte sie keine Pluderhose, keine abgeschnittenen Jeans? Hatte sie nicht. Nicht mehr, natürlich. Wann hätte sie so etwas anziehen sollen?

»Mama?«, Sofia wechselte den Ton auf zuckersüß und Miriam wusste, was kam.

»Hör mal, Mama. So ein blinkendes Steinchen auf der Zunge, das wäre wirklich cool. Ich meine, du findest so was da gut«, sie zeigte auf Miriams Schlabbershirt, »und ich eben ein Piercing und ein kleines Tattoo, nur ganz klein, hier so, unter dem Bauchna…«

»Vergiss es. Mit 18 kannst du dich verstümmeln, wie du willst.« Den Spruch von wegen der Füße unter meinem Tisch verkniff sie sich gerade noch. Styling und Barbie-Outfit ihrer Tochter waren schon kaum erträglich, aber Brilli in der Zunge und Tattoo unter dem Bauchnabel – das ging gar nicht. Sofia explodierte. »Du tust so tolerant, aber bist ja so was von spießig!«

»Na, da spricht die Richtige«, spottete Miriam, eine Anspielung auf den Urlaubswunsch der fast 16-Jährigen für die Herbstferien: eine Woche Mallorca mit Halbpension und ihrem Freund Leon. Sehr treu. Sehr solide. Mama Miriam hätte beruhigt sein können. War sie nicht. Malle, Halbpension. Wenn das der Gipfel der pubertären Revolution ihrer Tochter sein sollte … Miriam hatte in dem Alter nicht mal gewusst, was Halbpension war.

»Muss ja nicht jeder reisen wie ein Freak«, motzte Sofia und Miriam war versucht, das »jeder« in »jede«, mit Betonung auf dem e, zu korrigieren. Sie beherrschte sich.

»Na dann viel Spaß auf deinem Trip in die ach so revolutionären Zeiten«, Sofia zog mit spitzen Fingern das ›No problem‹-Shirt aus dem Koffer, »… total lächerlich«, dann knallte die Schlafzimmertür.

Nein, ich nehme es nicht persönlich, befahl sich Miriam, aber die nächsten zehn Tage konnte sie gut auf ihre Tochter verzichten.

»Ein paar Tage nur mit Freundinnen werden dich aufheitern«, hatte Robert gesagt. Wenn der wüsste, hatte Miriam gedacht, aber den Flug gebucht. Um den Rest der Reiseorganisation wollte sich Hanne kümmern, nur unter dieser Bedingung hatte Miriam zugesagt.

Robert hatte recht, sie sollte Abstand gewinnen nach der Geschichte mit dem Auge. Alles schien wieder in Ordnung, auch wenn noch keiner so genau sagen konnte, was eigentlich los gewesen war.

Vor ihrem Abflug rief Miriam noch das Labor an. In einer Woche etwa sollten die endgültigen Ergebnisse der letzten Untersuchungen feststehen. Sie bat um Mitteilung per E-Mail, nur an sie persönlich. Und bis dahin – sie würde diesen Revivaltrip einfach genießen.

Die Sonne tauchte Lissabon in roséfarbenes Licht. Wolkenlos, 28 Grad, das Flugzeug zog eine Schleife über die Stadt, die sich über die Hügel am Ufer des Tejo legte. Dieses Flusses, der sich vor der Stadt weitete und das nahe Meer bereits ahnen ließ. Hanne seufzte vor Glück – angekommen. Endlich. Nach so vielen Jahren. Bis morgen hatte sie noch Zeit für sich allein. Erst am Nachmittag war sie mit Miriam und Claude verabredet.

Sie nahm ein Taxi zum Appartement, das sie über ein Internetportal – cooler Tipp ihres ältesten Sohns Sören – von privat für sich und die beiden Freundinnen gebucht hatte. Sonnig, zentral und ruhig gelegen, vier Schlafplätze. Ausgestattet mit Küche, WLAN und Föhn, nur Nichtraucher, kleine (!) Hunde willkommen. Die Fotos hatten eine lichte und bunt eingerichtete Wohnung gezeigt.

Die Gastgeberin, eine kugelige Brasilianerin namens Clara, öffnete Hanne die Tür, begrüßte sie mit überschwänglichem »Oooolááá!«, Küsschen auf die Wangen – Hanne stand einen Schritt hinter der Türschwelle bereits im Wohnzimmer. Die Fotos waren offensichtlich mit Weitwinkelobjektiv aufgenommen worden.

Das Schlafsofa für die dritte Person hatte Clara freundlicherweise bereits ausgeklappt und bezogen, damit war der Raum fast ausgefüllt. Ein schmaler Streifen zwischen Sofa und Fernseher erlaubte den Zugang zur angeschlossenen Schlafkammer: Doppelbett, leeres Regal, fensterlos. Garantiert ruhig. An ein Foto des Bads, das die Maße einer Besenkammer hatte, erinnerte sich Hanne nicht, nur an ein duftig arrangiertes Stillleben aus Handtuch und Seife, dekoriert mit Rosenblüten.

Clara entschuldigte sich, sie hatte es eilig. Andere Gäste erwarteten sie in einem anderen Appartement. Sie erklärte Hanne schnell den Mechanismus, mit dem die Gastherme die Wassertemperatur regelte, und verschwand im Treppenhaus. Von unten rief sie noch: »Für Notfälle – meine Handynummer hängt am Kühlschrank!«.

Hannes Blick streifte noch einmal über das Bettenlager, sie zog den Vorhang wieder vor die Küchenecke mit der Gastherme. Zu dritt würde es kuschelig werden.

Sie nahm das Handy aus der Tasche, ein Museumsstück mit echten Tasten, das ihre Söhne »voll peinlich« fanden. »Heute Fossil, morgen bin ich Trendsetter«, pflegte Hanne zu behaupten. Die Kinder sollten bloß nicht auf die Idee kommen, ihr ein Smart- oder Sonstwas-Phone zum 50. Geburtstag zu schenken.

Hanne wählte ihre Berliner Nummer, die Jungs sollten wissen, dass sie gut angekommen war. Keine Verbindung. Netz hatte sie – war etwa kein Kredit mehr auf der Prepaidkarte? Sie hatte Sören vor dem Abflug Geld gegeben, damit er das Telefon für sie auflud – hatte er das in seinem pubertären Tran vertrödelt? Das ging ja gut los, zwei Wochen sturmfreie Bude. Verdammt, sie musste doch für ihre Kinder erreichbar sein.

Oder etwa nicht? Hatte Sören etwa absichtlich …?

Sie dachte an das Zettelchen an ihrem Yogi-Tee-Beutel, das ihr heute Morgen geraten hatte: »Leere dich und lass dich vom Universum erfüllen«. Also gut. Sie legte das Handy auf den Koffer. Sie konnte ohnehin nichts ändern und hatte wahrhaftig Wichtigeres zu tun, als sich über leere Prepaidkarten zu ärgern. Sie war in Lissabon, endlich!

Sie lief die Gasse hinauf zur Hauptstraße, drehte sich noch einmal um: Glasblau leuchtete der Tejo durch die Häuserschluchten. Hanne kniff die Augen halb zusammen, blinzelte in den Himmel. Da war es – dieses flirrende Licht von Lissabon.

Überall war Bewegung, Gedränge in den schmalen Straßen und auf den Bürgersteigen, und es war alles noch da, die blau-weiß gekachelten Hausfassaden, das Klingeln der Straßenbahn, die über die Hügel ächzte, die dunklen Läden, in denen es nach Stockfisch roch. Hanne ließ sich in eine Sommernacht treiben, die schließlich in einem Jazzclub endete.

Nach 25 Jahren hatte sie ihn problemlos wiedergefunden. Innen der lange Raum, an der Seite die Bar, am Ende die kleine Bühne, von blauen Scheinwerfern gestreift. Die Musiker waren jung, bis auf die Sängerin am Flügel. Sie improvisierten Jazzklassiker mit Schlagzeug, Kontrabass und Saxophon. Nach Mitternacht wurde es voll, die Stimmung war heiter, die Musik wob ein schwingendes Band zwischen den Zuhörern, niemand mochte nach Hause gehen – nichts hatte sich geändert.

Erst im Morgengrauen konnte Hanne mit der Sängerin sprechen. Sie erinnerte sich und gab Hanne einen Tipp: Adresse und Telefonnummer eines Hotels in Cascais, einem Lissaboner Vorort am Meer. Dort sollte Hanne weiterfragen.

Die erste Stunde bis Bremen zog sich, danach schienen die Kilometer kürzer zu werden, schließlich flogen sie vorbei und hinter der deutschen Grenze bretterte Claude im Rausch der Freiheit gen Süden. Sie stoppte alle 400 Kilometer zum Tanken, füllte den Vorrat an kalter Cola, Chips und eingeschweißten Sandwiches auf und fuhr weiter. Sie hatte es eilig. 16 Uhr, Café Suiça, Praça do Rossio, mitten im Herzen von Lissabon – übermorgen. Wahnsinn, vollkommen surreal, die Vorstellung.

Unter der Markise sitzen, im Kaffeetässchen rühren, dazu ein *pastel de nata* bestellen. Bei dem Gedanken hatte Claude schon den zimtigen Duft dieser Küchlein in der Nase, außen Blätterteig, innen Vanillecreme. Claude versuchte, sich zu erinnern, wie es sich auf Portugiesisch angehört hatte, »paschdel«, mit dem weichen ›sch‹ und dem ›el‹, das hinten in der Kehle kugelte. Sebastião hatte am Morgen ihres Abschieds eins für sie bestellt, im Café Suiça. Es war das süße Ende ihrer Sommerliebe gewesen.

Paris! Schon Paris? Claude hatte sich in Erinnerungen verloren. Es war dunkel geworden, sie fand sich plötzlich auf dem Autobahnring wieder, raste durch mehrspurige Tunnel, tauchte in den Lichtern der Stadt auf und wieder unter, links und rechts sausten Autos vorbei. Claude versuchte sich auf die Schilder zu konzentrieren, wie konnte es eigentlich sein, dass sie in fünfzig Jahren nie länger in Paris geblieben war? Sie! Claude! Die Chansons liebte! Ein oder zwei flüchtige Wochenenden mit … sie erinnerte sich noch nicht einmal mehr, mit wem.

Fünfzig, fünfzig – sie hatte diesen Meilenstein des Lebens erfolgreich verdrängt. Claude 50 Jahre alt, das war so irreal wie Cristiano Ronaldo als Großvater.

Ein Pfeil nach Orléans! Claude erwischte die Ausfahrt gerade noch und endlich flog sie wieder geradeaus durch die Dunkelheit, gen Süden. Weiter, immer weiter, mit derselben glückseligen Naivität, mit der sie damals losgetrampt war.

Zwei Stunden hinter Paris leuchtete das Schild »Aire Longue Vue« auf, und Claude wusste schlagartig, warum sie weiter und weiter durch die Nacht gefahren war. Pure Nostalgie. Sie bog auf die Raststätte ab und rollte noch bis zu den verlassenen Picknicktischen, dann sackte sie erschöpft zur Seite.

Sie schlief zusammengerollt auf ihren Vordersitzen und erwachte erst, als die Sonne schon hoch stand. Stimmen, Motorengeräusche, blauer Himmel – sie war in Frankreich! Claude beschloss, sich einen Abstecher nach Tours zu gönnen, vertrödelte den Vormittag auf einem Markt mit bunten Sommerkleidern, kaufte einen Strohhut, fing französische Worte und Sätze auf, bestellte Café au Lait und Croissant in einem Straßencafé – sie hatte es geschafft. Sie war en route. Der Druck auf ihrer Brust löste sich.

Hanne hatte keine Ahnung, wie spät es war, als sie erwachte. Nur ein Lichtstrahl zwängte sich durch die Fensterläden im Wohnzimmer bis in die Schlafkammer. Sie tastete nach ihrem Handy, drückte eine Taste – das Display blieb schwarz. Schlicht schwarz. Hanne sprang aus dem Bett, wo war das Ladekabel? Sie wühlte in ihrem Koffer, in ihrer Handtasche – nichts. Dann sah Hanne es vor sich liegen: auf ihrem Nachttisch in Berlin. Auch das noch.

Die digitale Anzeige am Fernseher zeigte zwölf Uhr, Mist, sie musste los, sie hatte nur heute, nur diesen Tag, um nach Cascais zu fahren.

Hanne zog eine weite Hose und ein luftiges gelbes T-Shirt an. Sie brauchte einen Telefonladen, eine portugiesische Prepaidkarte und ein neues Ladekabel. Und zwar schnell. Heute war der Tag, auf den sie seit 25 Jahren gewartet hatte, um 16 Uhr musste sie aus Cascais zurück sein.

Der junge Verkäufer lächelte mitleidig.

Telefone mit solchen Anschlüssen gab es schon lange nicht mehr, Kabel auch nicht. Steinzeit, verstand Hanne, und, nein danke, das angeblich günstige Handy, das eben noch unter Glas und plötzlich in der Hand des jungen Verkäufers lag, mochte smart sein, aber nichts für sie. Ja, war das so schwer zu kapieren? Sie hatte ein Mobiltelefon, mit dem sie mobil telefonieren konnte. Mehr wollte sie nicht.

Hanne sah ihre Söhne vor sich, die hätten genauso mitleidig gelächelt wie dieser junge Verkäufer. Für einen Moment fühlte sie sich alt, zumindest ein kleines bisschen. So würde es eines Tages sein, wenn sie Tag für

Tag ein wenig mehr aus der Zeit mit ihren Trends und Moden herausfiele. Schrullig hieße das dann irgendwann, im besten Fall.

Hanne setzte sich ins Taxi und ließ sich zum Bahnhof Cais do Sodré am Tejo bringen, stieg in den Vorortzug und fuhr vierzig Minuten am Fluss entlang bis nach Cascais ans Meer. Was brauchte sie ein Handy? Sie hatte die Adresse des Hotels, in dem der Mann arbeitete, den sie suchte. Das würde schon klappen. Es *musste* klappen. Er war ihre einzige Chance, weiterzukommen.

6

Die Kellner des Café Suiça waren noch so grummelig wie früher. Seit zwei Stunden saß Miriam unter der Markise der ehrwürdigen Konditorei, verfolgte das Gedränge auf dem Bürgersteig, die ankommenden und abfahrenden Busse und Taxen, die Fontänen des Springbrunnens in der Mitte des Platzes. Drei Mal war es ihr gelungen, etwas zu bestellen; inzwischen war sie von diesen knusprig süßen Teilchen und Kaffee zu Oliven und dem ersten Glas Weißwein übergegangen, doch aus den Scharen von Touristinnen – der Zauber Lissabons hatte sich offensichtlich in den vergangenen 25 Jahren in der Welt herumgesprochen – waren weder Claude noch Hanne aufgetaucht.

Der Rossio lag wie ein Nest zwischen den Hügeln der Stadt. Auf der einen Seite ging es hinauf in das noble Einkaufsviertel Chiado und ins Bairro Alto, den Stadtteil der einfachen Leute, der Bars, Restaurants, Fadolokale, Galerien und Designerboutiquen. Auf der anderen Seite erhob sich die arabisch anmutende Alfama, gekrönt von dem Castelo de São Jorge.

Hatten sie sich verpasst? Oder etwa nicht wiedererkannt? Unmöglich, dachte Miriam. Sie sah sicherlich etwas gepflegter aus als damals, hatte die ersten grauen Haare nicht gefärbt, und an den, freundlich ausgedrückt, Rundungen hatte auch der junge Golden Retriever nichts geändert, mit dem sie täglich eine Runde drehte. Besuche im Fitnessstudio in ihre vollen Tage zu zwängen hatte sie aufgegeben

Egal, Miriam hatte sich noch nie einem Körperkult unterworfen – weder damals in ihrem dünnen Leben noch heute –, aber Claude würde garantiert spotten.

Wenn sie denn käme! Miriam machte einen letzten Versuch, Claude auf dem Handy anzurufen. Dann noch einmal Hanne – Fehlanzeige. Es war 18 Uhr, zwei Stunden nach der verabredeten Zeit.

Dieser Trip war Blödsinn, sie hatte es gewusst, lächerliche Nostalgie. Miriam machte dem Kellner ein Zeichen, sie wollte zahlen. Claude und Hanne kamen nicht, schade. Vielleicht besser so. Sie würde eine schöne Jugenderinnerung bewahren. Miriam beschloss, sich einen kleinen Luxus zu gönnen. Schräg gegenüber lag das Avenida Palace – von einer Nacht dort hatte sie vor 25 Jahren nur träumen können. Den Abend in Lissabon genießen und morgen ein Auto mieten. Ans Meer fahren, ein angenehmes Hotel suchen und sich verwöhnen lassen ... sie hatte sich zehn Tage Freiheit zum Fünfzigsten gewünscht, und die würde sie genießen. Mit oder ohne die beiden.

Die Rechnung kam erstaunlich schnell. Miriam zahlte, stand auf, nahm ihren Rollkoffer und machte sich auf den Weg.

Claude hatte es geschafft. Sie hatte es tatsächlich geschafft! 2000 Kilometer in drei Tagen! Sie war sogar fast pünktlich, als sie über die Brücke des 25. April fuhr, dieser kleineren Ausgabe der Golden Gate Bridge. Unter ihr der Tejo, vor ihr Lissabon, die flirrende Schöne – was waren schon zwei Stunden nach 25 Jahren?

Sie erinnerte sich sogar noch an die Straßenführung. Immer am Fluss entlang, irgendwann links hoch – eine Geisterhand schien sie auf den Rossio zu ziehen. Dort, die langen Reihen der Korbstühle und Tischchen auf dem Bürgersteig, das Suiça! Davor eine Bushaltestelle – Claude bremste, schaltete den Warnblinker ein und sprang aus dem Auto.

Hanne verließ das Hotel am Strand und rannte zum Bahnhof, beim Blick auf die Bahnhofsuhr stolperte sie vor Schreck: Viertel nach fünf! Miriam, Claude, Café Suiça, vor einer Stunde! Und sie war in Cascais. Sie brauchte eine Dreiviertelstunde bis Lissabon, dann noch zum Rossio – viel zu spät!

Der warme Wind blies durch das offene Fenster ins Zugabteil, aber Hanne saß wie schockgefroren auf ihrem Sitz. Sie hatte das Treffen verpasst. 25 Jahre hatte sie sich darauf gefreut. Unverzeihlich. Wie hatte das nur ...? Tu nicht so blöd, schimpfte Hanne mit sich. Sie wusste sehr genau, wie das hatte passieren können.

Vier Kinder hatte sie großgezogen, keines hatte sie jemals warten lassen. Und nun das: drei Stunden zu spät, ein Abgrund.

Der Zug ratterte am Tejo entlang, alte Lagerhäuser, Fabriken, Hafenanlagen, Parkplätze flogen vorbei, bis endlich die Bremsen im Bahnhof am Cais do Sodré quietschten. Hanne stürzte aus dem Waggon, hechtete den Bahnsteig hinunter, sah sich um – und tatsächlich, unglaublich, die Vorsehung hatte noch einen letzten öffentlichen Fernsprecher stehen gelassen. Sie zog ihr Portemonnaie aus der Handtasche, fand den Notizzettel mit den Mobilnummern von Miriam und Claude. Die hatte sie aus den E-Mails abgeschrieben. Für alle Fälle, total altmodisch. Zum Glück.

Eine Bushupe erschreckte Miriam, der Fahrer fuchtelte mit dem freien Arm in der Luft und schimpfte durch die offene Tür in diesem nasal-kehligen Nuschelportugiesisch, von dem Miriam nicht ein einziges Wort verstand. Ein gelbes Auto mit Warnblinker blockierte die Haltestelle. Die Tür flog auf, eine Frau sprang heraus, rannte an der Warteschlange der Bushaltestelle vorbei. Schulterlange blond gesträhnte Haare, weite Hose, schlabberiges T-Shirt mit »No problem«-Aufdruck, dann fiel sie ihr um den Hals. Miriam hörte die Stimme und fühlte Tränen in den Augen.

Der Busfahrer hupte und hupte.

»Wo ist Hanne?«, rief Claude, sie musste gleichzeitig heulen und lachen. Miri, es war tatsächlich Miri!

»Keine Ahnung!«, japste Miriam, die neben ihr herstolperte.

Das Hupen wurde vielstimmiger, der Bus blockierte eine Spur, Autos stauten sich.

»Los, Miri!«, rief Claude. »Schnell! Das ist mein Auto!«

Claude riss die Kofferraumtür des Kastenwagens auf, griff Miriams Rollkoffer und – doch die hielt ihre Hand fest, »Bist du etwa mit *die-ser* Kiste die ganze Strecke …?«.

»Yes! Extra für dich!«, behauptete Claude und schob entschlossen den Rollkoffer zu ihren Kisten. »Unser Nostalgie-Mobil!«

Sie warf die Tür zu, der Bus hupte immer noch, und sprang ins Auto, »Sieht doch fast aus wie dein R4«.

Miriam stieg endlich ein, und Claude startete den Wagen, »Klappert wie deiner damals, leider fehlt ein Kassettenrekorder. Also, falls du ein Mixtape mitgebracht haben solltest – sorry!« Claude guckte sie an, rief »Oh, Miri, ich freu mich so!« und schob sich in den Verkehr. »Welche Richtung soll ich fahren? Wo ist Hanne?«

»Keine Ahnung!«, wiederholte Miriam. »Vielleicht irgendwo in Lissabon, vielleicht aber auch sonst wo. Park doch erst mal das Auto!«

»Aber wo?«, lachte Claude, sie konnte nur dem dichten Fluss der Autos folgen, unter den Bäumen und Pal-

66

men die prächtige Avenida da Liberdade hinauf, bis sie
auf der anderen Seite des Grünstreifens einen Parkplatz
entdeckte. Sie bremste abrupt, ignorierte das Hupen und
die durchgezogene Linie und machte einen U-Turn.

»Du Wahnsinnige!«, rief Miriam und hielt sich die
Hände vor die Augen, »Was willst du überhaupt mit die-
sem Auto in Lissabon? Warum bist du nicht geflogen?
Wir wollten doch ein Auto mieten!«

Claude fuhr rückwärts in die Lücke, »Lust auf eine
lange Reise«, antwortete sie knapp, zog den Wagen gerade und schaltete den Motor aus. »Aaah!«, sie ließ sich
erschöpft zurückfallen.

»Wir haben's tatsächlich geschafft!«, sagte sie ungläubig, blickte zu Miriam und drückte ihr einen Kuss auf
die Wange.

»Huch!«, Miriam lächelte überrascht.

»Gut siehst du aus«, Claude betrachtete sie, »bisschen
voller?«, sie formte mit den Händen Rundungen in der
Luft.

Miriam winkte ab, »Ja, ja, ja, der Körper verändert sich,
wie du weißt, und …«.

»Steht dir, ehrlich. Du wirkst weicher«, fand Claude,
»Und ansonsten? Revolutionierst du noch die Welt?«

»Puh, wie man's nimmt, kannst ja mal meine Tochter fragen«, Miriam verdrehte die Augen und wechselte
das Thema, »Ich hätte dich mit deinen langen Haaren
fast nicht wiedererkannt. Aber deine Stimme und dieses fürchterliche T-Shirt«, sie grinste, »ich hab's auch im
Koffer!«

»Ehrlich?«, rief Claude, »Warum hast du's nicht ange-zogen? Zur Feier dieses Tages?«

»Ich dachte, ich würde es als Nachthemd ausführen, wenn's keiner sieht.«

»Feigling!«, spottete Claude, »So, jetzt fehlt nur noch Hanne zu unserem Glück.«

»Hat sie sich bei dir gar nicht mehr gemeldet?«

»Keine Ahnung«, Claude schüttelte den Kopf, »mein Handy hat mich verlassen.«

Eine etwas irreführende, aber im weitesten Sinne zu-treffende Beschreibung. Nachdem Claude die SIM-Karte dem Fahrtwind überlassen hatte, hatte sie in ei-nem Akt der Befreiung auch das restliche Handy auf einer Autobahnraststätte in einer Mülltonne entsorgt. Ohnehin ein älteres Modell, dessen Display kaum noch ein ›touch‹, gewesen war, sondern nur noch auf unge-duldig trommelnde Finger reagiert hatte. Den Wurf in die Mülltonne hatte sie als einen ersten Akt zur Entgif-tung ihres Lebens betrachtet.

»Verdammt, was machen wir mit Hanne?«

»Wir versuchen sie weiter anzurufen und bleiben in der Nähe des Café Suiça«, sagte Miriam, »Ich wollte mir gerade gegenüber im Avenida Palace ein Zimmer bu-chen. Darf ich dich einladen?«

»In den Nobelschuppen?«, was für eine Frage, Claude war begeistert. Doch im selben Moment klingelte Mi-riams Telefon.

Miriam schaute auf das Display, »Keine Nummer angezeigt – hallo?«. Im nächsten Moment strahlte sie,

»Hanne! Wo bist du?«, zog wie früher die Stirn kraus, »Was? Ich verstehe dich nicht ... Wo? Wie heißt das ...? Kaisch du was ...? Buchstabiere mal ...«

Sie wandte sich zu Claude, »Gib das mal in dein Navi ein: Cais do Sodré, ist am Fluss«, und wieder zu Hanne, »Bleib, wo du bist! Wir kommen!«

Sie steckte das Handy ein, erklärte, »Sie ist an einem Bahnhof am Tejo, wo auch die Fähren abfahren ...«

Claude griff ins Handschuhfach und hielt Miriam einen zerfledderten Falk-Stadtplan hin, »Sorry, Käpt'n, kein Navi an Bord«. Claude hob entschuldigend die Hände.

»Kein Navi?«, Miriam griff mit spitzen Fingern den Stadtplan, »Gibt's das noch? Wie hast du in diesem Chaos zum Rossio gefunden?«

Claude tippte belustigt auf den Falk-Plan, »Intuition, trial and error – wie damals«.

Miriam guckte entgeistert auf den Plan, mit dem sie einst so souverän umgegangen war, zog ein Tablet aus ihrer Handtasche und öffnete eine Navi-App.

»Hanne hat aus einer Telefonzelle angerufen. Sie scheint technisch auch nicht ganz auf der Höhe zu sein«, seufzte Miriam, während sie auf dem Tablet herumwischte, »Das kann ja heiter werden: unterwegs am Rande Europas mit Maschinenstürmerinnen der modernen Kommunikationstechnik.«

Tatsächlich: Nach 25 Jahren waren sie wieder zusammen! Hanne saß auf der Rückbank, steckte den Kopf zwischen Miriam und Claude nach vorn und konnte nur lächeln. Es war alles wie vor 25 Jahren. Claude am Steuer, Miriam auf dem Beifahrersitz, sie hinten. Claude hatte damals die besseren Nerven bewiesen und den R4 mit einer gewissen Kaltblütigkeit durch den Großstadtdschungel gelenkt. Miriam hatte den Falk-Plan durchdrungen und den Kurs bestimmt, sie selbst hatte von hinten beruhigend auf beide eingeredet. Claudes spontane Kursänderungen hatten Miriam wahnsinnig gemacht. Die beiden hatten nie eindeutig geklärt, wer Kapitän, »oder heißt es: Kapitänin, Miri?«, an Bord war. Die eine impulsiv, die andere strukturiert und Hanne die ausgleichende Instanz.

»Wir hätten eben links abbiegen müssen!«, sagte Miriam.

»Aber das war keine Straße ...!«

»Doch, hinter den Mülltonnen, steil bergauf ...«

»Kann nicht sein!«, beharrte Claude und fädelte den Kangoo durch das Nadelöhr zwischen schmalem Bürgersteig und parkenden Autos hindurch. »Sagt das etwa deine Navi-App?«

»Die sagt gar nichts mehr!«, fluchte Miriam und tippte auf dem Tablet herum, »nur ›Route neu berechnen‹.«

Hanne mischte sich ein, »Wir sind fast da. Hier irgendwo müsste das Appartement eigentlich sein«, sie schaute über die Hausfassaden, »also, glaube ich zumindest.«

Claude kicherte, Miriam grummelte, »Oh, Hanne …
vielleicht etwas konkreter?«

Hanne hatte Claude und Miriam auf den ersten Blick
wiedererkannt. Claudes Haare, die Ringe unter ihren
Augen hatten sie irritiert, Miriams leichte Fülle, das erst-
klassig geschnittene Haar und das edle Leinenkleid für
einen Moment eingeschüchtert.

Aber diese Szene im Auto, die hätte sich vor 25 Jahren
kaum anders angefühlt. Nur dass Miriam auf dem Beifahrersitz nicht mehr den Stadtplan mit dem patentiert
bekloppten Faltsystem verfluchte, sondern die Naviga-
tions-App auf ihrem Tablet, die sie durch steile, zuge-
parkte Gassen Lissabons jagte, bis Claude plötzlich rief:
»Tiefgarage!« Zwei Stockwerke unter der Erde parkten
sie das Auto. Angekommen. Hanne atmete durch.

»Koste es, was es wolle – die Kiste rühren wir nicht
mehr an«, beschloss Miriam.

»Bis wir ans Meer fahren«, stellte Claude klar.

»Moment mal, wir wollten ein Auto mieten«, wandte
Miriam ein, »Diese Klapperkiste finde ich ehrlich gesagt
wenig vertrauenswürdig.«

Hanne schaute zwischen Miriam und Claude hin
und her – wie damals, wie damals!

»Dieser Wagen hat mich wacker 2000 Kilometer
durch Europa gefahren«, erklärte Claude pathetisch und
klopfte auf das Dach, während sie ihr Gepäck aus dem
Auto zogen. »Aber, meine Damen«, sagte Miriam feierlich, »zum Fünfzigsten dürfen wir uns ein wenig Kom-
fort gönnen, nicht wahr?«

Es war Zeit, das Thema zu wechseln. »Habt ihr euer Gepäck für unseren Two-Night-Stand in Lissabon?«, ging Hanne dazwischen, »Ich finde, wir suchen uns erst mal eine Bar und stoßen an.« Das begrenzt komfortable Appartement würde sich entspannter nach einem ersten Cocktail besichtigen lassen.

»Cheers!«, stimmte Claude zu und auch Miriam nickte, »Eine gute, sehr gute Idee, Hanne!«.

Mit Rollkoffer und geschulterter Tasche folgten sie zwischen geparkten Autos den Schildern Richtung Aufzug und Ausgang.

Sie traten hinaus in den lauen Lissaboner Sommerabend. Hanne schaute sich um: Sie standen auf einem weiß und schwarz gepflasterten Platz, in der Mitte eine Statue, rundherum elegante helle Häuser mit schmiedeeisernen Balkongittern, Banken und Bars im Erdgeschoss. Hanne rief, »Ich weiß wieder, wo wir sind. Hier war ich heute schon mal.«

»Hier waren wir *alle* schon mal!«, bekräftigte Miriam, »Dort geht's ins Bairro Alto«, sie zeigte auf die gerade gezogene Gasse, die sich zwischen den gedrängten Häusern hinauf in das »hohe Viertel« zog. »Unser Bermudadreieck!«

»Unvergesslich!«, stöhnte Claude.

»Auf geht's, Mädels!«, frohlockte Hanne.

7

Oh, oh, oh, Miri, du musst jetzt stark sein, dachte Claude, als Hanne die Eingangstür des schmalen Altstadthauses aufgedrückt hatte. Diese Unterkunft war definitiv nicht der Avenida Palace.

Sie hatten einen schnellen Aperitif in einer Bar irgendwo in der verschachtelten Altstadt genommen, dann hatte Hanne sie um zwei, drei Ecken geführt, war stehen geblieben und hatte einen Schlüssel aus der Tasche gezogen.

»Hier?«, hatte Miriam vorsichtig gefragt. Schon die Fassade ging nur mit gutem Willen noch als charmant-morbide durch. Innen war die Treppe steil und so eng, dass man sich kaum aneinander vorbeischieben konnte, die rund getretenen Holzstufen knarrten, die weiße Farbe blätterte von den Wänden. Im zweiten Stock rüttelte Hanne an der Wohnungstür, die schließlich mit einem Knarren nachgab. Dahinter öffnete sich der Blick auf ein ausgeklapptes Schlafsofa mit Fernseher.

Okay, dachte Claude. Es ist ja nur für zwei Nächte, hinein ins Vergnügen. Sie machte einen Schritt nach vorn und ließ sich diagonal auf das Schlafsofa fallen – es fühlte sich bucklig an.

»Gibt's noch eine weitere Schlafgelegenheit?«, fragte Miriam keuchend. Sie stand mit ihrem Koffer im Türrahmen und betrachtete ungläubig das Appartement.

Hanne zeigte stumm auf einen Durchgang.

»Sag mal, Hanne«, Miriams Stimme war sehr, sehr ruhig, »Warum hast du uns eigentlich kein Zimmer in einem normalen Hotel reserviert?«

Claude hatte ein wenig Mitleid mit Hanne, aber die schlug sich erstaunlich souverän.

»Ich dachte, Hotels sind immer so anonym«, erklärte sie, »und es wäre doch eine schöne Erfahrung, ein, zwei Tage so zu wohnen wie normale Leute in Lissabon.«

»Aha«, sagte Miriam beherrscht. Sie wirkte nicht so, als ob sie vor Neugierde auf eine authentische Land-und-Leute-Erfahrung platzen würde.

»Ja, tut mir leid, es ist ein bisschen eng«, gab Hanne kleinlaut zu, »Auf den Fotos im Internet sah das hier aus wie ein Tanzsalon.«

»Komm, Miri«, griff Claude ein, »in deinen jungen Jahren warst du doch diejenige, die auf keinen Fall nur Touristin sein wollte.« Sie streckte sich auf dem Schlafsofa aus. »Damals warst du auf der Suche nach dem revolutionären Portugal, den wahren, echten, realen Lebensbedingungen und vor allem«, Claude stach mit dem Zeigefinger in die Luft und dozierte, »der zen-tra-len revolutionären Rolle der Bäuerinnen.«

Ein Lächeln flog durch Miriams Gesicht, »Ach herrje,

die Bäuerinnen! Aber die waren ja schon damals kein großer Erfolg.« Sie trat in die Wohnung und schaute hinter einen geblümten Vorhang, der die Küchenecke versteckte, und räusperte sich. »Wir wollten ja essen gehen, richtig?«

Claude rollte sich von ihrer Schlafgelegenheit und zerrte ihre Reisetasche zur Seite, damit Miriam ihren Koffer ins hintere Schlafzimmer rollen konnte. »Kuschelig, sehr kuschelig, Hanne«, grummelte Miriam düster im Vorbeigehen. Na bitte, ging doch, mit ein wenig Humor – aber Claude ahnte, dass Miriam anstrengend werden konnte. Egal, erst mal unter die Dusche.

»Ich bin total klebrig von der Fahrt«, rief sie, griff ihren Kulturbeutel und verschwand im Bad. Ups! Sie stolperte über das Klo und fing sich am Rand des Waschbeckens – auch dieser gekachelte Wandschrank war nichts für Menschen mit Platzangst. Claude drehte die Dusche auf. Kalt, das Wasser war kalt. Und blieb kalt. Erfrischend, knirschte Claude, ist ja draußen warm. Besser die Klappe halten und einfach duschen. Miriams Humor war an diesem Tag schon genug strapaziert worden.

»Auf uns!«, rief Claude durch das Stimmengewirr im ›Flor do Mar‹, einem kleinen Restaurant im Bairro Alto, und alle drei erhoben mit einem Feiertagslächeln ihre Gläser.

Es war laut und voll, halbhoch gekachelte Wände mit Fotos von Fadosängern und Regale mit Weinflaschen, Papiertischdecken, hemdsärmelige Kellner, die sich energisch zwischen den eng stehenden Tischen hindurchdrängten und Bestellungen mit einem Kopfnicken aufnahmen. Hier wurde nicht maßvoll gekostet und genippt, sondern ernsthaft gegessen und getrunken. Claude schielte zu Miriam – kein Unbehagen erkennbar, sie schien sich zu arrangieren. Claude hatte sie mit dem Hinweis auf ihren Bärinnen-Hunger glücklicherweise von einem Sprung unter die überaus erfrischende Dusche abhalten können.

»Danke, Hanne, du hast dafür gesorgt, dass wir drei unser Versprechen eingehalten haben«, hob Miriam an, »wärst du nicht so hartnäckig gewesen«, sie schüttelte den Kopf und krauste die Stirn, »ich hätte ja so viele andere wahnsinnig wichtige Dinge zu tun gehabt.«

»Ist ja für keine von uns mehr so einfach, aus dem Alltag auszubrechen«, gab Hanne zu, »aber wenigstens Claudes Tour hier runter war noch wild und gefährlich.«

Claude zuckte mit den Schultern und strich sich Thunfischpaste auf ihr zweites Brötchen, »Vor 25 Jahren sind wir alle so gereist«, sie biss ein Stück ab, erhob ihr Glas und prostete den anderen beiden erneut zu. Wann kam nur endlich das Essen?

»Heute zahle ich übrigens«, sagte Miriam, »Ich bin ja die Älteste, mein Fünfzigster war schon vor zwei Wochen.«

»Was? Ja, stimmt, ja!«, rief Hanne und umarmte Miriam. Claude sprang auf und küsste sie auf die Wangen, »Mensch, Miri, wie fühlt sich das an?«.

»Wie schon? Keine Ahnung, ich habe nicht gefeiert, also nicht groß zumindest, ein Abendessen mit meiner Familie, das war's. Mir war nicht nach Feiern.«

»So schlimm?«, fragte Hanne mitfühlend.

Miriam zögerte, »War zumindest kein Tag für Feiglinge«, antwortete sie schließlich.

Als Hanne fragend schaute, erklärte sie, »Na ja, wenn man das erste Mal schwanger ist, erzählt dir auch keiner detailliert, wie sich so eine Geburt am Ende wirklich anfühlt«.

Claude goss die Weingläser wieder voll und sagte, »Außerdem, das war ja nur das offizielle Datum«. Die Blicke der drei trafen sich, das Getöse im Restaurant schien für einen Moment ausgeblendet. »Dieses Foto von uns im Regen …«, wisperte Claude und alle drei nickten.

»Entschuldigung!«, durchbrach der Kellner ihre Erinnerung, und plötzlich standen Teller mit gebratenen Fischen, Muscheln mit Schweinefleisch und Koriander, Bohneneintopf, Kartoffeln und Salat auf dem Tisch. Es duftete würzig, das Restaurant hatte sie wieder.

Hanne seufzte, »Eigentlich esse ich ja kein Fleisch mehr, aber heute Abend …«.

Das kräftige Essen tat Claude gut. Sie begann von den vergangenen 25 Jahren ihres Lebens zu erzählen. Von dem Schlaganfall ihres Vaters und dem piefigen Lokal ihrer Eltern, das danach jemand übernehmen musste. Die Pflegekosten hatten die Ersparnisse in kürzester Zeit aufgefressen.

»Ich hatte keine Chance, also habe ich sie genutzt und den Job gemacht. Wer nichts wird, wird Wirt – und ich bin nicht die schlechteste aller … – wie heißt die Mehrzahl, Miri? Wirtinnen?«

Miriam nickte, drehte ein Stück Schweinefleisch in der Soße auf dem Teller, »Ich denke, der Wirt, die Wirtin, die Wirtinnen«.

»Tinininen«, lachte Claude, »also, ich bin nicht die Schlechteste aller derer geworden«, sie schaute ihre Freundin an, »und Miri ist trotz Karriere immer noch Expertin für weibliche Formen – in jeder Hinsicht.«

»Die sind ja leider noch immer nicht im allgemeinen Wortschatz verankert«, sprang Miriam an und hob die Gabel, »und genauso wenig sichtbar wie die alltägliche Arbeit von Frauen. Man sieht Hausarbeit nur, wenn sie nicht gemacht wird.«

»Bravo!«, Hanne nickte zustimmend, während sie eine Muschel aus ihrer Schale herauszog.

»Ganz die alte Miriam!«, Claude applaudierte, »Trotz Spitzenposition erinnert sie sich an ihre Wurzeln.«

»Ach, das mit der Karriere hat sich so ergeben. Ich habe viel Glück gehabt und ohne Robert wäre ich längst durchgedreht. Manchmal denke ich, dass wir sogenannten Karrierefrauen der großen Mehrheit ein schlechtes Gewissen machen.«

»Wem sagst du das?«, warf Claude ein. Sie hätte ihren Laden nicht führen können, wenn sie Kinder gehabt hätte.

»Aber du hast es doch auch geschafft: selbstständig, gut laufendes Lokal am Elbstrand …«

»Ich wollte singen«, unterbrach Claude knapp und wunderte sich selbst über ihren rüden Ton.

»Aber du singst doch, in deiner Bar«, sagte Hanne bewundernd. Claude spürte es leise in sich grummeln, wollte Hanne sie etwa trösten? Dafür, dass es nur für die Bar gereicht hatte? Claude widmete sich der Mittelgräte ihrer Goldbrasse und zog sie mitsamt dem Kopf ab.

»Wolltest du keine Kinder?«, hörte sie Hanne fragen, während sie Zitrone auf das Filet träufelte.

»Hat sich nie ergeben«, Claude hatte keine Lust auf lange Erklärungen. Es war ja nicht das erste Mal, dass sie diese Frage hörte. »Ich hatte keinen Bedarf. Ich habe meine Kellner und Aushilfen am Hals und Simon, meinen Kater. Damit sind meine mütterlichen Gelüste befriedigt.«

Hanne und Miriam lachten, Claude setzte noch einen drauf, »Außerdem hast du ja sozusagen für mich mitproduziert«.

»Das war nicht geplant«, schränkte Hanne ein, »aber es sollte wohl so sein«.

»Komm, du wolltest doch eigentlich eine Fußballmannschaft gebären«, behauptete Miriam, »nur warum musstest du dieses Vorhaben mit diesem Jens umsetzen? Du hattest dich doch grandios von ihm getrennt,

Claude und ich waren Zeuginnen, am Telefon in der Bar, in diesem Dorf in der Nähe vom Strand, wie …?«

»Meco, Aldeia do Meco!«, rief Hanne, und Claude prustete: »Ich habe übrigens eine Nagelschere mit!«. Das war das Stichwort, sogar Miriam verschluckte sich vor Lachen an ihrem Wein.

Es war einer der besten Momente ihrer Portugaltour gewesen. Hanne hatte sich morgens am öffentlichen Telefon der Dorfbar trocken und unerwartet von ihrem Traummann in Berlin getrennt. Abends taumelte sie in der Strandbude zwischen dem erhebenden Gefühl der Befreiung und gnadenlos schlechtem Gewissen, während sie sich zusammen mit Miriam und Claude alkoholischen Getränken hingab. Nach den aufmunternden Worten ihrer beiden Freundinnen überwog schließlich die Erleichterung: die Freiheit! A liberdade! »Die ist auch auf Portugiesisch weiblich!«, bemerkte Miriam und erinnerte küchenpsychologisch an all die Frauen, die sich bei tief greifenden Veränderungen im Leben die Haare abschnitten. Daraufhin hatte Hanne gejubelt, »Das wollte ich schon lange mal …«. Claude war aufgesprungen, in der Dunkelheit verschwunden und kurz darauf mit Kamm und Nagelschere aus ihrem Kulturbeutel wieder erschienen.

Bei einer weiteren Flasche Wein und im Lichte einer Petroleumlampe war Hannes blonde Pracht gefallen, Strähne für Strähne, dann Zentimeter um Zentimeter, während der Mond auf dem Atlantik glänzte. »Weiter«, hatte Hanne wieder und wieder Claude ermutigt, bis sie

80

sich mit den Fingern durch die Haare gefahren war und
»Oh!« gesagt hatte, »Wie sehe ich …«.

»Großartig, wirklich«, hatte Claude beherrscht geant-
wortet, »Also, fast so wie ich …«, und war mit Miriam in
Gelächter ausgebrochen, während die Fischersfrau den
Rasierspiegel ihres Mannes geholt und Hanne vorge-
halten hatte.

»Ich habe mich erst mal erschrocken«, erinnerte
sich Hanne, »aber dann … ehrlich, das sah doch nicht
schlecht aus.« Claude nickte ernsthaft, »Absolut. Bisschen eigenwillig, ziemlich kurzer Bob. Aber für die
Umstände – exzellent!«

»… und inzwischen ist ja alles nachgewachsen«, tröstete Miriam, die noch immer lachte. Auch Claude kicherte noch, es war alles etwas viel, der Wein, das Wiedersehen, die Müdigkeit, die Tour und die Erinnerungen.

Trotzdem fiel ihr der Portugiese in dem blütenwei-
ßen gebügelten Oberhemd auf, der vor einem Weinglas allein am Tisch in der Ecke saß und die drei Frauen
amüsiert betrachtete. Auch Hanne hatte ihn bemerkt
und warf ihm einen unauffälligen Blick zu, während sie
sich mit ihrer Papierserviette die Tränen aus den Augen tupfte.

»Dieses Gefühl der richtigen Entscheidung hätte
ich besser bewahren sollen. Am Tresen dieser Dorfbar
hatte ich einen der lichtesten Momente meines Lebens.
Mit 3000 Kilometer Abstand und eurer Gehirnwäsche
konnte ich Jens klar sehen. Kristallklar – dieser Mann tut
mir nicht gut.«

»Das habe ich, in aller Bescheidenheit, ja schon geahnt, als er dich zu mir ins Auto geschoben hat«, erinnerte sich Miriam, »Der wollte dich haben und auch
wieder nicht und wieder doch und wieder nicht – wie
ein Alkoholiker. Warum bist du wieder rückfällig geworden?«

Hanne räusperte sich, suchte nach Worten, »Wir haben ja noch zusammengewohnt. Tja, und ihr wart weg.
Wie es dann so ist, man probiert es doch noch mal –
und schwups war ich schwanger. Ein Wink des Schick-
sals, dachte ich mir«, fasste Hanne die vermutlich lange
und ermüdende Beziehungsorgie erfreulich knapp zusammen.

»Wir hätten dir den Kopf gewaschen«, lachte Claude,
»ein Anruf hätte gereicht.«

»Miriam hätte mir einen Vortrag gehalten, den ich
nicht hätte hören wollen, aber dann waren wir immerhin zehn Jahre verheiratet, war nicht wirklich wild und
gefährlich, aber auch keine schlechte Zeit. Bis zur letzten Schwangerschaft.«

»Da kam's dann richtig dicke«, alberte Claude. Hanne
nickte betreten, »Zwillinge, Jungs. Nichts für Feiglinge«,
Hanne blickte zu Miriam, »und Jens, der ist ja korrekt,
hat regelmäßig und pünktlich Unterhalt gezahlt. Zwar
nicht genug, aber immerhin etwas. Das Studium habe
ich nie angefangen, aber ich bin wenigstens noch Yogalehrerin geworden, gebe Kurse im Altersheim und
in der Volkshochschule, Yoga ist inzwischen ja angesagt,
seit ein paar Jahren läuft's ganz gut.«

»Hanne als Yogi – passt irgendwie«, fand Claude, »so richtig heilig und konsequent? Mit Meditation in aller Herrgottsfrühe?«

Hanne wiegte den Kopf, »Sagen wir mal mit Aussetzern«, und wischte mit einem Stück Brot den letzten Rest Soße vom Teller.

»Tja, das war's. Also fast. Als die Zwillinge endlich im Kindergarten waren, hatte ich Zeit, mich noch mal anständig über Jens zu ärgern, und als die Suppe richtig hochkochte, habe ich angefangen zu laufen, Marathon.«

Wie bitte? Claude verschluckte sich – Hanni und Marathon? Tatsächlich, »Einen bin ich gelaufen, bis zum Ende. Danach war ich durch mit Jens.« Sie lächelte stolz.

»Respekt!«, sagte Miriam, »ich komme ja über die Hunderunde nicht hinaus.«

»Hast du dabei wenigstens einen knackigen jungen Laufkollegen erlegt?«, fragte Claude.

»Alleinerziehend mit vier Kindern ist nicht wirklich sexy. Nicht mal in topfit. Nach Jens ist jedenfalls, was Männer angeht, nicht mehr viel gelaufen«, seufzte Hanne leise, »und in unserem Alter sind Männer nicht mehr unser Thema, oder?« Dabei flog ihr Blick noch einmal kurz in die Ecke zu dem Typ im weißen Hemd. Der lächelte in ihre Richtung. Zufällig? Claude schätzte ihn auf um die fünfzig, schmal, dichte dunkle Haare und muntere Augen – neugierig? Meinte er Hanne oder sie alle?

»Hanni, Hanni«, flüsterte Claude, »tu nicht so – du bändelst doch gerade mit dem Typ in der Ecke an.«

»Ich? Quatsch! Mit wem?«

Ertappt, dachte Claude.

Eine Frau und zwei Männer mit Gitarrenkoffern drängten zu ihm in die Ecke, begrüßten ihn herzlich und setzten sich. Ein Kellner stellte Wasser und Wein auf den Tisch, sie schienen zum Inventar des Flor do Mar zu gehören und Hanne konnte ihre Augen nicht von dem Tisch lassen.

Der Kellner räumte ihre Teller ab, Claude bestellte eine weitere Flasche Wein, Hanne noch Wasser.

»Ich stelle fest«, Claude hob einmal mehr ihr Glas, »dass wir drei uns ganz anständig gehalten und in den vergangenen 25 Jahren einiges erreicht haben: eine tiptop organisierte Marktforscherin, eine alleinerziehende marathonlaufende Yogalehrerin und eine – zumindest manchmal noch – singende Wirtin. Dazu sechs Kinder, eine intakte Ehe, eine Scheidung und, zumindest für meinen Teil, ein paar Liebhaber – dazu noch die Affären, die ihr beide hoffentlich in den nächsten zehn Tagen gestehen werdet. Außerdem ein Frankfurter Eigenheim, eine Berliner Mietwohnung, ein geerbtes Reihenhaus, ein Strandcafé ...« Hörte nur Claude selbst, dass ihre Stimme dünner wurde und schwankte wie ein Ruderboot, das zu kentern drohte?

Hanne schaute Claude besorgt an, wedelte ihr Luft zu, »Bist du okay?«.

Claude nickte, räusperte sich und beendete ihre schnodderige Aufzählung mit fester Stimme, »Sollte das alles gewesen sein?«.

Miriam legte nachdenklich den Kopf zur Seite, »Ich

gebe zu, wild und gefährlich geht anders«, der Wein lockerte auch die kontrollierte Marktforscherin, »und jetzt werden wir schon fünfzig!«.

War das eine Drohung oder ein Schlachtruf? Schwenkte Miriam die weiße Fahne oder zog sie das Schwert zum Angriff auf überlebte Klischees? Schweigen breitete sich am Tisch aus wie ein Rotweinfleck auf einem weißen Tuch.

»Also, wie geht's weiter, Hanne?«, fragte Miriam pragmatisch. »Gibt es einen Reiseplan?«

Hanne zuckte zusammen. »Was? Wie?«

In der Ecke wurden Gitarren gestimmt. Der Portugiese mit den neugierigen Augen hatte sich den beiden Gitarristen zugewandt.

»Ja, natürlich, unsere Tour …«, begann Hanne, »ich dachte, morgen noch einen Tag Lissabon und dann ab ans Meer, wir folgen unseren Spuren. Zurück nach Aldeia do Meco, schauen wir mal, ob unsere Strandbude noch steht.«

»Super!«, rief Claude, und auch Miriam wirkte zufrieden, »Wir beginnen dort, wo wir aufgehört haben«.

Die Gitarren klangen gestimmt, der neugierige Portugiese stand auf, hüstelte und machte dem Kellner ein Zeichen. Die Türen wurden geschlossen, die Stimmen im Raum senkten sich.

»Hast du am Meer schon Zimmer reserviert?«, fragte Miriam leise.

Das Licht wurde abgedunkelt, aufmerksame Stille erfüllte den Raum.

»Wir wollten doch alle einen Schlafsack mitnehmen«, wisperte Hanne, »hatte ich doch am Telefon ...«

»Ein Scherz!«, schnappte Miriam. »Das war doch wohl nicht ernst gemeint!«

»Also ich bin voll ausgerüstet«, kicherte Claude leise, »mit Zelt, Schlafsack und Isomatten, eine Decke hätte ich übrig ...«

»Nein!«

»Sssschschsch!«, zischelte es im gedämpften Licht. Dann war es war still. »Wir werden schon was finden«, flüsterte Hanne und tätschelte Miriams Hand, »kein Problem.«

Die ersten Töne der zwölfsaitigen guitarra portuguesa, eine Melodie, ein Akkord, die andere Gitarre legte einen Takt darunter. Der neugierige Portugiese wechselte einen Blick mit den Gitarristen, strich sich das Haar zurück, legte den Kopf nach hinten und schloss die Augen. Dann die ersten Töne, eine klagende Stimme, arabisch anmutend, erfüllte den Raum, getragen von den Gitarren, im Auf und Ab einer schlichten Melodie. Die Gitarren übernahmen einen Refrain, das Publikum sang leise mit, danach steigerte sich der Sänger dramatisch, verzog leidend das Gesicht und in einem Crescendo mit den Gitarren brach er abrupt ab – aufgefangen vom tosenden Applaus.

Claude hatte gebannt zugehört, klatschte begeistert, »Großartig! Echter Fado, der portugiesische Blues, voller Leidenschaft!«

Wehmütig erinnerte sie sich an einige ihrer Auftritte

im Duckdalben, hatten sie jemals diese Intensität, diese Nähe gehabt? Dieser Mann sang sich wahrhaftig die Seele aus dem Leib.

»Wusstest du, dass sie hier heute Abend Fado singen?«

Hanne lächelte und nickte.

»Woher …?«

Doch die Gitarren begannen erneut und das Spektakel wiederholte sich. Der Mann kehrte in dieser familiären Atmosphäre sein Innerstes nach außen, doch nach zwei weiteren Liedern verneigte er sich bescheiden, applaudierte den beiden Gitarristen und setzte sich.

Die Lampen wurden heller, die Türen wieder geöffnet und der Lärm der Nachtbummler in der Gasse vertrieb die Magie der Musik.

Der Kellner trat mit einem Tablett an den Tisch der Freundinnen und servierte drei kleine Gläser mit einer dunkelroten Flüssigkeit. Er zeigte auf den Sänger, der lächelnd näher trat und eine Verbeugung andeutete.

»Mein Name ist José Manuel Almeida«, stellte er sich in fast akzentfreiem Deutsch vor, »Darf ich mir erlauben, Ihnen einen Kirschlikör anzubieten? Ginginha, er gehört zu Lissabon wie Fado und der Tejo.« Er nahm sich selbst ein Gläschen und prostete ihnen zu, Hanne zuerst. Eine Kleinigkeit, die Claude, trotz ihres schwummerigen Zustandes, registrierte. Hanne und ihre – nachgewachsenen – langen blonden Haare machten auch mit fast fünfzig bei Portugiesen vermutlich noch was her.

»Sie haben wunderbar gesungen«, sagte Claude und

erhob mit den anderen beiden ihr Glas. Sie nippte, süß und fruchtig. Damit sollte sie vorsichtig sein.

»Entschuldigen Sie bitte, aber ich hörte, Sie sprechen Deutsch und …«, sagte Senhor Almeida.

»Setzen Sie sich doch«, Hanne bot ihm höflich den vierten Stuhl am Tisch an. »Warum sprechen Sie so hervorragend Deutsch?«

Claude sah, wie Miriam mit den Augen rollte, aber sie fand den Typ amüsant und bestellte ein viertes Weinglas. José Manuel erzählte seine Geschichte. Kind portugiesischer Gastarbeiter, mit 14 Jahren zurück nach Portugal, Abitur an der Deutschen Schule in Lissabon, Studium, aber die große Liebe war schon immer der Fado. Als Student trieb er sich in Spelunken und Fadobars herum, kellnerte und sang schließlich selbst.

Claude seufzte. Sie begann sich nach einer Zigarette zu sehnen.

»Ich war im Herzen immer ein Fadista, ich habe zwar viele Jahre versucht, dieser Bestimmung auszuweichen, aber Fado kommt von *fatum,* dem Schicksal«, er lächelte ergeben, »und heute darf ich mich glücklich schätzen, dass ich über genug Zeit für diese Leidenschaft verfüge. Fado überlebt alles.«

Die Türen zur Straße wurden erneut geschlossen, dann wiederholte sich das intime Spektakel mit dem vielstimmigen Klang der beiden Gitarren. Diesmal stand die Frau auf, die am Tisch der Musiker saß. Legte sich ein schwarzes Dreieckstuch mit langen Fransen über ihre rot glänzende Bluse und ließ ihren Blick ins Nirgendwo wandern. Stille, es war ihr Auftritt. Sie schloss die Augen und ihre warme Stimme erfüllte den Raum, selbstvergessen, und auch wenn mancher Ton verrutschte, der Applaus war begeistert. »Keiner der Sänger hier ist Profi«, erklärte Almeida leise, »wir singen alle, weil wir nicht anders können – das ist Fado vadio, der wilde, der wahre Fado, der von der Straße kommt und aus der Seele.« Er nickte zufrieden und erhob sich, »Ich werde draußen eine Zigarette rauchen«. Hanne sprang auf, »Ich brauche auch ein wenig frische Luft!«, und folgte ihm.

»Die Schicksalsnummer hat bei Hanne voll eingeschlagen«, murmelte Miriam.

Claude lächelte, »Sollte sich unsere Hanninanni auf ihre alten Tage noch etwas vorgenommen haben?«.

»Warum nicht?«, sagte Miriam, »Ihre Kinder sind ja wohl fast erwachsen, da kommt man wieder auf Gedanken …«

»Du auch?«, setzte Claude nach.

»Ich?«, Miriam schaute ehrlich verwundert, »Ich habe nicht mal Zeit, drüber nachzudenken«, sie zog ihr Smartphone aus der Tasche, »und zweitens bin ich einigermaßen erfolgreich verheiratet.«

»Mit einem Mann!«, ergänzte Claude, »Was dir vor 25 Jahren niemand zugetraut hätte.«

Miriam zuckte mit den Schultern, »Das Schicksal ist unberechenbar, man kann ihm nicht ausweichen, haben wir doch gerade gelernt«.

Sie wandte sich dem Display zu, las, seufzte, begann

eine Nachricht zu tippen. Claude beschloss, ihrer aktuellen, sehr konkreten Sehnsucht nachzugeben.

Draußen war es dunkel geworden, die Lichter der Bars und Restaurants beleuchteten die Gasse, junge Portugiesen und Touristen drängten sich zwischen den alten Häusern. Von irgendwoher wummerte Musik, Lachen und Rufe, ein vielstimmiges Sprachengewirr schwang in der Luft. Hanne stand mit ihrem steten Lächeln – wie konnte sie das überhaupt so konstant halten? Permanente Meditation? – neben dem rauchenden José Manuel Almeida und schrieb etwas auf einen Zettel.

»Obrigada«, hörte Claude sie sagen, als sie sich den beiden näherte. Obrigada? Hieß das nicht ›danke‹?, überlegte Claude, aber wofür bedankte sich Hanne? Sie steckte den Zettel in ihre Rocktasche, lächelte Claude überrascht an und erklärte, »Die Telefonnummer von Senhor Almeida, für alle Fälle«.

Claude nickte, sie konnte sich zwar nicht vorstellen, für welche Fälle die Telefonnummer eines Fadosängers taugen sollte, aber wenn Hanne meinte.

»Hätten Sie eine Zigarette für mich?«, bat Claude, »eigentlich rauche ich ja nicht, aber heute …«, Claude spulte den üblichen Text aller Schnorrer ab – und, ja, Miriam, auch aller Schnorrerinnen –, die sich allein aus purer Vernunft das Rauchen abgewöhnt hatten.

»Sicher«, er zog ein zerknittertes blaues Päckchen aus der Hosentasche.

»SG Filtro!«, rief Claude beglückt, ihre kurzen portugiesischen Lieblingszigaretten, »die habe ich vor 25 Jahren geraucht und es gibt sie immer noch!«

Claude schnupperte, dieser Tabakgeruch gehörte zu ihrem Sommer damals, »Weißt du noch? Die heilige Dreieinigkeit aus Kaffee, Cognac und Kippe zum Sonnenuntergang?«

»Erstaunlich, was so ein Körper alles aushält«, erwiderte Hanne trocken.

»Komm, tu mal nicht so heilig«, Claude legte ihr den Arm um die Schultern. Hanne fühlte sich tatsächlich fest und drahtig an. »Damals, vor deiner Yogizeit, hast auch du unbekümmert ungesund gelebt.«

Hanne verdrehte die Augen, »Ich mag nicht dran denken …«.

»Sei nicht so streng mit mir, ich habe einen Großteil meines Lebens hinterm Tresen verbracht. Davon wird man nicht jünger.«

»Das Leben macht nicht jünger«, seufzte Hanne theatralisch, »aber weiser! Mit Ausnahmen«, sie flüsterte, »Lass mich mal ziehen …«

»José!«, am Eingang winkte der Keller dem Fadosänger, er wollte die Türen wieder schließen. Sie schoben sich zurück ins Lokal.

José Manuel orderte eine weitere Runde Kirschlikör, Hanne und Miriam winkten dankend ab, Claude übernahm gelassen ihre Gläschen. Sie fühlte sich wie zu Hause und hätte sie Fado singen können, sie hätte in dieser Nacht Sehnsucht und Leidenschaft hinausgeschmettert, dass das gesamte Bairro Alto geheult hätte.

Nach Mitternacht verließen sie das Flor do Mar gemeinsam mit dem Sänger. Claude fühlte sich auf einer Wolke. Dieses Lissabon war eine Droge. »Nach Fado und Ginginha fehlt noch der Tejo!«, rief sie übermütig, »In dieser Nacht müssen wir noch den Fluss sehen!« Sie hakte sich wie selbstverständlich bei Senhor Almeida ein, »Kommt, Mädels! Es ist unsere erste gemeinsame Nacht!«

8

Miriam trat in das Lissaboner Nachtleben hinaus. Auch das noch – ein Spaziergang zum Fluss runter. Und wieder rauf. Aber eigentlich war ihr alles recht. Hauptsache, den Moment hinauszögern, bevor sie in dieses Miniappartement musste.

Wollte sie lieber das Bett mit Hanne teilen oder dem Quietschen des Schlafsofas in ihren Albträumen lauschen? Sie sollte sich noch einen Absacker genehmigen, irgendwas Hochprozentiges.

»Elend, wer immer zu Hause lebt,
In seiner Heimstatt zufrieden«,

Senhor Almeida stand mit ausgebreiteten Armen vor ihnen auf der Gasse und rezitierte mit eleganter, tiefer Stimme.

»Keine Träume träumt, keine Schwinge hebt,
Das Feuer zu fachen, bei dem er strebt
Fort aus des Herdfeuers Frieden.«

Erstaunlich, dachte Miriam, Hanne und Claude applaudierten und lachten.

»Fernando Pessoa, aus dem Gedichtzyklus ›Die Botschaft‹. Darf ich mir erlauben, Sie auf unserem nächtlichen Spaziergang meinem Dichterfreund vorzustellen?«

»Aber sicher!«, Claude nahm wieder seinen Arm, Hanne schob sich unter seinen anderen; Seite an Seite tänzelten die beiden Freundinnen mit José Manuel Almeida die Gasse hinunter. Claude, sicher mehr als nur angeheitert von der doppelten Wein-Kirschlikör-Runde, und Hanne, die sogar mit fast fünfzig und vier Kindern noch auf lustig-liebes Mädchen machte. Miriam hingegen fühlte sich kantig. Irgendwie. Klobig. Im Kopf wie im Körper.

Ans Meer, dachte Miriam, am besten gleich morgen. Hoffentlich gab es in diesem Dorf inzwischen eine hübsche Pension mit Terrasse und Blick auf den Atlantik. Endlich mal an nichts denken. An gar nichts. Schon gar nicht an später.

»Miri! Kommst du?«, rief Hanne. Miriam beschleunigte ihre Schritte. Hanne hakte sie unter. Also gut, entspannen. Sie sollte den anderen – und sich selbst – nicht unnötig die Stimmung verhageln.

»Kommen Sie, meine Freundinnen«, hörte sie Senhor Almeida, »ich erzähle Ihnen etwas über Lissabon, diese *femme fatale,* magisch, betörend, die ihre Liebhaber ins Verderben reißt – aah, Lisboa!«

Claude schwang die Hüften und drehte ihre Hand in der Luft, »O, là, là, Senhor Almeida!«.

Er lachte schüchtern, »Sie werden sich wundern«, und sprach überraschend ernsthaft weiter, »Jeder Ort, der einmal große Geschichte geschrieben hat, besitzt weiterhin seinen Glanz, vielleicht verborgen, eingestaubt oder überwachsen von Unkraut und Dornensträuchern. Aber dieser Ruhm ruht wie ein Samen in der Erde, der unverhofft irgendwann aufblüht. Vielleicht erst nach langer, langer Zeit – so ist das Leben, so ist das Schicksal, manchmal dauert es. Aber zu spät ist es nie«, philosophierte der Fadosänger.

Für den Geschmack der Marktforscherin Miriam ein ziemlich schwülstiger Vortrag. Für Miriam, die 25-jährige Feministin und Studentin, schlicht ›kolonialistisches Gesülze‹. Doch irgendetwas in den Worten des Fadosängers hatte es geschafft, sie zu berühren.

Senhor Almeida schaute sie an, »Hören Sie? Es ist nie zu spät, sich noch einmal großartig zu erleben. Nie. Und sei es großartig im Kleinen«, er räusperte sich, »möglicherweise nur für sich selbst«, und blickte hinauf in den Nachthimmel.

»Ups!«, Claude, nicht mehr sicher auf ihren Füßen, war auf ihren glatten Sohlen ausgerutscht, Almeida fing sie galant auf.

»Vorsichtig, meine Freundin. Achten Sie in Lissabon auf Ihre Schritte. Dieses Pflaster ist tückisch.« Er lachte leise und zeigte auf die quadratischen Steine, die die Gasse pflasterten. Sämtliche Plätze und Bürgersteige in Lissabon waren mit diesen weißen und schwarzen Steinen gemustert, Wellenlinien. Rauten, Sterne,

Caravellen oder auch Namen und Embleme angrenzender Läden.

»Diese Pflasterkunst wird für die Ewigkeit gemacht, sogar heute noch«, Almeida lachte, »dabei ist es unpraktisch. Wenn es geregnet hat, sind diese Steine glitschig wie Seife. Eine Katastrophe auf den steilen Straßen. Aber: Es zwingt uns, die Schritte bedächtig zu setzen. Eine gute Übung in dieser rasanten Zeit, nicht wahr?«

Sie traten aus der Enge des Bairro Alto auf einen hell erleuchteten Platz. Miriam erinnerte sich an die Statue im Zentrum, darunter lag die Tiefgarage. Ein beruhigendes Gefühl: Von hier aus wusste sie den Weg zu ihrer Schlafstätte – falls Hanne wieder einen Aussetzer in der Orientierung hatte und Claude, ach, an Claude gar nicht zu denken.

»Hier sehen Sie Luís de Camões«, Senhor Almeida zeigte auf den Herren auf dem Podest, Buch in der einen, Schwert in der anderen Hand, »unseren hochverehrten Nationaldichter! Er goss die portugiesischen Entdeckungen in heldenhafte Reime …« José Manuel Almeida drängte seine Begleiterinnen über den Platz, zwischen Autos hindurch, weiter Richtung Rua Garret. Bei den voll besetzten Tischen vor dem Café A Brasileira blieb er stehen.

»Camões war der Chronist, doch hier sitzt der Prophet!«, erklärte Almeida stolz, »ich möchte sagen, mein Freund und Seelenverwandter, der Dichter Fernando Pessoa – Sie haben gewiss von ihm gehört.«

In Bronze gegossen saß der Poet in korrektem Anzug mit Hut, Nickelbrille und verhuschtem Gesichtsausdruck an einem Tisch. Neben sich ein leerer Stuhl, um den sich sogar in der Nacht noch Touristen für ein Selfie mit Dichter drängelten.

Miriam erkannte die schnörkelige Fassade des legendären Cafés natürlich wieder. Sie, die weltoffene, intellektuelle Politikstudentin, hatte Hanne und Claude damals selbstverständlich in dieses Wohnzimmer von Künstlern, Schriftstellern und Intellektuellen geschleppt. Aber wo war der Zauber geblieben?

»Der späte Ruhm meines Freundes Pessoa und dieses zweifelhafte Denkmal retteten das Café vor dem finanziellen Ruin«, seufzte ihr selbst ernannter Stadtführer, »Aber hat einer dieser reisenden Fotofetischisten auch nur eine einzige Zeile von ihm gelesen?«

Senhor Almeida schüttelte sich angesichts dieser globalisierten Ignoranz. Eine junge Asiatin hatte sich auf den leeren Stuhl gesetzt, zupfte ihren Minirock zurecht, legte den Kopf an Pessoas bronzene Schulter.

»Dabei ist seine ›Botschaft‹ prophetisch, jawohl, prophetisch, liebe Freundinnen. Noch immer aktuell. Universell. Doch niemand weiß davon, natürlich nicht.«

Senhor Almeida tätschelte seinem Helden mitfühlend die Hand, »Gehen wir lieber«, und überließ den Dichter seinem nächsten Fototermin.

»Meinen Sie, Pessoa hätte dieser Trubel gefallen?«, fragte Miriam.

»Kommt drauf an, welchen Sie meinen«, Sen

hor Almeida kicherte ein wenig, »Er war ja viele, über 70 Heteronyme trieben ihr Unwesen in ihm. Das waren Persönlichkeiten, die in ihm wohnten und ihm ihre Gedichte diktierten. Bekannt wurden zwar nur drei oder vier, aber stellen Sie sich dieses innere Durcheinander vor!«, rief Almeida.

Endlich bogen sie in eine stillere Gasse, die zum Fluss hinabfiel. Miriam hätte gerne ihre Schuhe gewechselt. Auch ohne Regen, nur mit ihren leicht erhöhten Absätzen, war dieses Pflaster tückisch. Warum hatte sie keine Jesuslatschen, Birkenstocks oder diese wahnsinnig bequemen Juteschlappen eingepackt?

»Natürlich waren diese Heteronyme ihm lästig, meine Freundinnen, aber all diese verschiedenen Stimmen waren es am Ende, die Fernando Pessoa, diesen unscheinbaren Handelskorrespondenten, über sich selbst und seine eigene beschränkte Existenz hinauswachsen ließen«, beendete Almeida seinen Vortrag.

»Mit vier Kindern habe ich keine Heteronyme nötig«, konterte Hanne trocken. »Natürlich, meine Liebe«, Senhor Almeida ließ sich nicht irritieren, griff nach Hannes Hand und fragte salbungsvoll, »aber geht es uns nicht allen so, dass wir mehrere Personen sind und diesen vielen inneren Stimmen nur selten geduldig zuhören können. Ist es nicht so?«

»Hmhm«, Hanne nickte zustimmend, »da hilft dann kein Baldrian. Manchmal muss man einfach lauter brüllen.«

Hanne! Miriam horchte überrascht auf. War Hanne

überhaupt in der Lage, zu brüllen? Oder hatte sich gerade eine ihrer inneren Stimmen Gehör verschafft?

»Wie halten *Sie* denn Ihre inneren Rüpel in Schach?«, fragte Claude anzüglich.

»Ich widme einem nach dem anderen ein wenig meiner Lebenszeit«, antwortete Almeida ernsthaft, »Wenn auch unfreiwillig.«

»Beschäftigen Sie sich auch beruflich mit Fernando Pessoa?«, fragte Hanne mit zarter Bewunderung in der Stimme. Hanne klang wieder nach Hanne. Sehr süß und schwer erträglich.

»Nun, im weitesten Sinne, ja, vielleicht auch beruflich. Freiberuflicher Schicksalforscher trifft meine derzeitige Beschäftigungslage vielleicht am besten. Wie gesagt, Fado kommt von Schicksal, Sie erinnern sich?«

Miriam hätte sich abgesetzt, wären sie an einem vertrauenerweckenden Hotel vorbeigekommen. Sie hätte sich mehrere hochprozentige Absacker und ein großzügig bemessenes Zimmer gegönnt und Claude und Miriam am nächsten Morgen wiedergetroffen, vielleicht. Aber in diesem Gewirr steiler menschenleerer Gassen? Miriam wusste nur, dass unten der Fluss war und oben der schizophrene Dichter saß, während sie irgendwo dazwischen mit einem abgründigen Fadosänger und zwei fast unbekannten Frauen umherstöckelte. Und das Schlimmste: Dieser Abend war erst der Anfang ihrer gemeinsamen Odyssee.

»Sehen Sie, ich war einmal Fabrikant, Mode, portugiesisches Design, gefertigt in Portugal, vertrieben in

25 Boutiquen«, erklärte Senhor Almeida plötzlich im gewinnenden Tonfall eines Unternehmers. Was war das nun wieder? Wie oft hatte José Manuel Almeida, Fadosänger, Dichterfreund, Schicksalsforscher und nun Unternehmer, in der vergangenen Stunde eigentlich die Persönlichkeit gewechselt?

»Ein traditionsreiches Unternehmen, bis zur Eurokrise, oder wie immer man diese Krise nennen will. Zumindest hat mir dieser Umbruch persönlich klare Signale gegeben. Kein Zweifel möglich.«

»Uuuh«, raunte Claude beschwipst, »und was sprach die Krise?«

Almeida räusperte sich, ließ tonlos ein »Bankrott« fallen, fügte dumpf hinzu, »alles weg. Läden, Fabrik, Haus, Auto. Nur meine Frau ist mir geblieben − ausgerechnet«, er räusperte sich erneut, nahm einen tiefen Atemzug, »Das Schicksal stellt uns doch immer wieder vor erstaunliche Aufgaben.«

Claude lachte schrill auf, »So kann man einen Bankrott auch mal sehen«.

Hanne schaute Senhor Almeida mitfühlend an. »Das tut mir wirklich sehr …«

»Nein, nein, werte Freundinnen«, wehrte der Schicksalsforscher die tröstenden Worte ab, »lassen wir das. Ich bin dankbar für meine Bestimmungen.«

Absurd, vollkommen absurd! Miriam fühlte leichte Hysterie aufsteigen. Sie blieb stehen, blickte in den Vollmondhimmel. Sah sich selbst in ihrem Büro, bei den täglichen Meetings, Projektplanungen, Präsentationen, ständig vernetzt, die Kinder, der Gatte, der Hund, das Haus, der Garten, das Hamsterrad. Sie hatte sich mit dieser idiotischen Reise selbst herauskatapultiert. Stand inmitten dieser merkwürdigen Stadt zwischen betagten Häusern mit knarzenden Treppenaufgängen, voller Geschichten von Seefahrern und ihren verlassenen Frauen, von traurigen Dichtern und weinenden Sängern, die über das Schicksal schwadronierten.

Ihr taten die Füße weh. Atmen. Weitergehen. Nicht ausrutschen.

Miriam zog sich diese elenden Sandalen von den Füßen und beschloss, barfuß weiterzulaufen.

»Ich muss endlich den Fluss sehen, Senhor Almeida«, bettelte Claude.

»Geduld, wir sind gleich da«, sagte er wie ein Vater zu seinen quengelnden Kindern, »Genießen Sie die Leichtigkeit, mit der diese Stadt verführt, betört. Das gleißende Licht des Tages macht uns noch nachts trunken, man möchte nicht ins Bett, möchte weiter tanzen, singen, weinen, traumwandeln … noch viel zu früh zerreißt das Morgenlicht den Zauber dieses Moments …«, er fasste sich wieder, »Geduld, Sie werden es nicht bereuen.«

Sie liefen ein Stück auf gleicher Höhe und noch einen Treppengang hoch. Dann blieb Senhor Almeida stehen, rüttelte an einem verrosteten schmiedeeisernen Tor und drückte es auf – dahinter verbarg sich ein verwilderter Garten. Büsche hatten den schmalen Weg fast überwuchert, doch am Ende öffnete sich die weite Terrasse einer Villa. Der Vollmond schien auf die barocke

Fassade mit blau-weißen Kachelbildern und verschlossenen Fensterläden.

»Wo sind wir hier?«, fragte Hanne. Der Schicksalsforscher drehte sich um, ein warmes Lächeln erleuchtete seine Augen, »Auf einer Aussichtsterrasse der Träume und Wünsche«, er blickte sein Publikum erwartungsvoll an. »Portugal ist ein überaus dankbarer Ort, um dem Schicksal auf die Schliche zu kommen, den Wirrungen, Wundern und Zufällen. Meinen Sie nicht? Oder warum sind Sie sonst hier? Ausgerechnet hier, wenn ich so offen fragen darf.«

Sie traten an die steinerne Brüstung. Das Rauschen der Stadt drang herauf, wie Glühwürmchen blinkten die Lichter am Fluss, winzige Autos rollten die Straße am Tejo entlang, eine Fähre zog mit einem feinen weißen Schweif durch das Dunkel.

»Schicksal erforschen«, sagte Hanne, »das ist eigentlich keine schlechte Beschreibung für unsere Veranstaltung hier, oder?«

Sie standen eng beieinander, spürten den Atem der anderen.

»Hören Sie«, hob Almeida nach einer Weile wieder an, »ich werde Sie gleich verlassen müssen. Aber ich möchte Ihnen noch die Geschichte unseres verlorenen Königs Sebastiãos ans Herz legen.«

»Sebastião?«, wiederholten alle drei Frauen, überrascht und ein wenig erschrocken.

»Nun, Sebastião, der letzte König unseres goldenen Zeitalters der Entdeckungen. Ein junger Heißsporn, der nach Afrika in den Krieg zog, um das Imperium zu retten. Die Schlacht endete im Desaster: Nur ein trauriges Häuflein Soldaten kehrte zurück, von Sebastião keine Spur. Niemand hatte ihn fallen gesehen, niemand seine Leiche gefunden. Tragisch, sehr tragisch, denn er war jung und hatte keinen Nachkommen hinterlassen. Kurz darauf übernahm der spanische König auch Portugal, unser Erzfeind. Jahrhundertelang waren wir mutig hinaus aufs Meer gesegelt, hatten neue Welten entdeckt. Mit der spanischen Regentschaft endete dieses goldene Zeitalter, Portugal verlor seinen Glanz, seine Bedeutung. Und so warten wir noch immer auf unseren verlorenen König ...«

Almeidas Stimme glitt durch die Dunkelheit, er zog mit dem Arm einen weiten Bogen über den Fluss, dann fuhr er fort, »... bis er an einem nebligen Morgen wieder auftauchen wird«.

Miriam schnappte nach Luft. Kein Wunder, dieser Bankrott – ein Fabrikant, der sich nach der Wiederauferstehung eines vor Jahrhunderten verschollenen Königs sehnte, »Ist das Ihr Ernst?«, fragte Miriam vorsichtig.

»Aber sicher«, antwortete Almeida und lachte.

Almeida trat von der Brüstung zurück, stellte sich in Pose und deklamierte mit erhobenen Armen:

»Wann zeigst du deine Rückkehr an,
Gibst meiner Hoffnung Liebe Raum
Wann steigst du aus der Sehnsucht, wann?
Wann, mein Gebieter und mein Traum?«

Almeida verbeugte sich tief. »Auch Pessoa war Anhänger des Sebastianismus, diese Zeilen waren aus seiner ›Botschaft‹. Ich weiß, Sie halten mich für verrückt. Aber ich sage Ihnen, nur wer an Wunder glaubt, dem werden sie auch begegnen.«

Hanne nickte heftig, natürlich. Claude lehnte stumm an der Brüstung und Miriam dachte: komplett durchgeknallt. Aber charmant.

»Meine Freundinnen, ich verabschiede mich nun von Ihnen, Sie sind nur wenige Schritte von Ihrem Appartement entfernt und werden den Weg allein dorthin finden, nicht wahr, Hanne? Denken Sie an Pessoas ›Botschaft‹:

Die Kräfte in uns
Sie werden gelenkt
Von der Seele inn'rer Vision!

In diesem Sinne, meine Freundinnen – eine gute Zeit in Portugal«, der Schicksalsforscher schwenkte einen nicht vorhandenen Hut und verschwand in der Dunkelheit.

9

Weg, er war einfach weg! Hanne starrte in die Dunkelheit. Claude lehnte mit verträumtem Blick an der Brüstung, sang »Ground Control to Major Tom!« und kicherte. Miriam stand barfuß mit den Sandalen in der Hand auf der Terrasse und spottete, »Nun hat dein Schicksalforscher uns also unserem Schicksal überlassen«.

Sie hatte leider recht.

»Hanne, mal ehrlich, kanntest du den Typ?«, Miriam war neben sie getreten.

»Ich? Nein, wie kommst du dadrauf?«

»Er hat dich geduzt, und woher weiß er, wo wir das Appartement haben?«

»Keine Ahnung«, haspelte Hanne, »also doch. Als wir draußen vor dem Flor do Mar standen, haben wir geredet, er hat gefragt, in welchem Hotel wir wohnen … wie man eben so fragt.« Miriam hatte so eine Art, dass sie sich wie ein dummes kleines Mädchen fühlte.

»Ich habe doch auch keine Ahnung, wo wir hier sind!« Hanne riss die Arme hoch und ging zu Claude an die Brüstung.

»Auf der Aussichtsterrasse der Wünsche und Träume!«, rief Claude. »Also, wünschen wir uns was! Wir haben bald Geburtstag.«

»Feen erfüllen mit ihrem Zauberstab immer drei Wünsche«, stieg Hanne erleichtert ein, »also hat jede einen Wunsch frei!«

»In unserem Fall hieß die Fee Senhor Almeida?«, Miriam fand das vermutlich kindisch, aber sie lächelte, wenn auch gequält, und stellte sich neben sie.

»Aber wir dürfen die Wünsche erst verraten, wenn sie in Erfüllung gegangen sind«, bestimmte Hanne.

Alle drei nickten, stellten sich eng zusammen, legten sich die Arme um die Schultern und mit Blick auf den Tejo wisperte Hanne noch einmal Pessoas Botschaft – weil sie gerade so gut passte und damit sie sie nicht vergaß, bevor sie sie aufschreiben konnte.

> *»Die Kräfte in uns*
> *Sie werden gelenkt*
> *Von der Seele inn'rer Vision!«*

Sie schauten hinunter zum Fluss, der fast schon das Meer war – und dachten an ihre Wünsche. Still, jede für sich in ihrer Umarmung.

»Alles klar, Mädels?«, beendete Claude die Stille. »Haben wir uns mit dem Schicksal verbündet?« Und alle drei mussten lachen.

»Ich weiß nicht, wie es euch geht«, sagte Claude, »aber mir ist jetzt nach einem Absacker.«

»Jaaah!«, sagte Hanne erleichtert. Sie wollte heute Nacht so beschwipst und aufgekratzt sein wie Claude, Almeidas Rat folgen und »weiter tanzen, singen, weinen, traumwandeln …, denn noch viel zu früh zerreißt das Morgenlicht den Zauber des Moments«. Sie hatte sich 25 Jahre darauf gefreut.

Sie verließen den Garten durch das schmiedeeiserne Tor und folgten der Treppe weiter nach oben. Dort blinkten die Lichter einer kleinen Bar. Auf dem Vorplatz saßen noch einige Gäste mit lang ausgestreckten Beinen in Korbstühlen unter alten Bäumen und nippten an Cocktails. Heitere Stimmen, leises Lachen, entspannter Bossa Nova klang aus der Bar.

»Das ist genau, was wir suchen«, entschied Miriam und sank in einen der Stühle. Ein Portugiese begrüßte sie auf Englisch und Claude, ganz Barfrau auf Entdeckungsreise, bat um einen Drink, mit dem sie die Nacht beschließen konnten. Etwas Ungewöhnliches, vielleicht eine Erfindung des Hauses? Er nickte und kam kurz darauf mit drei Gläsern zurück, gefüllt mit einer goldenen Flüssigkeit. Er lächelte, »Einfach, aber … er lässt den Morgen schon ahnen«.

Hanne nippte – wunderbar! Mandellikör mit Zitrone? Irgendwas in der Art. Hanne lehnte sich zurück. Das Leben war gut. Sie würde ihrer Tochter schreiben, alles würde gut werden, Claude bestellte einen zweiten Drink, Hanne nickte, ja danke, sie auch, Miriam unterhielt sich in erstklassigem Englisch mit dem Barbesitzer, die Villa, die Terrasse … verlassen … seit Jahren … alte

Familie, Textilfabrikanten ... steht zum Verkauf ... die Krise ...

Dann ließ sich Hanne von der Nacht forttragen.

Flau im Magen, schwummerig im Kopf – Hanne fühlte sich gar nicht gut am Morgen. Oder war es bereits Mittag? Sie tastete ... ah ja, kein Handy, keine Uhr. Durch einen Nebel drang die Erinnerung, wie sie mit Claude die Treppe ins Appartement hinaufgestolpert war.

Hannes Kopf schwindelte, besser nicht bewegen. Wann hatte sie das letzte Mal so einen Kater gehabt? Sie konnte sich nicht erinnern.

Sie wälzte sich an die Bettkante und setzte sich vorsichtig auf. Dieser Durst! Wenigstens an eine Wasserflasche im Kühlschrank meinte sie sich zu erinnern.

Sie tappte um das Schlafsofa herum, Claude lag diagonal auf der Matratze, sie war im Morgengrauen wie ein Pfahl umgekippt und hatte sich seither nicht mehr gerührt.

Der Kühlschrank – sie zog die Tür auf, tatsächlich Wasser. Hanne schraubte die Plastikflasche auf und ließ das Wasser in sich hineinlaufen. Wo war eigentlich Miriam? Hanne wankte zurück in die Schlafkammer.

Das nächste Mal erwachte sie vom Knall der Haustür. Sie schreckte hoch und blickte in Miriams Gesicht mit der Zornesfalte, die war mit den Jahren tiefer geworden. Claude grunzte und rollte sich zur Seite.

»So ein verdammter Mist!«, fluchte Miriam und kippte ihre Handtasche aus.

Das schlechte Gewissen überwältigte Hanne. Sie hatte es übertrieben. Aber die Nacht war so besonders gewesen, José Manuel so charmant, wahrhaftig und lebensklug, die Aussichtsterrasse, ihre Wünsche, dann die Bar, die Musik, sie hatten sich so amüsiert, zumindest sie und Claude. Und Miriam? Vielleicht nicht … aber es war Jahrzehnte her, dass Hanne so gedankenlos durch die Nacht gewandelt war, ach, diese Nacht, sie hätte niemals enden sollen.

»Ich wollte ein Auto mieten«, hörte sie Miriams dumpfe Stimme.

»Auto mieten …?«, Hanne kapierte nicht. »Wieso Auto mieten?«

»Ich muss raus aus der Stadt, weg hier. Ihr seid ja nicht fahrtüchtig, also wollte ich … aber verdammt, meine Kreditkarten sind weg! Ich hab's bei der Autovermietung gemerkt«, rief Miri, »und hier ist das Portemonnaie auch nicht, es muss geklaut worden sein, mit Kreditkarten, Personalausweis und allem!«, sie ließ sich auf die Bettkante sacken.

Hannes Kopf war eindeutig zu schwer, um zu denken. »Aber wer, wann …?«

»Gott, was weiß denn ich? Gestern, irgendwo im Gedränge …«, ihre Hände flogen durch die Luft, »in dieser ach so flirrenden, magischen Sch…stadt«, fluchte sie, »frag doch mal diesen Schicksalsforscher!«

Hanne wollte versinken vor Scham, fühlte sich persönlich schuld an dem Verlust der Kreditkarten. Claude hingegen ächzte nur, zog sich das Laken über den Kopf.

»Wann hast du das Portemonnaie denn zuletzt in der Hand gehabt?«

»Im Fadorestaurant, da habe ich mit Karte bezahlt. Danach nicht mehr. Die Bar hat Claude bezahlt, zumindest die ersten zwei oder drei Runden. Der Rest ging aufs Haus. Mein Wasser auch.«

»Oh«, Hannes schlechtes Gewissen schwoll weiter an. »Das ist ja blöd«, sagte sie lahm. Ihr fiel nichts Tröstendes und schon gar nichts Intelligentes ein. »Und jetzt?«

Miriam war aufgestanden, warf all ihren Kleinkram wieder in ihre lederne Umhängetasche.

»Jetzt muss ich die Karten sperren«, zischte sie, »Anzeige erstatten bei der Polizei für Touristen, der Sonderabteilung für solche Deppen wie mich. Der Mietwagen-Fritze hatte die Adresse sofort zur Hand. Tat ihm leid, aber ohne Kreditkarte kein Auto.«

Hanne wäre am liebsten in den Laken verschwunden, was für ein Desaster.

»Aber ich habe noch mein Rückflugticket. Das kann ich online umbuchen.«

Der Satz klatschte wie ein Eimer eisiges Wasser in Hannes Gesicht. »Auf gar keinen Fall!«, japste sie und vom Schlafsofa brummte Claude, »Spinnst du? Dann kette ich mich an die Tragflächen, Miri!«

Miriam machte eine wegwerfende Handbewegung, »Schon gut, ist blöd gelaufen, tut mir leid, aber soll wohl nicht sein …«.

»Wir leihen dir Geld«, bot Hanne an, »wir halten dich aus, kein Problem.«

»Das ist nett, aber nein, das kann ich nicht annehmen«, lehnte Miriam ab.

»Doch, doch, das kannst du ruhig tun«, beharrte Hanne, »Wir kriegen das hin, kein Problem.«

Miriam schüttelte entschieden den Kopf und drückte sich zur Haustür.

»Schlaft ihr euch erst mal aus. Ich mache einen Spaziergang zur Polizei.«

»Ich kann dir Geld fürs Taxi geben«, versuchte sich Hanne.

»Nein danke. Ich muss nur runter ins Zentrum, Praça dos Restauradores, gleich hinter dem Rossio. Ein paar Schritte zu Fuß tun mir gut. Bis später.«

Die Tür fiel hinter ihr ins Schloss.

Claude und Hanne schauten einander ratlos an.

»Sehe ich auch so zerknittert aus?«, Claude zeigte auf Hannes Gesicht und lächelte mitleidig.

»Schlimmer«, gab Hanne zurück, »gestern fühlte ich mich entschieden jünger.«

»Wir haben solche Nächte früher besser weggesteckt«, sagte Claude, »aber man soll auch nicht wahllos Wein, Likör und mysteriöse Cocktails in sich hineinschütten. In keinem Alter … sollte ich wissen als Wirtin.« Claude ließ sich ins Kissen sinken, schaute gegen die Decke, wo ein Ventilator seine Runden drehte.

»Meinst du, Miriam meint das ernst?«

»Mit dem Rückflug?«

»Mhmh …«

»Hörte sich so an«, Hanne rollte sich auf den Bauch und schaute zu Claude, »Sie wirkt so angestrengt.«

»Karrierefrau eben. Die soll mal lockerlassen«, Claude verfolgte weiterhin die Drehungen des Ventilators, »ich glaube, sie hat einen Job, in dem sie ständig über hopp oder flopp entscheidet, und das färbt auf das ganze Leben ab. Ich habe solche Leute oft genug am Tresen gehabt.«

Hanne versuchte ihr zu folgen, schwieg, wartete auf die Schlussfolgerung.

»Ich glaube, wir haben nur eine einzige Chance. Wir entscheiden schneller als sie. Wir packen und fahren ans Meer. Heute noch.«

Das hörte sich angesichts ihres desolaten Zustandes an wie ein Fußmarsch ins Dschungelcamp. »Sonst sitzt sie heute Abend im Flieger und ist weg.«

Die Worte sickerten in Hannes Bewusstsein. Claude hatte recht.

»Du meinst, Tee trinken, Klamotten packen und los?«, fragte Hanne vorsichtig, »Sofort?«

»Ich meine: Aspirin, Kaffee mit Zitrone, packen. Taschen ins Auto und Miri einsammeln, sobald sie die Sondereinheit der Polizei verlässt. Schanghaien, würden wir in Hamburg sagen.«

»Schang– was?«

»Verschleppen. So wie früher arme Jungs, die in Hafenkneipen von netten Herren zu viel eingeschenkt bekamen und am nächsten Morgen auf hoher See erwachten.«

»Wir sollen Miriam was einschenken?«

»Im übertragenen, weitesten Sinn natürlich«, stöhnte Claude, »Du bist wirklich kein Fischkopp. Machst du mit?«

Ausgefeilter Plan, dachte Hanne, klingt nach dem Mut der Verzweifelten. Sie musste erst mal atmen, dann konnte sie antworten, »Klar. Kein Problem.«

Der Kaffee mit Zitrone zerrte zwar an Hannes Geschmacksnerven, aber das war die Geheimwaffe der Wirtin für den Morgen danach und sie wirkte. Den Espresso hatten sie im Küchenschrank gefunden, die Zitrone, und natürlich auch Aspirin, hatte Claude im Handgepäck. »Für den heutigen Morgen war nichts anderes zu erwarten gewesen«, bemerkte sie trocken und begann zu packen – erst ihre Reisetasche, dann Miriams silbernen Rollkoffer.

Hanne setzte inzwischen Wasser auf, ohne einen großen Becher »Lebensfreude« aus dem Yogi-Tee-Beutel ging schon an normalen Tagen gar nichts, den heutigen würde sie ohne ayurvedische Teedröhnung nicht überleben. Sie hatte einen Vorrat eingepackt, statt Aspirin und Zitrone.

»Oh, oh, oh, Miri hat heute Morgen noch geduscht«, rief Claude aus dem Bad und hielt zum Beweis ein Duschgel aus der Tür in die Kochnische. »Nach dieser eiskalten Erfrischung haben ihr die Kreditkarten nur noch den Rest gegeben.«

Klar, Hanne, du hast es richtig gründlich vergeigt.

Mit diesem günstigen Appartement und dem Fadosänger, den sie einfach bei Pessoa hätten sitzen lassen sollen, und schließlich mit ihrem übermütigen Alkoholgenuss. Dieser gut gelaunte Absturz in der Bar hatte ihre Freundin nicht amüsiert.

Hanne tunkte ihren Yogi-Tee-Beutel ins heiße Wasser und las wie üblich die Lebensweisheit des Tages auf dem Zettelchen am Ende des Teebeutelfadens, »Gelassenheit ist die höchste Errungenschaft deines wahren Ich«. Zumindest neutralisierte der Tee ihre Geschmacksnerven nach Claudes bitter-saurem Hausmittel.

Hanne und Claude verließen das Appartement mitsamt Gepäck, gaben den Schlüssel bei Claras Schwester im Café am Ende der Gasse ab. Hanne bedauerte, dass sie leider bereits einen Tag früher abreisten, aber nein, alles in Ordnung, ein zauberhaftes Appartement, sicher, sie würde eine freundliche Bewertung schreiben für kommende Gäste, kein Problem.

Sie holten den Wagen aus der Tiefgarage, bezahlten zähneknirschend 36 Euro Parkgebühren, dann fuhren sie hinunter ins Zentrum. Vorbei am Café Suiça und um den Rossio herum – Hanne war erstaunt, wie gut sie sich an einige Details in dieser Stadt erinnerte – in die nächste Tiefgarage, direkt gegenüber dem Stadtpalast, in dem die Touristeninformation und praktischerweise auch die Polizei untergebracht waren.

Claude und Hanne standen noch auf dem breiten Bürgersteig und suchten nach dem richtigen Eingang, als sich eine Tür öffnete und Miriam herauskam.

»Das nenne ich Schicksal!«, rief Hanne erleichtert. »Wir hätten uns ja fast verpasst.«

»Was macht ihr plötzlich hier?«, Miriam blickte verblüfft zwischen den beiden hin und her.

»Dann können wir ja los«, entschied Claude.

»Los? Wohin los? Ihr wolltet doch heute noch in Lissabon bleiben?«, sagte Miriam.

»Überraschung«, sang Claude geheimnisvoll, nahm Miriams linken Arm, während Hanne sich an ihre rechte Seite schob und vorsichtshalber das Thema wechselte, »das ging aber schnell mit deiner Anzeige«.

»Reine Formalität für die Versicherung, glaubt sowieso niemand, dass der Dieb gefasst oder irgendetwas wiedergefunden wird.«

»Dann lassen wir diese unangenehme Episode jetzt hinter uns und widmen uns wieder den wichtigen Dingen des Lebens«, sagte Claude und schob Miriam entschlossen zum Eingang der Tiefgarage. Miriam blieb stehen.

»Hört mal, ich habe meinen Flug gecheckt, während ich gewartet habe, ist ja kein Problem mit dem Tablet. Ich könnte heute Abend zurückfliegen.«

»O nein, Miriam«, Hanne war entsetzt, »das kannst du nicht tun, nicht im Ernst!«

»Jetzt ist es halb drei«, sagte Claude ungerührt, »wann geht der Flug?«, eine freundliche Frage, als hätten sie nie etwas anderes geplant. Hanne schauderte, aber Claude ging einfach weiter, die Treppe hinunter in die Tiefgarage, zum Kassenautomaten – und Miriam folgte.

»Um kurz nach acht wäre Abflug, ich müsste eine, eher zwei Stunden vorher dort sein, also …«

»Dann haben wir ja Zeit …«, unterbrach Claude, warf einige Münzen in den Automaten, »… für einen Abstecher ans Meer«, zog das Parkticket heraus und drängte Miriam Richtung Wagen. Hanne beeilte sich, setzte sich nach vorn auf den Beifahrersitz, griff nach der Landkarte.

»Das schaffen wir nie, mein Gepäck ist noch in der Wohnung!«, wandte Miriam ein, während Claude die seitliche Schiebetür des Kastenwagens aufzog. »Ist alles im Auto, meine Liebe.«

Miriam zögerte, bevor sie einstieg. Hanne drehte sich zu ihr um, sagte ruhig, »Keine Sorge, Miri, alles eingepackt«, während ihr Herz pochte, als hätte sie eine Kanne Espresso intus.

»Wir haben für dich mitgedacht«, ergänzte Claude.

Sie lächelte wie ein Haifisch.

Miriam setzte sich auf die Rückbank. Rrrums, die Tür war zu.

Hanne studierte fieberhaft den Stadtplan und die zerfledderte Portugalkarte. Der schnellste Weg aus der Stadt raus und ans Meer. Wo lag eigentlich das Städtchen, das José Manuel Almeida ihr am Abend zuvor genannt hatte? Évora, südöstlich von Lissabon, vielleicht zwei Stunden von der Küste entfernt, mitten im

Land. Vielleicht konnte Hanne einen Ausflug erfinden, irgendeinen Vorwand. Später, erst mal musste Miri schanghaiert werden.

Claude folgte Hannes Anweisungen, konzentriert und ohne jede Diskussion – erstaunlich. Hinten versuchte Miriam, auf ihrem Tablet zu lesen.

»Verdammt, ich muss meinen Flug noch bestätigen, die Umbuchung, aber hier hinten, bei diesen Kurven«, stöhnte sie, »vorn könnte ich lesen, aber hinten – puh, mir wird sofort übel.«

»Das war früher schon so«, erinnerte sich Claude und lächelte schon wieder haifischig, während sie den Renault rasant durch die Kurven hinauf zur Tejobrücke zog.

Von der Rückbank gab es keinen weiteren Kommentar, nur leises Fluchen, »Verdammt, und ich komme hier nicht ins Internet … mein Flug …«.

»Entspann dich, Miri. Bald sind wir am Meer«, sagte Claude. Sie überquerten den Fluss, der schon fast mit dem Atlantik verschmolz, und hinter ihnen verschwand Lissabon. Autobahn Richtung Süden, Claude raste an der ersten Ausfahrt vorbei. Es wäre der direkte Weg zu den Stränden südlich der Hauptstadt gewesen.

»Claude, wollten wir nicht ans Meer?«, rief Miriam verdutzt, »Ich muss um 19 Uhr am Flughafen sein, besser früher.«

»Keine Sorge. Eine Stunde hin, zwei Stunden da, eine Stunde zurück.«

Eine glatte Lüge. Zumindest die Stunde zurück, denn es sollte kein Zurück geben. Hanne schämte sich ein kleines bisschen, weil sie nichts sagte. Aber sie waren Komplizen. Miriams Gesicht im Rückspiegel wirkte gequält. War ihr nur übel oder ahnte sie etwas?

»Hier, Richtung Sesimbra, die nächste Ausfahrt raus!«, Hanne gab klare Anweisungen.

»Wir fahren aber nicht nach … wie hieß das noch?«, Miriams Stimme flatterte.

Claude schmunzelte, bleckte siegessicher die Zähne. Hanne schwieg betreten.

»Dem Sonnenuntergang entgegen«, Claude schlug ihren pastoralen Ton an, »sorge dich nicht.«

Exakt die Stimmlage von damals, »Gehet hin und lebet wild und gefährlich!«, hallte es in Hannes Ohren.

»Claude«, Miriams Stimme klang drohend, »wohin fahren wir?«

»Meco Beach!«, platzte Claude.

»Nein!«, rief Miriam und wäre Claude von hinten fast ins Lenkrad gefallen. »Mein Flug!«

»Doch!«, rief Claude und lachte siegessicher, »Über deinen Flug sprechen wir in der blau-weißen Bude, aber da fahren wir jetzt direkt hin. Das bist du uns schuldig!«

Sie drehte den CD-Spieler an. »Hey heey, oh oooh«, hallte es, dann brüllte Frankie Goes to Hollywood »Relax!« durch den Wagen und Claude zog laut singend von der Autobahn auf die Landstraße.

»Relax!«, sang auch Hanne und erschrak vor sich selbst und so viel lauter Spontanität. Sie drehte sich um.

Miriam lehnte erschöpft an der Rückenlehne und schaute nach draußen. Sie hatte verstanden.

10

Claudes schlechtes Gewissen hielt sich in sehr engen Grenzen. Miriam hatte schon vor 25 Jahren zu ihrem Glück gezwungen werden müssen. Nur Hannes reizende Beharrlichkeit hatte sie damals vor einem traurigen Sommer auf Balkonien bewahrt. Claude war zwar nicht dabei gewesen, aber die beiden hatten die entscheidende Szene zwischen Berlin und Köln noch gefühlte hundertzwanzigtausend Mal mit der Einleitung »Stellt euch vor, wir wären jetzt nicht hier, sondern …, hahaha!« geschildert. Claude erkannte ihre Freundin von damals auch in Edelklamotten wieder. Wenn die Dinge nicht mehr ihren glasklaren Vorstellungen entsprachen, spielte Miriam nicht mehr mit. Ein beleidigtes, trotziges Mädchen. Bei diesem Gedanken musste Claude grinsen, den sollte sie der Karrierefrau besser nicht unter die Nase reiben.

Claude schob eine CD mit entspannterer Musik ein. Ein paar schöne alte Songs von Joni Mitchell, Gitarrensound, Songwriter − be cool, play it cool, you're nobody's fool −, auf so etwas hatten sie sich damals alle drei ganz gut einswingen können. Konsens-Charts ohne Marley, Deter und Piaf.

Ansonsten kümmerte sie sich nicht weiter um Miriams Laune und folgte stoisch Hannes Anweisungen. Sie erkannte keine einzige Straßenkreuzung mehr. Läden, Wohnhäuser, Werkstätten, dazwischen Parkplätze, verdorrte Wiesenflecken – Zutaten der Moderne, wie zufällig in die Landschaft geworfen. Claude verließ sich auf Hannes Kartenkenntnisse, die Richtung stimmte ungefähr, sie würden schon ankommen.

Die Klimaanlage pustete auf vollen Touren kühle Luft ins Auto – damals hatte es nur offene Fenster gegeben. Ach, damals … je näher sie ihrem Strand mit der blauweißen Bude kamen, desto mulmiger wurde Claude. Sollten sie nicht doch lieber umdrehen und ihre abenteuerliche Erinnerung an den Strand und die spektakuläre Küste in aller Schönheit bewahren?

Zu spät. Nur keine Diskussionen, nur Miriam keine Chance geben, auszusteigen. Sie sah gar nicht glücklich aus, schmollte auf der Rückbank. Waren es tatsächlich nur die geklauten Kreditkarten und der ausschweifende Besuch der Bar gewesen? Miriam war unter Druck. Ärger mit dem Gatten? Hatte er eine Geliebte und sie sollte zu Hause besser Präsenz zeigen, anstatt das Feld zu räumen? Oder fand sie es tatsächlich unerträglich, mit ihr und Hanne zehn Tage in Portugal herumzutrödeln?

Inzwischen fuhren sie durch flaches Land, kleine Felder, durchzogen von Pinien- und Eukalyptuswäldern. Die Straße wurde schmaler, kurviger, Claude erinnerte sich an einige Ortsnamen und schließlich den Hügel, auf dem das Dorf Aldeia do Meco lag.

Hanne stellte die Musik leise. Schweigend rollten sie durch die leeren, sonnigen Straßen des Dorfes. Ja, hier, tatsächlich, hier waren sie gewesen, damals. Das Dorf – die Zivilisation, der Strand – die pure Freiheit. Da waren sie also wieder. Ordentliche weiße Häuser mit flachen ziegelroten Dächern, Gärten mit Gemüsebeeten und Obstbäumen, umgeben von Zäunen und niedrigen Mauern, aufgeräumt und verschlafen.

»Guck, die gibt's immer noch …«, sagte Hanne leise und zeigte auf die Bar mit dem öffentlichen Telefon. Der Tabak- und Zeitungsladen. Der Minimercado, in dem sie sich mit Keksen, Joghurt und Obst eingedeckt hatten, sah größer und moderner aus. Neue Cafés und Restaurants säumten die Straße, die meisten um diese Uhrzeit geschlossen, nur ein Laden mit bunten aufblasbaren Gummitieren, Badematten, Flip-Flops und Sonnenhüten öffnete gerade wieder.

»Nichts los«, sagte Claude, um überhaupt etwas zu sagen. Sie bremste an einer Straßenkreuzung. »Da geht's zum Strand und in die andere Richtung geht's auch zum Strand. Welchen wollen wir?«

Hanne zuckte mit den Schultern, schob die Sonnenbrille hoch, schaute links, schaute rechts. »Ich glaube, unser Strand war der nach rechts.«

Vorbei an weiteren Cafés und neuen Restaurants, einem Hotel, einigen Ferienhäusern.

»Alles ein bisschen schicker als damals«, murmelte Miriam von hinten, »aufgeräumt, nicht mehr ganz so staubig.«

121

»Die Straße wurde asphaltiert«, ergänzte Claude. Dann schwiegen sie wieder. Sie verließen das Dorf, kleine Felder, einfache Häuser in schmucken Gärten.

Langsam fuhren sie einen Hang zwischen Kiefernwäldern hinunter und hinter einer Kurve, endlich, endlich! »Da!«, stieß Hanne erstickt aus und zeigte nach vorn: Am Horizont leuchtete das Meer.

»O Gott!«, stöhnte Claude und bremste.

»Was?«, Miriam steckte ihren Kopf zwischen den Kopfstützen nach vorne.

Am Ende der Straße, die früher eine Sandpiste gewesen war, glänzte nicht nur der Atlantik. Davor, wo sich das ausgetrocknete Flussbett weitete, wo früher Felder gewesen waren, wo ihr Zelt am Rand des Schilfes gestanden hatte, glänzte ein gigantischer Teppich aus Blech, Hunderte Autodächer spiegelten sich in der Sonne. An ihrem Strand mit ihrer Bude im Sand – ein monströser Parkplatz.

Langsam näherten sie sich. Links und rechts der Straße zeigten Schilder die Preise des Parkplatzes an. »Achtzig Cent pro Stunde« stand auf einem handgemalten Pappschild, direkt am Strand zeigte eine Digitalanzeige den doppelten Preis und rot leuchtend »ocupado« an, alles besetzt.

Claude drehte im Wendehammer, stumm parkten sie für 80 Cent hinter dem Schilf.

»Auf geht's, Handtücher und Bikini in die Taschen«, Claude versuchte sie zu aufzuheitern, obwohl sie selbst am liebsten sofort wieder weggefahren wäre.

»Klar«, stimmte Hanne kleinlaut zu. Miriam reagierte

gar nicht, ging zum Schilf am Rand des Parkplatzes und verschwand. Claude und Hanne folgten ihr den kurzen Pfad hinunter ins vertrocknete Flussbett. Von hier aus sahen sie direkt auf den Strand, vollgestellt mit bunten Sonnenschirmen. Hanne schaute ihre Freundinnen an. Die nickten in stillem Einverständnis. Hier war's. Auf diesem Fleck, wo heute der Parkplatz endete, hatte ihr Zelt gestanden.

»Das wäre damals doch total praktisch gewesen!«, sagte Claude, aber auch ihre entschlossen gute Laune verlor sich. »Kommt, suchen wir unsere Bude.«

Sie machten sich tapfer auf den Weg. Über den Parkplatz, die Straße zum Strand, auf einem Holzbohlenweg Richtung Meer. Links lag ein Fischerboot im Sand, eine Nussschale, abgenutzt von Salz und Wind. Die rotweiß-blaue Lackierung mürbe und abgeblättert, doch der sorgfältig gepinselte Name war noch lesbar: »Boa esperanca« – gute Hoffnung.

»Da ist sie gestrandet, die gute Hoffnung«, seufzte Hanne. Keine windschiefe blau-weiße Bude in Sicht. Dafür zwei solide gebaute Restaurants mit großen Terrassen. Auf der linken mischte ein DJ chillige Sounds. Bunte Cocktails wurden auf niedrigen Tischen neben Liegestühlen und Sonnenliegen serviert.

»Das kriege ich auch auf Mallorca«, murrte Miriam. Claude nickte. So eine Strandbar mit Cocktails und Loungemusik hatte sie selbst, zwar nicht am Atlantik, sondern am Elbstrand, aber dafür brauchte sie keine 2000 Kilometer zu fahren.

Auf der rechten Terrasse hatte eine Böe gerade einen der roten Sonnenschirme aus seinem Ständer gehoben und über das Dach geworfen. Rote Tische, rote Stühle, rote Sonnenschirme, alles mit weißem Schriftzug. Rot-weiß statt blau-weiß? Zwei junge Männer hasteten über die Terrasse und schlossen eilig die Sonnenschirme – waren sie vielleicht die Jungs, die vor 25 Jahren im Sand gespielt hatten? Eine mollige Frau mit dunklem Pferdeschwanz nahm Bestellungen auf und dirigierte die Mädchen, die Getränke und Speisen auf die Terrasse heraustrugen – hatte sie damals nicht dieses ständig brüllende Baby herumgeschleppt, während ihre fast zahnlose Mutter Fische ausgenommen hatte?

Hanne traute sich nicht zu fragen, ob die jungen Männer und die Frau Geschwister und in einer blau-weiß gestreiften Holzbude groß geworden waren. Ob aus der romantischen Bude ihrer Erinnerung tatsächlich das rotweiße Coca-Cola-Strandrestaurant geworden war.

Hanne, Miriam und Claude liefen zwischen Liegen, Sonnenschirmen und Badelaken Richtung Meer. Kinder planschten in den Pfützen, die das ablaufende Wasser hinterlassen hatte.

Klar, auch damals war am Wochenende mehr am Strand los gewesen, waren Leute aus Lissabon gekommen, die den Freaks Gesellschaft geleistet hatten, Künstler, Intellektuelle, Musiker, aber …

»Das war doch früher nicht so voll!«, rief Hanne plötzlich mit zitternder Stimme und blieb stehen, »So doch nicht!«

Miriam hielt ihr Gesicht in die Sonne, sagte gelassen, »Das Meer und die Wellen sind wie früher«. Sie trat einen Schritt zur Seite, machte einem Rettungsschwimmer Platz, der in rotem Muskelshirt an ihnen vorbeitrabte, in der Hand ein Funkgerät, aus dem es rauschte und knarzte, »aber dieses ganze Getümmel und alles drum herum, das ist doch nicht unser Strand«, resümierte Miriam nüchtern.

»Nein«, Hanne schüttelte traurig den Kopf, »das ist er wahrhaftig nicht mehr.«

»Kommt, wir fahren wieder«, sagte Miriam und fasste sie am Arm. Hanne nickte, schniefte und wischte sich Tränen aus den Augen. Sie gingen zurück zum Parkplatz.

»Im Dorf gab es doch die Abzweigung zu dem anderen Strand«, sagte Miriam, als sie am Auto ankamen. »Das war damals der offizielle FKK-Strand. Wir sind manchmal zu Fuß am Meer entlang hingelaufen.«

»Du meinst, da ist weniger los?«, fragte Claude.

»Versuchen wir's. In der Richtung war auch ein Hotel ausgeschildert, für alle Fälle.«

Hanne stieg wortlos ins Auto ein. »Miri«, sagte Claude vorsichtig, »was ist mit deinem Flug, willst du im Ernst …?«

Miriam zog die Schultern hoch, schaute in Richtung Meer. »Keine Ahnung. Erst mal will ich mich wenigstens einmal hier in diesen historischen Sand fallen lassen. Und dann … ich habe Robert eine SMS geschrieben. Er kümmert sich drum und wird sich melden.«

Sie fuhren schweigend die Straße zurück zum Dorf. Miriams Handy piepte und kurz darauf knurrte sie: »Das-darf-doch-nicht-wahr-sein«.

»Was ist los?«, Claude sah im Rückspiegel Miriams Zornesfalte in voller Schärfe.

»Robert schreibt, mein Flug sei heute ausgebucht, morgen gebe es noch einen Platz – auf der Warteliste, und dann …«, sie las mühsam beherrscht vor, »›Sofia hat sich in ihrem Zimmer eingeschlossen, beleidigt wegen des Tattoos. Was tun?‹.« Miriam reckte die Hände in die Höhe, »Was tun, was tun … der soll gar nichts tun! Zickentheater! Aber das kann Papa natürlich nicht aushalten!«

»Und du willst tatsächlich auf dem schnellsten Weg zurück, um deine Tochter vor der Selbstverstümmelung zu retten?«, platzte Claude heraus.

»Du hast keine Kinder.«

»Aus gutem Grund.«

Sie schwiegen.

Inzwischen war das Leben im Dorf erwacht, Läden hatten geöffnet, auf den Terrassen der Bars saßen die ersten Gäste zum Aperitif im späten Sonnenlicht.

»Rechts! Da ist die Abzweigung zum Strand und auch zum Hotel!«, rief Miriam.

Claude bog zwischen Pinien in eine Auffahrt und hielt auf dem Parkplatz am Rande einer Rasenfläche an.

»Schau an, sogar mit Pool, sehr schön. Ich frage nach Zimmern«, sagte Miriam zufrieden.

Offenbar hatte sie beschlossen, ihren Kreditrahmen bei Hanne und Claude auszureizen. Ruhig bleiben, dachte Claude, nicht aufregen. Hanne sagte nichts, Miriam war bereits hinter der Glastür zur Rezeption verschwunden.

Keine drei Minuten später saß sie wieder im Auto.

»Fahren wir. Zum Meer. Solange die Sonne noch scheint.«

»Also?«, fragte Claude, »hättest du die Güte, uns über das Ergebnis deiner Nachforschungen in Kenntnis zu setzen?«

»Alles voll«, schnappte Miriam, »Es ist Samstag, es ist August, es ist absolute Hochsaison. Also ist ganz Lissabon unterwegs und das Dorf bis auf das letzte Sofa ausgebucht.«

»Notfalls haben wir mein Zelt …«, sagte Claude.

»Auf keinen Fall!«, bellte Miriam, Hanne kicherte. Sie folgten der Straße vorbei an halb fertigen Ferienhäusern, bis sie vor einem Pinienwald versandete, hier musste es zum Strand gehen. Claude zeigte auf ein Holztor in einer Gartenmauer, an dem ein handgeschriebener Zettel hing: »Quartos – Rooms – Zimmer«.

»Erst mal ans Meer«, bestimmte Miriam, »sonst ist die Sonne weg.«

Sie liefen auf Sandwegen durch den Pinienwald. Inzwischen war es fast sieben Uhr.

»Wo zum Teufel ist denn nun das Meer?«, ächzte Miriam. Sie blieb schwitzend stehen und trank einen Schluck Wasser.

»Immer der Sonne nach!«, rief Hanne und ging weiter voran. Plötzlich riss sie die Arme hoch und jubelte. Einen Moment später war Claude bei ihr und stolperte vor Schreck – sie standen am Abgrund.

Tief unter ihnen zogen lange, gleichmäßige Wellenkämme auf einen breiten langen Sandstrand. Claude, Miriam und Hanne starrten betäubt hinunter.

»Da sucht man nach einsamen Stränden …«, sagte Miriam, »… und dann das …«, vollendete Claude. Da unten war ein langer Strand. Leer.

Fast. Erst auf den zweiten Blick erkannte Claude einige bewegte Punkte. Auf einem schmalen, vom Regen ausgewaschenen Pfad kletterten sie hinunter, liefen barfuß durch den warmen Sand Richtung Wellen und ließen sich einige Meter vor der auslaufenden Brandung fallen.

»Kommt! Rein in die Wellen!«, Hanne sprang auf, zog ihr Kleid über den Kopf und stand im Bikini vor ihnen.

»Perfekt vorbereitet«, lobte Claude, »wie schafft man es, am Morgen mit Dusel im Kopf bereits an den Bikini für den Nachmittag zu denken?«

»Training mit vier Kindern. Auf alles immer vorbereitet sein – sonst überlebst du nicht.«

»Warum klappt das mit zwei Kindern nicht?«, fragte Miriam, »Ich hatte nie Feuchttücher für dreckige Kinderpfoten oder Tupperdosen mit Apfelschnitzen auf dem Spielplatz parat. Totale Katastrophe.«

»Du hast vermutlich einen mitdenkenden Mann oder anderes Personal«, diese Spitze konnte sich Claude nicht verkneifen.

Dieses Überlebenstraining schien außerdem ziemlich fit zu halten. Claude betrachtete Hanne im Bikini – für fast fünfzig hatte sie sich ziemlich anständig gehalten.

»Sei ehrlich, Hanni – was ist dein Geheimnis: Yoga? Kleine Eingriffe da und dort?«

»Quatsch! Bisschen Bewegung da und dort, bisschen Yoga«, Hanne rümpfte die Nase, »ich habe mir jedes Fältchen ehrlich verdient. Außerdem kann ich mir solche Späße wie Botox sowieso nicht leisten. Und für wen auch?«

»Für einen hübschen jungen Liebhaber …?«, unkte Claude.

»Bitte?«, Hanne schien ernsthaft erschrocken, als ob ihr Claude einen glitschigen Frosch ins Gesicht geklatscht hätte. »Mal ehrlich, würdet ihr an euch rumspritzen und -schnibbeln lassen?«

»Meine liebe Hanne«, hob Claude an, »ich habe die Hälfte meines Lebens Nachtschichten im Krankenhaus und dann in einer Bar geschoben. Wie glaubst du, würde ich aussehen, wenn ich die kleinen Tricks der Beauty-Industrie dogmatisch verdammen würde? Die pure Natur lässt uns ziemlich flott verwelken. Ist das schön? Nun, nicht wirklich. Also, ab und zu eine kleine Spritze für die Frühlingsgefühle – warum nicht? Du schmierst dir ja auch nicht nur Nivea-Creme ins Gesicht, oder?«

»Na ja …«, druckste Hanne.

»Also entspann dich«, grinste Claude, die sich sehr wohl an die Antifaltencreme einer nicht ganz billigen

Marke in Hannes offenem Kulturbeutel im Lissaboner Appartement erinnerte.

»Vollkommen überflüssige Diskussion«, nölte Miriam gelangweilt.

Claude knuffte sie in die Seite, »Ach, Miriam, auf dich ist Verlass!«.

Miriam lächelte, »Ich wollte mich ja nie irgendeinem Körperkult unterwerfen. Inzwischen denke ich aber manchmal …«, sie seufzte, kniff sich in die runde Hüfte, »nun, es ist, wie es ist.« Sie erhob sich aus dem Sand. »Ich teste die Wassertemperatur.«

Sie ließ Tasche und Handtuch liegen, raffte ihr Leinenkleid und spazierte barfuß in die auslaufenden Wellen, »Huh! Das ist eher Nordsee als Hotelpool«, und tapste mit tänzelnden Schritten auf dem feuchten Sand den Strand hinunter.

Claude nickte Hanne verschmitzt zu. »Ich glaube, wir haben es geschafft«, sie hob die Hand, »give me five!«, und Hanne schlug ein. Miriam war perfekt schanghaiert worden.

Sie rannten ihr hinterher, liefen durch das Wasser, spritzten herum, sprangen über die Wellen – »O nein!«, brüllte Miriam plötzlich und spurtete erstaunlich schnell zu ihrem Platz zurück. »Mist, verdammter …!«

Eine lange Welle hatte ihre Sandalen, die Handtücher und vor allem Miriams feine lederne Umhängetasche überspült, ein Stück mitgenommen und auf dem Sand liegen gelassen. Miriam setzte sich in den Sand, griff nach ihrer Tasche und kippte sie vorsichtig aus. Meerwasser lief heraus, Tablet und Smartphone rutschten hinterher und fielen ihr in den Schoß.

Sie saß stumm im Sand, tippte und wischte auf Handy und Tablet herum, drückte Ein- und Ausschalter – die Displays blieben schlicht schwarz. »Mal trocknen lassen«, murmelte sie mutlos und stützte den Kopf in die Hände. »Shit, shit, shit«, Tränen liefen über Miriams Gesicht, »Wie soll ich denn jetzt …«, sie verschluckte ein Schluchzen, bohrte ihre Fersen in den Sand und schob ihn in kleinen Haufen von sich fort.

Das war's, dachte Claude. Dieses Salzwasserbad hat nicht nur Miriams smarte Geräte hingerichtet, sondern auch die letzte Hoffnung, dass Miriam bleiben würde.

Doch während die Tränen noch auf Miriams Wangen glänzten, begann sie plötzlich leise zu lachen.

»Sag mal, was ist eigentlich los mit dir?«, fragte Hanne in aller Ruhe. »Erst willst du auf gar keinen Fall nach Portugal kommen, auf den letzten Drücker überlegst du es dir anders, und kaum bist du hier, willst du wieder weg. Liegt es an Claude und mir? Weil wir uns in der Bar zwei, drei Cocktails zu viel eingeschüttet haben? Klar, das Appartement hatte keine fünf Sterne und das klapprige Auto ist keine Limousine. Die geklauten Kreditkarten nerven und nun ist auch noch die Tasche nass geworden … na ja, nicht nur die Tasche – aber ist das alles so grässlich, dass du abhauen musst?«

Klare Worte, dachte Claude, ausgerechnet von Hanne. Miriam blickte verwirrt. Claude legte ihr die Hand auf die Schulter.

»Überleg doch mal«, sagte sie, »du kannst nach diesem Fehlstart beleidigt nach Hause fliegen. Oder es einfach genießen. Ohne Smartphone und Tablet, unerreichbar für deine pubertierende Tochter, für Meetings und Marktanalysen und was weiß ich, was du noch alles zu tun hast. Stell dir vor: nur Hanne und ich und Portugal – ist diese Aussicht nicht auch verlockend? Endlich entgiften von der totalen Vernetzung? Wir legen unsere Taler zusammen und du bist mal richtig weg, verschollen am wilden Ende von Europa – schmeckt das nicht nach purem Glück?«

Miriam schaute erst Hanne und dann Claude an. Sie blinzelte, lächelte und nickte.

11

Diese ganze Geschichte, wollte Miriam sie wirklich ausbreiten, vor Claude und Hanne und auch noch einmal vor sich selbst? Sicher nicht. Und doch – Miriam entglitt ein langer Seufzer, wenigstens anfangen.

»Ich will weg und ich will bleiben. Weg von euch und von diesem Damals, diesen Orten der Erinnerung an unseren ›summer of love and peace‹. Wir sind nicht mehr 25, sondern 50 Jahre alt. Ich habe versucht, mich nicht um diese Zahl zu kümmern, aber seitdem ich euch beide vor mir habe, komme ich nicht drum herum.«

Miriam fühlte, wie sie innerlich taumelte. Sie wusste, dass das nur ein Teil der Wahrheit war. Worum ging es eigentlich? Etwas stimmte nicht mehr. Allerdings hatte sich dieses »Etwas« schon zu Hause gerührt, mitten in ihrem beneidenswerten Leben. Es hatte nichts mit Robert oder den Kindern zu tun, nichts mit Hanne und Claude, sondern mit ihr. Und hier, in Portugal, kam sie diesem »Etwas« näher, bedrohlich näher.

»Ich habe einige unangenehme Wochen hinter mir«, begann Miriam, »diese Geschichte mit meinem

Auge …«, sie stockte, dieses Erlebnis war ein schrilles Ausrufezeichen gewesen und der Schock lähmte sie noch immer.

»Ich habe immer gedacht, ich stehe gut verwurzelt im Leben. Bis ein dunkler Fleck in meinem linken Auge auftauchte, sich ausbreitete und wie ein Schleier über meine Sicht legte.« Der Augenarzt konnte nichts finden, das Auge war nicht entzündet. Zu viel Stress vielleicht? Eine kleine Irritation? Der Arzt verschrieb Tropfen und »Entspannen Sie sich mal«. Inzwischen hatte Miriam diesen Satz so was von gründlich satt.

Tropfen und Abende auf dem Sofa nutzten nichts. Es war, als ob sich ein dunkler Vorhang vor dem linken Auge senkte, bis sie die Gesichter ihrer Kinder und ihres Mannes mit einem Auge kaum mehr erkennen konnte.

Sie wechselte den Augenarzt. »Wenn Sie nichts sehen und ich an Ihrem Auge nichts sehe«, sagte der mit einer professionellen Ruhe, die nichts Gutes verhieß, »dann ist Ihr Sehnerv entzündet.«

Plötzlich stand der Neurologe aus der Nachbarpraxis im Raum, fragte nach summenden Gliedmaßen, und Miriam erinnerte sich an ihren Traum, in dem sie einen Hang hinunterrannte, ihren Körper nicht mehr kontrollieren, nicht stehen bleiben konnte und mit einem summenden Bein erwacht war, ins Leere tretend.

»Mein ach-so-perfektes Leben schien mir zu entgleiten, wie Sand, der durch ein Uhrglas rieselt, unaufhaltsam, und meine Versuche, ihn aufzufangen, waren einfach nur kläglich.«

Miriam verstand die Welt nicht mehr. Plötzlich war sie krank. Vielleicht sogar sehr krank.

Sie bekam Kortison, keine Tropfen, sondern Infusionen mit Megadosen. Wurde in eine Röhre zur Kernspintomografie geschoben. War da ein Tumor in ihrem Kopf? Fast eine Stunde lang dröhnte es in der Röhre. Miriam versuchte, sich den Himmel vorzustellen, um nicht durchzudrehen. Das Meer, Wellen, Weite, Luft.

Schließlich das Resultat.

Kein Tumor im Kopf.

Trotzdem weitere Untersuchungen. Warum? Keiner sprach den Verdacht aus, aber eine kurze Recherche im Internet reichte. Das Ergebnis ein Erdbeben.

Einseitiger Sichtverlust war eines der ersten Symptome für MS, multiple Sklerose. Eine Entzündung der Nerven. Nach und nach würden die Muskeln versagen. Was mit einem Fleck im Auge, einem Summen im Bein begann, konnte Jahre später in totaler Bewegungslosigkeit enden. Fortschreitende Lähmungen, schwere Störungen von Gleichgewicht, Verdauung, Atmung, Sprache. Eines Tages würde nichts mehr funktionieren. Pflegefall. Gefesselt im eigenen Körper.

Natürlich, natürlich, es gab unterschiedliche Verlaufsformen, MS sei die »Krankheit mit den 1000 Gesichtern«, las sie, bei jedem anders – ein schwacher Trost. Die Vorstellung riss ihr mit einem Schlag den Boden unter den Füßen weg. Miriam fiel, fiel wie ein Fallschirmspringer, der sich nicht daran erinnerte, wo man drücken oder ziehen sollte, damit sich der Fallschirm im letzten Moment doch noch öffnete.

Sie hangelte sich durch die Tage. Für eine sichere Diagnose wurde ihr Nervenflüssigkeit entnommen. Ein Stich mit einer langen Kanüle in die Lendenwirbel, ein einfacher Eingriff. Nebenwirkungen? Äußerst selten. Angeblich.

Miriam hatte tagelang rasende Kopfschmerzen, die Welt schwankte, sobald sie sich erhob, ihr Kopf wog Tonnen, als ob er vom Hals herunterkegeln wollte. Nach mehr als einer Woche beruhigte er sich endlich, der Schwindel, die Kortison-Bomben wirkten und an ihrem 50. Geburtstag konnte Miriam tatsächlich die Gesichter ihrer Liebsten mit dem linken Auge wieder erkennen.

Sie fasste einen Entschluss, endlich, endlich, und buchte ihren Flug nach Portugal. Businessclass, ein Ticket, das sie jederzeit problemlos umbuchen konnte.

»Inzwischen sehe ich wieder wie vorher«, endete Miriam und blickte in die erschrockenen Gesichter von Claude und Hanne. Bitte keine Gefühlsausbrüche. Bloß kein »Wird schon …« oder ein weiteres »Entspann dich mal«. Miriam war froh, dass sie mit ihren eigenen Gefühlen halbwegs jonglieren konnte. Um den Schrecken oder die Angst anderer konnte sie sich nicht auch noch kümmern.

»Warum hast du uns das nicht vorher erzählt?«, fragte Hanne ruhig.

»Ich wollte euch nicht die Laune verderben und diese Reise natürlich auch nicht.«

»Und jetzt?«, fragte Claude, »Hast du nun MS oder nicht?«

»Keine Ahnung, kann schon sein. Die Chancen bei einseitigem Sichtverlust stehen 70 zu 30 dafür.« Miriam umfasste ihre Knie, blickte auf den milchigen Horizont, in dem die Sonne bald verschwimmen würde.

»Robert und die Kinder glauben, alles wäre wieder gut. Ich habe ihnen nichts weiter gesagt. Aber das Ergebnis der letzten und entscheidenden Untersuchung ist noch nicht raus. Wenn bestimmte Antikörper im Nervenwasser gefunden werden, geht es weiter. Dann kommt irgendwann der nächste Schub, in ein paar Wochen oder Monaten oder vielleicht auch erst in einem Jahr. Das kann keiner sagen und auch nicht, wie schlimm es wird. Nur, dass es weitergeht und weiter und weiter und schlimmer wird.«

»Und wann weißt du etwas?«

»In ein paar Tagen, einer Woche vielleicht. Die Ergebnisse werden mir per E-Mail geschickt, nur an mich persönlich.«

»Also während wir hier sind?«

Miriam nickte, spürte wieder diesen tonnenschweren Druck, sie konnte kaum atmen. Sie hatte gedacht, sie könnte genauso gut hier unten am Ende von Europa auf die Ergebnisse warten. Aber nun, ohne Smartphone und Tablet, ohne Mail und SMS, ohne die Rettungsringe des digitalen Lebens?

Sie fühlte Hannes Hand, die sanft in ihrem Nacken lag. Kein Wort, kein Kommentar – gut so. So war es einfach richtig. Sie schwiegen.

»Passt auf, ich bin jetzt hier mit euch und ich bleibe auch«, beschloss Miriam. »Aber ich will nicht jeden Tag und ständig drüber reden, okay? Ihr wisst es, das reicht. Wenn ich zu Hause bin, muss ich wieder drüber nachdenken und mich kümmern. Bis dahin will ich es mir irgendwie gut gehen lassen.«

Claude und Hanne nickten, schienen zu verstehen.

»Andere kriegen Krebs in unserem Alter, ich eben das, vielleicht. Niemand weiß, welche kleine oder große Bombe noch in uns schlummert. Das ist das Leben. Oder das Schicksal.«

Miriam betrachtete Hanne und Claude. Sie mochte sie, alle beide, immer noch. Obwohl sie sich von ihrem gewohnten Umgang mit erfolgreichen, gut situierten, kulturell und politisch interessierten Menschen mit Kind so sehr unterschieden. Oder gerade deshalb?

Wenigstens saß sie nun mit diesen beiden im Sand. Wie damals. Das war ja schon mal ein Anfang, etwas im Leben zu ändern.

»Hast du gehört?«, hörte sie Hanne Claude zuflüstern, »Sie bleibt!«, und Claude nickte zufrieden, »Siehste?«

Die beiden hatten sie tatsächlich verstanden. Miriam wollte kein Jammern und kein Mitleid.

»Prima, dann werden wir dich ertragen«, grinste Claude, »und nun suchen wir uns ein Obdach für diese Nacht. Es ist spät.«

12

Hanne fühlte sich sofort wohl bei Isabel, wie zu Hause im Schrebergarten ihrer Eltern.

Das kleine Haus der Autorin des Zettels »Quartos – Rooms – Zimmer« lag hinter einer Mauer mit einem Holztor, es war eingerahmt von violetten Kugeln üppig blühender Hortensien und waldgrünem Kunstrasen. Die »Quartos – Rooms – Zimmer« hatten sich auf ein einziges schmales Zimmer reduziert: holzgetäfelt, zwei Betten, Kommode, Waschschüssel und Wasserkrug, parfümiert mit fruchtigem Raumspray. In dem anderen Zimmer schlief Isabel. Fehlte nur ein drittes Bett, aber »no problem!«, die Wirtin wuchtete eine Liege ins Zimmer.

»Wonderful!«, rief Hanne schnell, bevor Miriam auch nur den Mund öffnen konnte.

»Sonst Zelt, Miri!«, knirschte Claude, »Der Campingplatz ist gleich nebenan.« Miri nickte brav.

Es war bereits dunkel, als sie auf der überdachten Terrasse saßen. Isabel klapperte in der Küche. Sie hatte darauf bestanden, dass die drei Frauen mit ihr zu Abend aßen, und ebenso freundlich jede Hilfe beim Salat- und Gemüseputzen abgelehnt. Das fühlte sich gar nicht schlecht an, hier könnte Hanne es gut ein paar Tage aushalten, sie würde sogar freiwillig auf der Liege schlafen. Wenn da nicht der Hinweis auf Évora von José Manuel Almeida gewesen wäre.

»Merkwürdiges Gefühl, ohne Handy, ohne jeden direkten Draht nach Hause und in die Welt«, seufzte Miriam. Sie wirkte erschöpft, aber auch erleichtert.

»Leere dich und lass dich vom Universum erfüllen«, tröstete Hanne und blickte demonstrativ in den klaren Nachthimmel.

»Ohm – Yogi-Hanni!«, Claude legte die Handflächen aneinander und verneigte sich, »Ist das auch eine Weisheit vom Teebeutel?«

»Was? Wieso …?«, woher wusste Claude von ihrem Fundus morgendlicher Aufmunterungen?

»Ich habe heute im Lissabonner Appartement deinen Teebeutel entsorgt, auf dem Anhänger las ich irgendwas von Gelassenheit und deinem wahren Selbst«, Claude zwinkerte ihr zu, »Der Stil ist der gleiche, oder?«

Ertappt, peinlich. Von wegen Yogi. Hanne nickte stumm.

»Geleert bin ich zur Genüge«, kommentierte Miriam nüchtern, »aber ich muss trotzdem Robert anrufen. Isabel wird ja wohl ein Telefon haben.«

»E-Mail schreiben«, bestimmte Claude, »mit diesen Stichworten: unerreichbar; Abstinenz; Entgiftung; offline.«

»Sehr gute Idee«, stimmte Hanne zu, »digitale Entgiftung wird dich entspannen.«

»Zwangsweise. Ich habe ja sowieso keine Wahl«, seufzte Miriam. »Nur Robert noch, er macht sich Sorgen. Danach fasse ich in Portugal kein Telefon mehr an, kein Tablet, keinen Computer. Versprochen. Nur dieser letzte Anruf.«

»No!«, Claude malte mit dem Zeigefinger ein Kreuz in die Luft, »Ich garantiere, am Telefon wird Robert dir die Ohren von den Auftritten eurer Tochter volljammern – Gift für deinen Schönheitsschlaf. Du bist weg, Miri. Nicht erreichbar. Aus die Maus. Im Wohnzimmer steht ein Computer, älteres Modell, aber für eine E-Mail wird's reichen.«

Hanne nickte anerkennend. Claude redete wie eine Suchtberaterin und als hätte sie selbst einige schwerstpubertierende Töchter überlebt. Oder erinnerte sie sich nur zu gut an die eigenen Ausfälle ihrer vermutlich stürmischen Jugend?

Isabel trug mit schnellen Schritten ein Geschirrtablett auf die Terrasse. Sie bewegte sich wie eine Person, die ihr Leben lang viele Dinge gleichzeitig erledigt hatte; immer ein Ziel vor Augen, und nebenbei mit links und rechts noch dies und das sortierte. Nur die Gelenke schienen inzwischen ihr gewohntes Tempo zu bremsen.

Hanne sprang auf, nahm ihr das Tablett ab und deckte den Gartentisch. »Hast du eigentlich Kinder?«, fragte sie die Portugiesin.

»Brauchte ich nicht. Ich war Lehrerin und ein paarmal verheiratet. Ich hatte also genug Kinder um mich.«

Isabel zog einen kleinen Pappkanister Rotwein unter dem Klappdeckel einer Holzkiste hervor und reichte ihn Miriam, »Kannst du den öffnen, bitte?«.

Hanne folgte Miriams misstrauischem Blick, mit dem sie den Pappkarton inspizierte. »Nicht mehr deine Preisklasse, was?«

»Grenzerfahrungen sollen ja belebend sein«, sagte Miriam, zog den Plastikverschluss aus dem Pappkarton und füllte kommentarlos die Gläser.

Isabel war eine zauberhafte Gastgeberin, plauderte aus ihrem bewegten Leben, monierte zwischendurch mütterlich, dass Hanne kaum von dem Kotelett esse und Claude zu wenig Brot und Miriam ja kaum Wein trinke. Hanne fand diesen Wein nicht schlimmer als manches, was sie damals getrunken hatten. Vor 25 Jahren hatte Hanne allerdings genauso viel Ahnung von Wein gehabt wie heute – gar keine. Vier Kinder hatten für den Erwerb bestimmter Kenntnisse keine Zeit gelassen.

Trotz – oder gerade mit – Pappkanisterwein, Miriam taute auf. Als sie Isabel nach der Nelkenrevolution fragte, entzündete sie ein Feuerwerk. Die pensionierte Lehrerin verwandelte sich in die glühende junge Aktivistin, die sie vor vierzig Jahren gewesen war, die aus der Stadt aufs Land gezogen war und Bauern lesen und schreiben beigebracht hatte. Portugal war nach Jahrzehnten aus dem Tiefschlaf erwacht, Hoffnung blühte auf, Träume waren kunterbunt und radikal.

»Was ist davon geblieben?«, fragte Miriam.

Isabel wischte mit der Hand durch die Luft. »Schau

dich um!«, sagte Isabel. »Ich habe mein Leben lang in der Schule gearbeitet, war sogar Direktorin. Die Rente schien sicher.« Sie hob ihr Glas und leerte es in einem Zug. »Gut, und nun vermiete ich eben Zimmer.«

Sie setzte ihr Glas ab, lächelte. »Und empfange alle möglichen Leute aus aller Welt. Erstaunlich, wer bei mir schon alles auf der Terrasse gesessen hat! Man muss in Bewegung bleiben, nicht wahr? Im Leben immer mal wieder etwas Neues beginnen. Ich garantiere, das hält verdammt jung.«

Isabel erhob sich mit einem Ächzen, »Also, Eiscreme, meine Freundinnen? Kaffee?«, und verschwand im Haus.

Atemlos hatte Hanne Isabels Auftritt verfolgt, »Die Power hätte ich dann auch irgendwann noch gerne«.

»Eine Revolutionärin!«, stimmte Miriam zu. »Hätte ich damals Isabel getroffen, wäre doch noch etwas aus der Arbeit über die Bäuerinnen geworden.«

Sie stießen mit dem Pappkanisterwein an und Hanne sammelte sich. Bei aller Liebe, Isabel war klasse, es fiel ihr schwer, aber sie musste weiter.

»Wollt ihr eigentlich hierbleiben?«. Hanne schaute von Miriam zu Claude, ihre Stimme wurde brüchiger, »Also, mich holen die Bilder von damals ein, es hat sich alles so sehr verändert.«

»Aber dieses Ende vom Strand ist doch gigantisch«, widersprach Claude, »und Isabel ist zauberhaft. Warum nicht ein paar Tage bleiben?«

»Weil ein paar Hundert Meter weiter unser Meco Beach ist!«, regte Hanne sich auf. »Mit Cola-Bar auf der einen und La-la-Beschallung vom DJ-Youngster auf der anderen Seite. Das kann ich auch auf Mallorca oder in Rimini oder sonst wo haben!« Hanne war heftiger geworden als gewollt.

»Nun übertreib mal nicht, Hanni«, versuchte Miriam sie zu beruhigen und Claude säuselte provokant, »Ich fand diese Burschen nett anzuschauen«.

»Nett anzuschauende Burschen und diese Art von Dauerbeschallung habe ich seit Jahren zu Hause, bis zum Abwinken«, konterte Hanne. Einmal durchatmen, sie sollte einen Gang runterschalten.

»Ich finde, wir könnten wenigstens eine kleine Spritztour durchs Landesinnere machen«, sie lächelte versöhnlich, »zu deinen Bäuerinnen, Miri?«

»Der Begriff ›Spritztour‹ und dieses Auto schließen sich aus«, merkte Miriam an.

»Ist doch nett hier für ein paar Tage«, erklärte Claude und schaute sich auf der Terrasse um, »außerdem bin ich hundemüde. Meine Tour quer durch Europa steckt mir in den Knochen.«

»... und die vergangene Nacht«, ergänzte Miriam. »Also, ich muss hier weg«, sagte Hanne entschieden. Vor allem musste sie nach Évora, in dieses Städtchen im Landesinneren, von dem Almeida gesprochen hatte.

»Es wäre zumindest im Sinne der revolutionären Isabel«, räumte Miriam ein, »man soll im Leben in Bewegung bleiben. Es war damals schön, wie es war, aber von mir aus können wir uns auch einen anderen Strand für den gemeinsamen Fünfzigsten suchen.«

»Damals waren wir 25, jetzt sind wir 50 – Zeit für eine Fortsetzung unserer Geschichte«, sagte Hanne, »nicht für einen zweiten Aufguss.«

Claudes Gesicht verdüsterte sich.

»Ach Claude, komm schon. Das ist wie der allererste Kuss eines Geliebten. Den kriegst du nie wieder, der passiert nur einmal.«

Ein kurzer, stechender Blick traf Hanne, »Du musst es ja wissen«, hörte sie Claude flüstern.

»Wir schlafen heute erst mal hier. Morgen früh entscheiden wir«, lenkte Miriam ein.

»Wer weiß, wer im Morgennebel noch erscheint, uns den Weg zu weisen?«, murmelte Claude.

Hanne sah durch das Terrassenfenster, wie Isabel von einem der oberen Regale Dessertschüsseln zog und den Staub auswischte. Wirkte nicht so, als ob die täglich benutzt wurden.

»Vielleicht taucht dieser Sebastião aus dem Nebel auf – wie wär's, Hanne?«

»Was? Wer?«, haspelte Hanne überrascht. Sie war in Gedanken bei Isabel gewesen.

»Erwartest auch du ihn?«

»Wen? Ich?«, fragte Hanne verwirrt.

»Den verschollenen Sebastião, Hanni!«, grinste Claude.

»Ich doch nicht. Wie kommst du auf Sebastião?«

»Du wirktest eben noch so poetisch – der erste Kuss, die große Liebe –, da passt dieser verlorene König im Morgennebel doch gut in deine Sammlung. Sebastião der Erlöser. Hast du diese schräge Geschichte deines Schicksalsforschers etwa schon vergessen?«

Es klickte in Hannes Kopf. »*Den* meinst du, Dom Sebastião, den König!«, sagte sie erleichtert.

»Dieser Schicksalforscher, der so geheimnisvoll im Dunkel der Nacht entschwand«, raunte Claude, »er gefiel dir, oder habe ich das falsch gesehen?«

»Quatsch!«, wehrte sich Hanne, nun blinzelte sogar Miriam neugierig.

»Unschuldig und naiv, wie damals, unser Blumenmädchen«, Claude kniff Hanne in die Wange,

Hanne wurde warm, vermutlich war sie rot geworden, wie unangenehm. »Na ja, ich fand den schon nett«, wand sie sich, »war doch ein interessanter, kluger Mann, findet ihr nicht? Aber schon etwas alt, oder?«

»Der ist kaum älter als *wir,* also auch als du, meine Süße«, schmunzelte Miriam.

»Seid ihr sicher? Dabei wirkte er so … weise.«

»*Weise!*«, jubelte Claude, »Na bitte!«

Hanne wusste, dass sie lächerlich war, aber besser über den Schicksalsforscher scherzen als über Sebastião reden. Über Claudes große Liebe.

»Jetzt gibt's Eis, meine Damen!«, glücklicherweise kam Isabel mit Desserts und Kaffee auf die Terrasse. Als alle das Dessert löffelten, wiederholte Hanne beiläufig, »Ein Abstecher ins Hinterland fände ich wirklich schön, nach Évora oder so«.

»Morgen, Hanne, morgen«, murmelte Miriam, aber Isabel hatte nur »Évora?« verstanden und hob ihren Eislöffel, »Wundervoll!«, schwärmte sie, »Müsst ihr besichtigen!«, und dann servierte die Lehrerin ihnen zum Eis einen überschwänglichen Vortrag über diese »Perle des Alentejo«. Hanne genoss erleichtert das Dessert.

Es war alles anders als erwartet, ganz anders. Ging es ihr gut? Miriam lag in der Dunkelheit, hörte die gleichmäßigen Atemzüge von Claude und Hanne. Zumindest nicht schlechter als zu Hause.

Es war warm in dem niedrigen Zimmer, obwohl das Fenster geöffnet war. Miriam meinte, in der Nachtluft noch immer das Salz des nahen Atlantiks zu schmecken. Ja, vielleicht ging es ihr gut.

Sie hatte noch die E-Mail an Robert geschrieben. Dass sie nun doch bleiben wollte, aber nicht mehr erreichbar war – Wasserschaden. Eine finale Rettungsaktion mit dem Föhn war gescheitert, auch nach dem Trocknen hatten weder Telefon noch Tablet reagiert. Alles okay mit ihr, aber er sollte nicht auf Nachrichten warten – und in einer gut versteckten Ecke ihres Herzens glimmte ein Funken der Freude über diese Welle. Was hätte sie Robert sonst noch mitteilen können? Dass sie weiterfahren wollten, wahrscheinlich. In den Süden. Es gab kein »morgen dort, weiter nach …, Ankunft um …«, keine Reservierungen, keinen klaren oder überhaupt einen Plan – wie lange war es her, dass sie keinen klaren Plan mehr gehabt hatte? 25 Jahre?

Im Traum hockte sie auf einer windigen Klippe, betrachtete beglückt die gigantischen Wellen, die sich unter ihr überschlugen. Gischt sprühte hinauf, immer höher wuchsen die Wellen. Ein Hahn krähte. Für einen Moment beruhigte sich das Meer. Dann bäumte es sich wieder auf, eine Welle, höher als alle anderen, klatschte auf die Klippe. Ein Hahn krähte. Miriam blieb regungslos auf ihrem Platz sitzen, sie fühlte sich sicher, bis eine gigantische Welle wie ein monströs aufgerissenes Walfischmaul auf sie zurollte und der Hahn schrill wie eine Sirene krähte – Miriam riss die Augen auf!

Es war stockfinster, aber irgendwo da draußen krähte tatsächlich ein Hahn.

»Mistvieh!«, hörte sie Claude im Dunkeln zischen. »Ich dreh ihm den Hals um.« Miriam glitt zurück in den Schlaf. Eine Stimme riss sie hoch. »Es tut mir so leid! Dieser Hahn ...«

Ein Sonnenstrahl schob sich durch das Fenster, Isabel stand im Zimmer. Claude saß mit zerknautschtem Gesicht senkrecht im Bett und knirschte erstaunlich wach, »Grill ihn, Isabel!«.

»Ich brauche meinen Tee«, gähnte Hanne und griff mit einer Hand aus dem Bett in ihre Reisetasche, kramte und zog schließlich die Pappschachtel »Frauenpower« heraus. »Hat noch jemand Bedarf?«, Miriam und Claude winkten ab.

»Carpe diem«, fluchte Claude. »Wir fahren. Heute. Den Gockel ertrage ich keine zweite Nacht.«

13

Beim frühen Frühstück fiel die Entscheidung einstimmig: ein Schlenker nach Évora und dann zurück an die Westküste, nur weiter in den Süden. »Auf Entdeckerinnentour«, jubelte Hanne, »reisen wir mit dem frischen Blick von Kindern!«. Dann verlas sie noch den Teebeutelspruch des Tages, »Sing aus dem Herzen!«.

Gut gelaunt warfen sie ihre Taschen wieder ins Auto. »Schleppst du in diesen Kisten eigentlich deinen Hausstand durch die Welt?«, fragte Miriam neugierig.

»Nur die Campingausrüstung, Miri. Extra für dich«, frotzelte Claude, »und ein paar Kleinigkeiten von zu Hause.« Die Kofferraumtür flog scheppernd zu, »Auf geht's! Ciao Isabel!«

Sie umarmten die Portugiesin und versprachen zwischen Wangenküssen, auf dem Rückweg zu halten. »Zum Grillfest!«, rief Claude und winkte aus dem Fenster.

Das Sonnenlicht war noch mild. Etwas wehmütig lenkte Claude den Wagen durch das Dorf. In den Cafés wimmelte es von Urlaubern, die sich gleich zum Strand aufmachen würden. Vielleicht hatten Miriam und Hanne recht, es war nicht mehr ihr wilder Freakstrand von damals. Aber hätten sie den überhaupt noch gewollt? Sie selbst waren ja auch nicht mehr die unbedarften Mädchen von damals.

»Dem Gockel sei Dank, wir sind früh losgekommen«, sagte Claude, »wie wär's mit einem Schlenker zum Cabo Espichel?«, und folgte ohne weitere Diskussion dem Hinweisschild am Ortsausgang.

»Das liegt aber nicht direkt auf unserer Route«, wandte Miriam wie erwartet ein und mühte sich mit der zerfledderten Landkarte, die an den Faltkanten auseinanderfiel, »wie alt ist dieses Teil hier eigentlich?«

»Von damals«, grinste Claude, »so ein historisches Dokument wirft man nicht ins Altpapier.«

»Hättest du notfalls noch einen Kompass dabei?«

Claude lachte und antwortete lieber nicht. Sie hatte einen Kompass dabei. In einer der Kisten im Kofferraum, Erbstück von ihrem Vater. Stattdessen sagte sie, »Also, alles klar? Wir fahren noch zum Kap.«

»Wir sind ja schon auf dem Weg«, sagte Miriam ergeben. Hanne schien nichts zu hören, sie blickte träumend aus dem Fenster.

Sie zogen durch weites flaches Land, kein Haus, keine Wälder mehr, nur einige windzerzauste Büsche am Straßenrand und struppige Wiesen. Dann zeichneten sich in der Ferne ein Leuchtturm und rechts davon eine Kirche im Himmel ab.

»Das ist aber nicht die Straße nach Évora«, Hanne war aus ihrer Träumerei erwacht.

»Nein, das ist eine letzte kleine Hommage an ›damals‹, an die letzte Nacht«, sagte Claude und summte, »It's a kind of magic … – ihr erinnert euch?«

Claude brauchte nicht in den Rückspiegel zu schauen, um zu wissen, dass Hanne nicht begeistert war, aber da musste das brave Mädchen durch. Sie hörte ein leises Stöhnen von hinten, sogar 25 Jahre später schien Hanne vor Scham im Boden versinken zu wollen.

Sie waren mehrfach am Cabo Espichel gewesen. Hier öffnete sich eine grandiose Aussicht auf den Atlantik und die geschwungene Küstenlinie.

Das letzte Mal allerdings waren sie mitten in der Nacht hingefahren, zusammen mit den anderen Freaks vom Strand. Claude erinnerte sich nur an einige Gesichter, Namen fielen ihr nicht ein. Bis auf einen.

Sie steuerte das Auto auf den staubigen Parkplatz vor der Klosteranlage.

»Ehrlich gesagt, ich kann mich kaum erinnern, das waren doch alles Ruinen, oder nicht?«, sagte Miriam, als sie ausstiegen.

»Diese langen Gebäude vor der Kirche, das sind Unterkünfte für Pilger«, las Miriam von einer Infotafel vor, »die Mutter Gottes sei hier erschienen und auf einem Esel die Klippe hinaufgestiegen«, Miriam las still weiter und lachte auf, »Die Hufabdrücke des Esels sind inzwischen allerdings als Spuren eines Dinosauriers identifiziert worden!«

»Hätten wir das damals gewusst«, rief Claude, »in dieser Nacht wäre uns ein leibhaftiger Dinosaurier erschienen. Wir waren ja so dermaßen zugedröhnt.«

Genau, dass keiner mehr zurechnungsfähig gewesen war, auch daran erinnerte sich Claude noch.

Hinter der Kirche streckte sich das Cabo Espichel in den Atlantik hinaus. Die Luft war leicht diesig, das Sonnenlicht schimmerte wie durch einen fließenden weißen Stoff.

Die Kapelle stand noch immer am Rand der Klippe. Ein weißer Quader mit einer gedrungenen Kuppel, die oben spitz zulief – ein Sahnetupfer zwischen Himmel und Meer. Dahinter stürzte der Blick mehr als hundert Meter hinunter.

Selbst im Dunkel der Nacht hatte die Kapelle noch silbrig geschimmert. Claude hatte sonst kaum etwas gesehen, nur das Rauschen des Meeres gehört und den feuchtwarmen Wind auf der Haut gefühlt. Magic.

»Hier haben wir gesessen, aufs Wasser geguckt und dieses fürchterliche Haschisch aus einer kleinen Pfeife geraucht, zusammen mit den Jungs, die immer Frankie Goes to Hollywood gehört haben.«

»Relax!«, stöhnte Hanne.

»Total durch den Wind«, Claude verzog das Gesicht, »in diesem Shit war garantiert noch irgendwas anderes drin.«

»Wir waren ja so was von …«, Miriam schüttelte den Kopf.

»… experimentierfreudig!«, ergänzte Claude.

»Diesen ordentlichen Weg entlang der Klippen und vor allem diesen Zaun dort, nichts davon gab es damals«, sagte Claude. »Und das da auch nicht«, sie zeigte auf ein Schild.

»O Gott! Waren wir des Wahnsinns?«, rief Miriam fassungslos.

Beeindruckt blieben sie vor dem Schild stehen. Ein Gefahrenhinweis, auf Portugiesisch und Englisch, doch die Zeichnung war selbsterklärend: Der äußerste Rand des Kliffs ragte über den Fels hinaus ins Meer. An seiner Spitze fiel gerade ein Männchen hinunter. Die Botschaft war schlicht: Gefahr – Abbruchkante – nicht betreten!

»Wir waren des Wahnsinns«, bestätigte Claude nüchtern. Sie setzten sich und hielten die Gesichter in die Sonne.

Langsam wurde das Licht milchiger, der Nebel über dem Meer hatte sich herangeschlichen und die Küste in einen Schleier gehüllt. Von der Kapelle war nur noch die Silhouette zu sehen. Aus der Kirche wehten dünn die Gesänge der Pilger herüber.

»Ich bin versucht, an Sebastião zu glauben, den verschollenen König, den Ersehnten«, flüsterte Miriam mit einem Lächeln. »So ein Nebel, mitten im Sommer, da muss man kein Schicksalsforscher sein, um auf schräge Ideen zu kommen.«

»Ihr braucht euch gar nicht lustig zu machen«, maulte Hanne.

»Magical mystery tour …«, wisperte Claude.

»Wisst ihr, dass ich mich an fast nichts aus dieser Nacht erinnere«, sagte Hanne leise, »nur an diese Kapelle und dass ich überhaupt nichts mehr geschnallt habe.«

»Hanne«, sagte Claude und griff nach ihrem Arm, »ist okay. War auch damals schon okay.«

153

Hanne schaute sie verwundert und ein wenig misstrauisch an. Claude bekräftigte, »Dieses Shit hat uns alle echt abgeschossen«.

Hanne nickte und ging allein weiter zur Kapelle, lehnte sich an die Mauer und schaute über das Meer.

Cabo Espichel

Diese windige Nacht nach dem Sommergewitter, dem Selbstauslöser, dem Versprechen. Amalia hatte die blauweiße Holzbude längst geschlossen, die Strandbewohner waren an ein Lagerfeuer am Fuß der Dünen umgezogen. Sie waren alle betrunken gewesen. »I'm leaving on a jet plane«, hatte dieser Frankie Goes to Hollywood mehr gelallt als gesungen, und Claude hatte, mit Schmelz in der Stimme, »don't know when I'll be back again«, eingestimmt und dabei Sebastião mit den Augen gesucht. Abschiedsstimmung. Am nächsten Morgen wollten die meisten aufbrechen und versuchen, ihre bürgerlichen Existenzen im Norden Europas wiederaufzunehmen.

In dieser letzten Nacht am Lagerfeuer sagte jemand »Cabo Espichel« und ein anderer »Yeah, let's go!«. Mitten in der Nacht, bei Vollmond – wahnwitzige Idee. Also los. Zu sechst oder siebt in Miriams R4, Claude ans Steuer und das andere Auto ebenso vollgestopft mit Leuten. Die Musik aufgedreht, alle grölten, »Relax!«.

Gackernd und kichernd kugelten sie aus den Autos und taumelten über das dunkle Kliff. Sebastião legte den Arm um Claudes Hüfte. Sie spürte seinen sanften Druck, nicht zu fest, und doch lag ein Versprechen darin. Claude war verliebt, richtig verliebt.

Wolken schoben sich vor den Vollmond und zogen weiter, in der Dunkelheit schimmerte die kleine Kapelle. Sie setzten sich davor auf den Boden.

»Magic, girls, can you feel the magic?«, hörte Claude eine Stimme, sie roch eine Haschischfahne, zog im nächsten Moment schon tief an einer kleinen Pfeife und reichte sie weiter. Sie spürte, wie sich das Lächeln in ihrem Gesicht ausbreitete, das dort bis auf Weiteres bleiben würde. Auch Miriam lächelte sonniger als normal, witzig! Und dann fing irgendjemand dieses völlig sinnbefreite Spielchen an. Alle torkelten zur Spitze des Kliffs, legten sich auf den Bauch und begannen zum Rand des Felsens zu robben, über die Steine und das trockene Gras, möglichst dicht ran. Es war alles wahnsinnig magic und gruselig und Claude kicherte vor Aufregung, während sie an den Abgrund robbte. Bis sie tatsächlich in die tiefe, bewegte schwarze Unendlichkeit blickte, die unter ihr wogte und rauschte. Ein tosender Abgrund – sie schreckte zurück. Das Meer ist kein Scherz, durchzuckte es sie.

Sie drehte sich um, sah die silbrig schimmernde Kapelle in der Dunkelheit; zwei Leute verschwanden hinter der Ecke.

Claude rückte ein Stück von der Abbruchkante zurück, blieb auf dem Bauch liegen, atmete ruhiger, blickte in die bewegte Ferne. Der Wind blies durch ihr T-Shirt. Neben ihr lag Miriam, sie legte den Arm auf ihre Schultern, folgte dem behäbigen Rhythmus der Wellen, diese unbändige Wucht. Claude hätte in diesem Moment an alles geglaubt, an Engel und Geisterbeschwörung, Außerirdische und Wiederauferstehung, an die Madonna und die ewige Liebe. Magic.

Miriams träge Stimme drang zu ihr, »Wie sind diese Portugiesen eigentlich auf die bekloppte Idee gekommen, sich auf Schiffchen zu setzen und dort hinauszusegeln?«. Sie prusteten los, ja wie bescheuert war das denn? Das war so was von absurd, sie gackerten und wären vor Lachen fast die Klippe hinuntergekegelt. Die Portugiesen, die waren des Wahnsinns gewesen.

Claude hatte keine Ahnung, wie lange sie dort gelegen hatten. Irgendwann beschlossen sie, es sei vielleicht besser, sich von diesem Abgrund zu entfernen. Vorsichtig standen sie auf und setzten sich in sicherer Entfernung auf einen niedrigen, abgerundeten Fels, sie und Miriam, Arm in Arm, beste Freundinnen. Dann dieser zauberhafte Kuss, ein Hauch, der fast zufällig auf ihren Lippen landete. Miriams flüchtiger Atem und ihre leise Stimme.

»Keine Ahnung, wann wir uns wiedersehen, Claude, spätestens natürlich zum Fünfzigsten. Aber eins muss ich vorher noch sagen: Es war wundervoll mit euch beiden, mit dir und Hanne.«

Moment. Hanne? Schlagartig kippten sie beide aus ihrem Dusel. Hanne!

»Wo ist Hanne?«, flüsterte Claude erstickt.

»Ich dachte, sie wäre neben dir gewesen!«

»Nein, ich dachte, bei dir!«

»Hanne!«, erschrocken sprangen sie auf. »Hanne!«, ihre Rufe verloren sich in der Nacht. Keine der Gestalten, die auf der Klippe noch herumlagen oder wieder torkelten, hatte Hanne gesehen. Claude und Miriam stolperten an der Klippe entlang in Richtung Kapelle, dort waren sie zuletzt mit Hanne gewesen: albern kichernd, betrunken und bekifft. Direkt am Abgrund. Claudes Herz raste, sie wimmerte, sah das tosende Meer, nicht durchdrehen, ihre Fantasie raste, ruhig bleiben.

Und Sebastião? Wo war Sebastião?

»Hanne, Hanne! Wo bist du?«, brüllte Claude in die Finsternis.

Sie hatten fast die Kapelle erreicht, als sie ein »Hier!« hörten. Genauer, ein englisches »Here!«, eine männliche Stimme. Sebastião.

Hanne saß auf dem Boden, lehnte an der weißen Mauer der Kapelle, die Augen geschlossen, leichenblass. Sebastião hockte neben ihr, und Hanne flüsterte, »Mir ist so schlecht … nie wieder«.

14

Hanne war ... o Gott, sie war so froh, als sie wieder auf dem Parkplatz ankamen und der peinliche Film aus ihrer Erinnerung endlich abgelaufen war.

Der Nebel hatte sich so überraschend verzogen, wie er gekommen war, der Augusttag leuchtete wieder so blau, wie ein Augusttag leuchten sollte. Hanne atmete auf.

Dann drehte Claude den Zündschlüssel, drehte noch einmal und es machte »krrpps« und wieder nur »krrpps« und weiter nichts.

»So ein verdammter Mist«, murmelte Claude, »ich habe doch das Licht nicht angelassen, vielleicht die Batterie. Oder der Anlasser oder ein Wackelkontakt oder die Feuchtigkeit ... weiß der Teufel!«

Claude stieg aus und öffnete die Motorhaube. Klar, irgendwas musste sie ja tun, aber überzeugend wirkte diese Geste nicht.

Hanne und Miriam stellten sich dazu und so guckten sie zu dritt in den Motor, und keine wusste so richtig, an welchem Kabel sie hätten ziehen sollen oder was da gerade nicht funktionierte.

»Typisch«, rief Miriam und schlug mit der Hand auf den Kotflügel, »das ist ja so typisch und irgendwie peinlich, findet ihr nicht?«

»Jetzt komm mir bloß nicht mit dieser Nummer, Miri!«, brauste Claude auf, »Ich kriege Dübel gerade in Wände gebohrt, ich weiß, was eine Lüsterklemme ist, und kann Fahrradreifen flicken. Leider gehören Automotoren nicht in mein Repertoire«, Claude blitzte Miriam wütend an, »Man muss nicht alles können. Nicht mal frau muss alles können, weiß Göttin – habe ich mich korrekt ausgedrückt?«

»Wie wär's mit einem Starthilfekabel?«, schlug Hanne vor, »Also, damit könnte ich umgehen.«

»Ich auch!«, fauchte Claude und grummelte, »Im Prinzip. Allerdings ist meins bei der letzten Starthilfe durchgeschmort.«

Atmen, ruhig bleiben, Hanne drehte sich um und schaute über den Parkplatz. War nicht irgendwo Hilfe in Sicht? Madonna, Esel, Dinosaurier oder einfach ein Autobesitzer, im Vollbesitz des allgemein üblichen Autozubehörs?

Sie hatten Glück. Ein portugiesischer Familienvater schickte Frau und Kinder schon mal Richtung Kirche und Kap und fuhr sein Auto kommentarlos neben das ihre, zog sein Starthilfekabel aus dem Kofferraum und kurz darauf lief der Motor. Mit rudernden Armen bedeutete er ihnen »fahren, fahren, fahren« – und endlich, endlich ging es wieder los. Weg vom Cabo Espichel und dem Nebel der Erinnerung.

Sie fuhren durch die flache, vom Wind zerzauste Landschaft, die sich bald aufheiterte. Gärten und Felder durchbrochen vom milden Grün kleiner Wälder. Sie passierten einige Ortschaften und Hanne betete vor jeder Ampel, dass sie nicht anhalten mussten. Vorsichtshalber machten sie einige Umwege durch einen zerklüfteten Gebirgszug, der sich über der Küste erhob, unten funkelte das Meer türkis und kobaltblau.

»Na also, alles halb so wild«, Hanne entspannte sich. Sogar Miriam gab sich ungewöhnlich heiter, »Dieses Gefährt ist ja doch gemütlicher, als ich es erwartet hätte. Sogar an das Klappern kann man sich gewöhnen, wenn man noch einen Rest Urvertrauen in sich trägt. Wann haben wir eigentlich angefangen, immer so vernünftig zu sein? Nur noch langweilige Allerweltswagen zu fahren, die aalglatt durch den TÜV rutschen?«

Claude schaute Miriam ungläubig an und schmunzelte, »Ach, Miri, dass ich diese Erkenntnisse einer Karrierefrau noch erleben darf. Schlägt die Altersweisheit durch?«

»Wer weiß? Wäre mit fünfzig ja mal ein Anfang!«, scherzte Miriam, »Allerdings fühle ich mich überhaupt nicht wie fünfzig.«

»Wie sollte man sich denn dann fühlen?«, fragte Claude, »Alt jedenfalls nicht, also ich zumindest nicht.«

»Diese Selbsteinschätzung wird mit den Jahren nicht realistischer werden«, mischte sich Hanne ein, »alle Alten glauben, sie hätten nichts mit den anderen Alten im Altersheim zu tun. Man guckt sich ja glücklicherweise nicht den ganzen Tag im Spiegel an. Und wir drei, wir werden uns wahrscheinlich mit 90 noch als die 25-jährigen Brummer sehen, die in Klapperkisten durch den Süden gejuckelt sind.«

Sie lachten und redeten und der Wagen fuhr und fuhr. Doch irgendwann musste Claude abbremsen. Tankstelle. Sie rollten auf die Zapfsäule zu, ein schriller Ton, und der Motor hatte sich verabschiedet.

»Mist«, entfuhr es Claude. Miriam stellte fest, »Es ist Sonntag. Keine Werkstatt offen.«

Genau *das* hatte Hanne nicht hören wollen. Ruhig bleiben, tief in den Bauch atmen. »Wir tanken erst mal.«

Claude tankte, zahlte, kam zurück, drehte den Zündschlüssel. Stille.

Hanne stieg kurz entschlossen aus, winkte den Tankwart heran. Der rief den Kassierer, dann schoben sie den Wagen an. Als der Motor aufjaulte, sprang Hanne in den Wagen, sie rollten los. Stille im Auto.

Einen Kilometer durch Pinien, nichts als Pinien. Noch einen Kilometer, dann stotterte der Renault eine leicht abfallende Straße hinunter.

»Zweiter Gang, Kupplung kommen lassen«, ordnete Miriam an.

»Ach was …«, zischte Claude. Ein Ortsschild, Alcácer do Sal. Ein paar Häuser. Claude zog auf die Umgehungsstraße, dann wieder dieser schrille Alarmton. Der Motor war endgültig abgesoffen, auf dem Armaturenbrett blinkten sämtliche Alarmleuchten.

»Shit, shit, shit«, rief Claude panisch, »Elektrik weg,

161

die Bremse funktioniert nicht!« Sie rollte weiter ins Dorf. »Die Lenkung geht auch nicht – oh, diese Scheißtechnik!«

»Da vorne, eine Parkbucht!«, rief Hanne und fuchtelte wild mit dem Arm zwischen den Vordersitzen herum. »Hinter den Mülltonnen!«

Miriam griff ins Steuerrad, »Brems!«, und während Claude sich in den Boden stemmte und die Handbremse mit beiden Händen hochriss, zerrte Miriam das Steuerrad nach rechts und in die Parkbucht. Ein Ruck gegen den hohen Kantstein – der Wagen stand.

Sie ließen sich in die Sitze fallen. Hanne öffnete die Tür, schaute auf den Parkstreifen.

»Perfekt eingeparkt, Mädels!«, mehr fiel ihr nicht ein.

»Mit deinem R4 wäre uns das nicht passiert«, bemerkte Claude lakonisch, »der kannte keine Servolenkung, kein ABS oder sonstigen elektronischen Schnickschnack.«

»Vermute, das ist ein Fall für den ADAC«, stellte Miriam fest, »du bist Mitglied?«

Claude räusperte sich. Hanne schloss die Augen, sie wusste, dass Claude den Kopf schütteln würde.

Stille.

»Ohne Telefon nützt uns gerade auch kein ADAC«, sagte Hanne, »oder seht ihr hier eine Notrufsäule?«

Die Mittagshitze brütete über Alcácer do Sal, einem weiß leuchtenden Dorf, dessen ein- und zweistöckige Häuser sich am Flussufer entlangzogen und aus der Ebene einen Hügel hinaufkletterten.

Es war früher Nachmittag. Die Fensterläden waren geschlossen. In den Gassen bewegte sich keine Menschenseele, ein Hund lag zusammengerollt im Schatten. Claude, Miriam und Hanne ließen sich auf die Stühle eines leeren Cafés an der Flusspromenade fallen. So viel war nach ihrem kurzen Spaziergang durch leere Gassen sicher: Vor Montagmorgen brauchten sie sich nicht weiter um die Reparatur zu kümmern. Sie brauchten ein Hotel.

Allein die Vorstellung, tagelang in diesem Kaff auf die Reparatur oder irgendein Ersatzteil zu warten, machte Hanne wahnsinnig. Sie stand auf, »Ich hole mal etwas zu trinken, hier scheint kein Kellner zu kommen. Kaffee? Wasser?«

Claude und Miriam nickten, »Beides. Viel Wasser!«

Hanne betrat das abgedunkelte kleine Café. Eine behäbige ältere Senhora trat aus dem Schatten und schlurfte zum Glastresen.

»Boa tarde«, grüßte Hanne und gab ihre Bestellung auf. Die Frau machte sich an der Kaffeemaschine zu schaffen.

»Ein schönes Dorf«, sagte Hanne und lächelte. »Gibt es hier ein Hotel?«

Die Frau nickte, stellte Wassergläser auf den Tresen. Es gab zwei Pensionen im Dorf. »… und das Hotel in der Burg. Allerdings …«, sie taxierte Hanne, »teuer. Sehr teuer. Und es liegt …«, sie zeigte mit dem Finger in die Luft, »da oben! Ein langer Weg. Bei dieser Hitze …«

»Taxi?«, fragte Hanne und erkannte im Blick der

Wirtin den Unsinn dieser Frage. Um diese Zeit. In diesem Ort. Ein frommer Wunsch. Sie lächelte entschuldigend. Aber wo sie schon mal bei unmöglichen Dingen waren, wie sah es mit Abschleppwagen aus? Die Wirtin antwortete mit einem Schwall Portugiesisch, dessen Essenz sie auf einen Zettel schrieb. Eine Telefonnummer. Ab 18 Uhr.

»Ein Hotel in der Burg?«, wie erwartet war Miriam entzückt. »Teuer?«

»Ich vermute fünf Sterne.«

»Wunderbar«, säuselte Miriam, »die haben wir uns verdient, die sollten wir uns gönnen. Morgen werden wir – genauer gesagt: werdet *ihr* – vermutlich viel Geld für die Reparatur des Autos ausgeben, heute sollten wir es uns gut gehen lassen. Ich lade euch ein – kann ich die Hotelrechnung anschreiben?«

»Klar!«, Claude war sofort dabei, »ich würde ein Vermögen für eine ruhige, komfortable Nacht geben. Deine Einladung schlage ich kein zweites Mal aus.«

Miriam schaute Hanne an, »Einverstanden?«.

Hanne hatte keine Ahnung, über welche Summe sie hier gerade redeten, sie jonglierte mit vier Kindern und einem Monatsbudget, das nicht einmal den Gedanken an luxuriöse Ausreißer erlaubte. Andererseits, was empfahlen diverse Ratgeber und Varianten ihrer Teebeutelweisheiten in immer neuen Formulierungen? Dem Leben vertrauen, das Leben genießen – also gut, auf Miriams Rechnung.

Die Wegbeschreibung war simpel, »Immer nach oben,

die Burg ist nicht zu verfehlen«, hatte die Caféwirtin gesagt.

So schleppten sie sich in sirrender Hitze durch ein Gewirr von Gängen und Treppen bergauf.

Klatschnass zog Hanne schließlich die Glastür des Luxushotels auf und betrat die kühle, lichte Eingangshalle der Burg. Klare, leichte Innenarchitektur traf auf uralte Mauern. Sie fühlte sich fehl am Platz. Allein hätte sie keinen Schritt in ein solches Hotel gesetzt, schon gar nicht in diesem unmöglichen Zustand, verschwitzt im ausgeleierten T-Shirt und in Shorts – sogar Miriams edler luftiger Leinenzwirn glich nach diesem Anstieg einem Feudel.

Die Rezeptionistin schaute skeptisch, Hanne vermutete, sie würde ihnen nicht mal die Besenkammer anbieten. Aber Miriam hatte die Ausstrahlung, die nötig war, um ein Zimmer zu bekommen. Selbst total durchgeschwitzt, nach Atem schnappend und mit knallrot erhitztem Gesicht, als ob sie gerade über die Ziellinie des Ironman auf Hawaii gerobbt wäre.

Die Besenkammer war eine Suite mit zwei eleganten Schlafzimmern und einem Bad, so groß wie ein Tanzsalon. Vom Balkon sah man in den Garten und zwischen den Wipfeln der Orangenbäume blinkte der Swimmingpool.

»So in etwa hatte ich mir das vorgestellt«. Miriam stolzierte durch die Zimmer und verkündete, »Das vorläufige Programm, meine Damen: schnelle Dusche, Badeanzug und Cocktail am Pool. Lassen wir es uns gut gehen!«

Hanne hatte den Verdacht, dass dies Miriams Vision für den Rest ihrer Reise war. Sie machte im Kopf einen Kassensturz – ihr wurde schwindelig. Sie musste handeln. Hanne sprang vor Claude und Miriam in die Dusche, zog ein frisches Sommerkleid über den Bikini und verabschiedete sich schon mal zum Pool.

Sie nahm nicht den Aufzug, sondern ging langsam die frei schwebende Treppe hinunter in die Eingangshalle. Übte den ruhigen Atem, die bestimmte Haltung, probierte ein gewinnendes und leicht verschwörerisches Lächeln, flüsterte sich selbst die nötigen Sätze vor. Wo könnte sie bitte in Ruhe telefonieren? Nein, nicht aus ihrem Zimmer. Sie wollte ihre Freundinnen überraschen.

Als Hanne über die Terrasse und den Rasen zum Pool schlenderte, hatten sich Claude und Miriam bereits auf den Liegen ausgestreckt. »Da bist du ja!«, rief Miriam.

»Ich habe mich in all den Hallen und Fluren verirrt«, erklärte Hanne, »ist ja wahnsinnig schön hier! So dezent antik möbliert, so viel Licht in diesen wuchtigen Mauern.«

»Nicht wahr?«, lächelte Miriam zufrieden, ohne die Augen zu öffnen, »Ich dachte, wir essen heute Abend auch hier. Die Weine werden sicherlich nicht von Pappkarton-Qualität sein.«

»Die Preise auch nicht«, wandte Hanne ein. Sie hatte im Vorbeigehen einen Blick in das Menü vor der Tür des Hotelrestaurants geworfen. Eigentlich nur in die rechte Spalte – ausgeschlossen.

»Unten im Dorf, direkt am Fluss, soll ein nettes kleines Restaurant sein«, schlug sie vor, »sehr gute regionale Küche, sagte die Frau an der Rezeption.«

Miriam schmunzelte, »Aah, Hanne organisiert uns mal wieder eine Land-und-Leute-Erfahrung?«.

»Warum nicht? Ich gehe gerne im Dorf essen«, stimmte Claude zu und ließ sich in den Pool gleiten.

»Sei's drum«, gab Miriam nach. Die Zikaden in den Olivenbäumen zirpten in der Hitze des Nachmittages. »Dann laufen wir den soeben erklommenen Burghügel wieder hinunter und nachts wieder hinauf«, seufzte Miriam, »Aber wir wollten ja in Bewegung bleiben.«

Glücklicherweise war das kleine Restaurant am Fluss wirklich idyllisch. Mit der lauen Abendluft war auch das Leben in den Ort zurückgekehrt, zwischen den Cafés und Restaurants am Fluss flanierten Familien auf der Promenade. Der reservierte Tisch stand auf der Terrasse am Ufer, alles bestens – Hanne war erleichtert.

Sie setzten sich, es kamen ein Brotkorb und Oliven, Wasser und ein kühler, kräftiger Rosé. Der Augenblick war gekommen.

Hanne räusperte sich feierlich, hob ihr Glas und – hatte Claude inzwischen kapiert? Hatte sie wirklich Tränen in den Augen? Sie hatte. Miriam schaute irritiert. Hanne lächelte und sagte, »Auf dich, Claude!«, und die hielt sich vor Überraschung die Hand vor den Mund. »Ist heute etwa …?«, rief Miriam, »Oh, wie unangenehm!« Sie griff über den Tisch nach Claudes Händen und drückte sie, »Willkommen im Fünfzigerclub!«.

Hanne umarmte sie von der Seite und drückte ihr einen Kuss auf die Wange. Claude schniefte, »O nein, ich wollte diesen Tag überspringen, wir feiern doch später, alle zusammen, und …«, mit zitternden Lippen brachte sie ein Lächeln zustande, »ach, ihr seid ja so süß!«.

Hanne wischte sich Tränen aus den Augen, sogar Miriam lächelte gerührt und schluckte.

»Jetzt ist aber genug«, Claude fasste sich, »also, das Essen heute Abend geht auf mich. Haut rein, Mädels!«

Kaum hatte Claude den Satz ausgesprochen, stellte der junge Kellner bereits Schälchen mit Vorspeisen auf den Tisch. Marinierte Möhren, Tintenfisch mit Zitrone und Koriander, Fleischbällchen, Kroketten, eingelegte Paprika. Sie bestellten gegrillten Fisch und Salat, eine weitere Flasche Roséwein. Die Sonne ging unter und die weißen Fassaden der Häuser erstrahlten noch einmal, bevor sich eine seidige Nacht über das Dorf legte.

»Sollte dies die Henkersmahlzeit für unser Auto sein?«, fragte Claude wehmütig.

»Beschrei es nicht«, stöhnte Miriam, »das fehlte noch. Kein Handy, kein Navi, kein ADAC, keine Kreditkarte, kein Auto und ich euch komplett ausgeliefert …«

»Damals hatten wir auch nur diese Landkarte und Reiseschecks und waren glücklich«, sagte Hanne versonnen, »und so ein opulentes Essen hätten wir uns niemals leisten können.«

»Damals, damals, damals«, Claude wischte übermütig mit der Hand durch die Luft. »Schauen wir in die Zukunft! Wohin geht's?«

»Nach Évora!«, Hanne ergriff die Gelegenheit, »Ehrlich gesagt, ich glaube kaum, dass es in diesem Kaff jemanden gibt, der das Auto reparieren kann«, behauptete sie kühn, »nach diesem Totalausfall scheint es mir nicht nur mit einer neuen Batterie getan zu sein«.

»Was also schlägt die Expertin vor?«, fragte Claude ironisch.

»Abschleppen, nach Évora.«

»Das sind doch bestimmt 100 oder 150 Kilometer«, wandte Miriam ein, »außerdem kann man es in der Burg doch gut aushalten.«

Hanne hatte es geahnt. Sie ignorierte Miriams Traumhotel. »Aber Évora ist die nächste größere Stadt mit mehr Werkstätten und voller Sehenswürdigkeiten, und falls wir auf Ersatzteile warten müssen, ist es dort sicher unterhaltsamer als in diesem Nest hier.«

Claude schaute sie skeptisch an. »Aber man könnte morgen früh doch erst mal hier im Dorf mit einem Mechaniker reden«.

»Klar. Und es ist natürlich dein Auto«, lenkte Hanne ein, »aber der Sohn der Frau aus der Bar, in der wir heute Mittag waren, hat einen Abschleppwagen, und der wohnt in Évora und muss morgen sowieso zurück.«

Miriam und Claude waren sprachlos. Hanne wusste, dass dieser Zufall natürlich sehr, sehr zufällig war, aber »Ich habe sie gefragt, so mit Händen und Füßen und meinen spanischen Brocken, und sie hat mir die Telefonnummer ihres Sohnes gegeben und im Hotel hat die Frau an der Rezeption für mich angerufen«.

Miriam und Claude sagten immer noch nichts. Hanne spürte Hitze aufsteigen, ruhig bleiben. »Ich wollte euch nach der Pleite mit dem Appartement in Lissabon einfach mal überraschen und habe mich eben umgehört. Und das mit den Werkstätten, das sagte der Sohn auch.«

Es klang ehrlich. Sie lächelte vorsichtig – Claude lächelte, Miriam wiegte den Kopf, aber dann lächelte sie auch.

»Also gut, Évora«, stimmte Miriam zu, »und wenn wir Évora hoch und runter besichtigt haben und das Auto repariert ist – wohin fahren wir dann?«

»In den Süden und ans Meer«, schnurrte Claude sehnsüchtig, »das sollte uns als grobe Orientierung reichen.«

Miriam seufzte, »Das nenne ich einen ausgefeilten Plan«.

»Dann hätten wir das ja geklärt«, sagte Hanne erleichtert. Auch Claude nickte zufrieden und winkte nach dem Kellner. Dessert, Kaffee und einen Schnaps zur Verdauung. Und von diesem köstlichen Roséwein noch eine Flasche zum Mitnehmen, für den Balkon in der Burg. Miriam murmelte, das sei aber eigentlich nicht üblich in Hotels dieser Kategorie, doch Claude wischte dieses gute Benehmen zur Seite, »Allemal günstiger, als im Zimmer die Minibar zu plündern, und lustiger, als an einer verwaisten Hotelbar vielleicht noch Schicksalsforscher oder sonst wie einsame Herren aufzumuntern«.

Sie lachten, dann kam die Rechnung.

Claude legte ihre Kreditkarte darauf. Der Kellner verschwand und kam zurück. Claude wollte den Beleg unterschreiben, doch der Kellner schüttelte den Kopf. Ob sie möglicherweise noch über eine andere Karte verfüge?

Claude wurde weiß.

15

Claude schloss für einen Moment die Augen, wie ferngesteuert griff sie nach ihrer Handtasche, wühlte darin, bis sie schließlich zwei Hunderteuroscheine hervorzog und auf die Rechnung legte.

»Alles okay?«, fragte Miriam.

Claude nickte kurz, aber ihr ausdrucksloses Gesicht offenbarte, dass gar nichts in Ordnung war.

»Komm, wir teilen die Rechnung oder ich übernehme sie, wenn das einfacher ist«, schlug Hanne vor.

»Nein, nein, danke. Lass uns gehen, ich muss mich bewegen.«

Sie steckte das Wechselgeld ein, ließ ein großzügiges Trinkgeld liegen und nahm die Tüte mit der Weinflasche. Ohne weitere Erklärungen verließ Claude das Restaurant. »Sieht so aus, als ob sie an der Hotelbar doch noch einen Schnaps zur Verdauung braucht«, sagte Hanne, als Claude in der Dunkelheit verschwunden war, »und vielleicht auch einen Schicksalsforscher.«

»Ich kann mir nicht vorstellen, dass eine Kreditkarte, die nicht funktioniert, sie so aus der Bahn haut«, überlegte Miriam. Was sollte sie denn sagen? Ihr waren gerade alle drei Kreditkarten abhandengekommen. »Passiert doch immer mal, dass eine Kreditkarte nicht funktioniert. Dafür kann es tausend Gründe geben.«

»Und einen ganz banalen.«

Miriam steuerte geradewegs die Hotelbar an. Hanne hatte den richtigen Riecher gehabt. Claude lehnte am Tresen, in der Hand ein Grappaglas und im Gesicht ein schiefes Lächeln. Der Barmann im weißen Livree zeigte ihr gerade verschiedene Flaschen, beide radebrechten auf Englisch über Schnäpse. Zwei Fachleute unter sich: der Portugiese freundlich, souverän, Claude eine Spur zu laut, zu rauchig. Vor ihr lag ein aufgerissenes blaues Zigarettenpäckchen.

»Olá, amigas! Nehmt ihr auch noch einen Absacker?«, sie hob das Glas.

Miriam taxierte Claude – sie konnte in der kurzen Zeit kaum mehr als zwei Schnäpse verkostet haben, noch war es also nicht zu spät.

»Es ist mein Geburtstag, tut mir den Gefallen!«, bettelte Claude. Miriam legte den Arm um ihre Schultern. »Komm, wir gehen nach oben, setzen uns auf den Balkon und trinken einen Schluck Wein.«

»Oh, seid doch nicht so verdammt vernünftig!«, schimpfte Claude, »Ihr könnt mich doch nicht mit diesem hübschen Pedro«, sie zwinkerte dem Barkeeper zu, »allein lassen. Also bitte, meine Damen! Sonst singe ich!«

Sie lehnte sich provokant an den Tresen, schwang den

Arm wie eine Federboa durch die Luft und intonierte ein rauchiges »Nooon, rien de rieeen …«.

Locker bleiben, sagte sich Miriam, als wäre Claude ihre pubertierende Tochter. Nichts persönlich nehmen. Claudes Alkoholpegel lag für ihre Verhältnisse vermutlich noch gut im Rahmen des Verträglichen. Das Bett konnte sie auch allein noch finden. Erschreckender war diese verzweifelte Fröhlichkeit. Claude hatte den Boden unter den Füßen verloren.

Wegen einer gesperrten Kreditkarte? Das konnte sich Miriam nicht vorstellen. Sie selbst hätte einfach eine andere Kreditkarte probiert.

Claude versuchte weiterhin, ihre Gute-Laune-Nummer durchzuziehen. Miriam hatte sie schon einmal so erlebt, vor vielen Jahren, als Claude überraschend bei ihr aufgeschlagen war. Sicher, Miriam war in diesen Tagen früh am Abend auf dem Sofa zusammengesackt, hatte in ihrem normalen Kleinkinder-Topjob-alles-unter-einen-Hut-bringen-Chaos wenig mit Claude geredet. Aber sie hatte zugehört, solange sie dazu noch in der Lage gewesen war, und sie hatte verstanden, warum Claude damals aus Hamburg und ihrem Duckdalben flüchten musste. Es war alles zu viel gewesen für die Einzelkämpferin. Also, nichts wie weg, ab durch den Elbtunnel und nach Süden. Ihre übliche Fluchtroute. Das hatte geholfen.

Ab in den Süden. Doch an diesem Abend in Alcácer do Sal befand sich Claude bereits im Süden. Ziemlich weit im Süden sogar. Es gab kaum noch Raum für weitere Fluchten. Weiter in dieser Richtung kam nur noch das Meer.

Ein letzter, geduldiger, gemeinsamer Schnaps konnte Claude schließlich vor dem Absturz in der Hotelbar bewahren und sie in den Fahrstuhl bewegen. Pedro hatte freundlicherweise noch den Wein aus dem Restaurant entkorkt und ihnen angemessene Gläser auf das Zimmer mitgegeben – einen so schönen Rosé sollten sie doch bitte nicht aus Zahnputzbechern genießen.

Stumm saß Claude mit Weinglas und Zigarette auf dem Balkon und schickte Rauchkringel in die warme Nacht.

»Sag schon, was ist los?«, Miriam war von hinten an sie herangetreten und legte die Hände auf ihre Schultern.

»Don't worry«, Trotz schwang in ihrer Stimme, sie lehnte ihren Kopf an Miriams rechten Arm.

Ein Rauchkringel löste sich auf und verlor sich im Dunkel. Hanne kam auf den Balkon, sagte nichts, setzte sich neben Claude.

»Ich hatte nicht damit gerechnet, dass sie so schnell Kreditkarte und Konto sperren.«

»›Sie‹?«, fragte Miriam.

Claude seufzte tief, »Ein paar Leute, denen ich Geld schulde, haben Inkasso-Haie engagiert«, sie schüttelte den Kopf, »nach all den Jahren«. Drückte eine Zigarette aus und zündete die nächste an. »Shit happens.«

»Du bist pleite«, sagte Miriam trocken.

»Hmhm.«

»Wie pleite?«

»Ziemlich.«

»Offenbarungseid?«

»Noch nicht. Den muss man ja nicht freiwillig able-
gen. Es ist der Job der Gläubiger, mich zu finden. Also
bin ich vorher abgehauen, mit den letzten 3000 Euro,
die ich hatte. Glück gehabt. Als deine Tasche am Meco
Beach abgesoffen ist, hätte es auch meine Scheinchen
treffen können.«

Sie lachte kurz auf. Ein Atemzug, ein Kringel.

»3000 Euro? Du schleppst 3000 Euro in bar mit dir
herum?«

»Klar, Strickstrumpf. Die kleine schwarze Kasse aus
dem Duckdalben, muss sowieso in bar unters Volk gebracht werden und sollte für unsere Tage hier reichen.
Danach mach ich mich nach Casablanca auf, as time
goes by … und weiter nach Essaouira. Viel Musik, alter
Hippietipp. Jimi Hendrix war da, später Sting. Und jetzt
komm eben ich nach Marokko – ein Freund hat dort
eine Bar am Meer, der kann eine singende Barfrau gebrauchen. Wird schon.«

Das klang nicht so lässig, wie es sollte. Claudes Stimme
zitterte.

»Was ist mit deiner Bar?«, fragte Miriam. Claudes
Atem ging schneller, sie brachte kein Wort heraus.
Hanne legte ihre Hand auf Claudes Arm.

»Geschlossen.« Sie drückte die noch nicht zu Ende
gerauchte Zigarette aus und klopfte eine neue Zigarette aus dem Päckchen. »Ich konnte meine Leute

nicht mehr bezahlen. Ihr letztes Gehalt haben sie noch gekriegt. Dann habe ich sie alle rausgescheucht und das Schild an die Tür gehängt. ›Wegen Urlaub geschlossen‹.«

»Urlaub, klar«, Miriam schüttelte den Kopf, »du willst aber gar nicht zurück – oder?«

»Nee.«

Rauchkringel. Weinglas nachfüllen. Schweigen.

»Warum hat damals eigentlich nicht deine Schwester den Laden übernommen?«, fragte Hanne, »oder ist zumindest miteingestiegen?«

»Sie erwartete ihr zweites Kind, hatte einen nervtötenden, geizigen Gatten und ein zu teures Eigenheim an der Hacke«, ätzte Claude, »wir haben uns wahnsinnig verkracht, aber irgendwer musste die Pflegekosten für unseren Vater bezahlen, es nützte ja nichts, meine Mutter war überfordert und mit den Nerven runter und am Ende ist Blut dann dicker als Wasser und Wein, also habe ich die Kneipe allein gemacht. Meine Schwester hat ihr Haus fertig gebaut und ihre Kinder gekriegt. Dafür habe ich das kleine Reihenhaus von unserer Großmutter geerbt.«

Sie schnäuzte sich, schaute in die Dunkelheit.

»Und warum bist du jetzt pleite? Deine Bar lief doch super«, wunderte sich Hanne, »du konntest dort singen, es war doch alles perfekt!«

»Das geht schneller, als du ›Offenbarungseid‹ sagen kannst, kleine Hanni«, Claude schüttelte den Kopf, als sei sie immer noch selbst verwundert, »Stell dir vor, in der Nähe eröffnen ein paar neue Läden mit ähnlichem

Profil, nur eben neuer, jünger, cooler. Jemand schwärzt dich beim Gesundheitsamt an, weil er angeblich eine Kakerlake in der Suppe gefunden hat, diese Meldung lanciert dieser Jemand in der Tageszeitung, die Hanseln vom Gesundheitsamt nehmen deinen Laden auseinander und plötzlich musst du alles renovieren. Hast kaum Rücklagen, aber glücklicherweise Handwerker, die deine Freunde sind«, sie lachte böse auf, spülte die Erinnerung mit einem schnellen Schluck Wein hinunter, »diese Freunde wollen aber leider auch sofort und nicht unbedingt zu Freundschaftspreisen bezahlt werden. Dazu ein total verregneter Sommer, auch das Tagesgeschäft bricht ein – noch mehr Gründe gefällig? Einen habe ich noch: ein Exliebhaber, dem ich freundlicherweise 25 000 Euro für sein wahnsinnig innovatives und etwas zu experimentelles Theaterprojekt geliehen habe – auf Nimmerwiedersehen.«

Claude hatte echt Nerven. »Hör mal, in aller Freundschaft«, begann Miriam, »alles, was du in den letzten 25 Jahren aufgebaut hast, kracht zusammen und du kurvst hier locker mit uns in Portugal rum, als ob nichts wäre?« Miriam ließ sich in den Korbsessel neben Claude fallen und goss sich ein Glas Wein ein.

»Was soll ich deiner Meinung nach tun?«, fuhr Claude auf.

»Die Ärmel hochkrempeln und zur Tat schreiten«, gab Miriam zurück. Blinkte noch irgendwo ein Funke Verstand in ihrem Hirn? Claude wollte in Marokko untertauchen – in Afrika!

»Hör zu, Claude«, Miriam sprach ruhig, sehr ruhig, »du entspannst dich mit uns noch ein paar Tage und dann fährst du zurück. Suchst dir einen gewitzten Anwalt, trittst diesem Theater-Ex auf die Füße, entwickelst ein neues gastronomisches Konzept, wirbst bei den Banken um Vertrauen ...«

»Wovon redest du?«, Claude fuhr herum, ihr Blick voll Angst und Wut, die Augen voller Tränen. »Die nehmen mir alles weg, verstehst du? Alles!«, schluchzte sie, »Und ich gedenke nicht, dabei zuzuschauen, wie sie das Haus meiner Großmutter zwangsversteigern! Vermutlich an einen dieser kleinen glitschigen Spießer von der Bank, die dir in den Arsch kriechen, solange es noch was zu holen gibt. Bitte, sollen sie – aber ohne mich! Ich bin gegangen, bevor sie zum Schlachtfest antreten – was ist daran schlimm? Man muss wissen, wann Schluss ist.«

Claude heulte hemmungslos. Miriam schämte sich für ihre altklugen Tipps. Was wusste sie schon? Sie legte ihren Arm auf Claudes zitternde Schulter.

Nach einer Weile fragte Hanne leise, »Deshalb hast du so viel Kram in deinem Auto?«, und reichte Claude ein Taschentuch.

Claude nickte, wischte sich die Tränen aus den Augen. »Ein paar Erinnerungen. Den Volleyball, mit dem wir am Elbstrand die Duckdalben-Beachvolley-Finals gespielt haben. Einen Rückenkratzer aus echtem Horn von meiner Großmutter. Meine Federboas für die Gesangseinlagen um Mitternacht. So Kram eben. Und die Kamera natürlich, mit der ich unser Foto gemacht habe.

Damals im Regen …« Sie lächelte vorsichtig, schnäuzte sich und atmete durch.

»Den Rest lasse ich hinter mir. Fünfzig ist doch ein guter Zeitpunkt, sein Leben noch mal umzukrempeln. Vielleicht der letzte, bevor mich die Demenz oder sonst was dahinrafft.«

Miriam zuckte zusammen. Claudes und ihr Blick trafen sich, »'tschuldige«, sagte Claude leise, »ich meine, keiner von uns weiß, was da in uns schlummert«.

»Schon okay«, sagte Miriam. Kein Mitleid bitte. Trotzdem, dieses »Leben umkrempeln« hallte in ihr nach. Leben noch einmal umkrempeln – rums, da war sie wieder, die Mauer. Die Sackgasse, das Ende der gefühlten Unendlichkeit des Lebens. Auch wenn Miriam seit Jahren nicht mehr daran gedacht hatte, neu anzufangen. Hatte sie überhaupt jemals daran gedacht, auszusteigen? In Schottland Schafe hüten und Pullover stricken? In der Provence Kräuter trocknen und Lavendelseife herstellen? Einen Steinhaufen auf Sizilien in ein romantisches Landgut verwandeln? Eine Almhütte übernehmen und den besten Kaiserschmarrn der Alpen machen? Mit dem Fahrrad durch Thailand kurven und massieren lernen?

Sie konnte nicht einmal heimlich in Gedanken mehr mit solchen Idee spielen. Das Einzige, was ihr Leben nun noch umkrempeln würde, war diese verdammte Krankheit.

»Gib mir mal eine schlechte Zigarette«, bat sie.

»Mir auch«, sagte Hanne.

Dann saßen sie zu dritt rauchend auf dem Balkon des viel zu teuren Burghotels und schwiegen. Miriam versuchte sich an einem Rauchkringel. Sie war aus der Übung. »Rauchkringel habe ich schon damals nicht so toll hingekriegt wie du, Claude.«

»Wenigstens etwas«, antwortete Claude leise und Miriam wisperte zurück, »Ein paar andere Dinge auch nicht«.

Sie blieben sitzen. Schwiegen. Wie damals, als sie über das Spiel der Wellen sinnierten.

Hanne räusperte sich, »Also ich habe irgendwann mal gedacht, je weniger du hast, desto weniger musst du mit dir herumschleppen. Desto weniger Angst hast du, den Kram zu verlieren«, philosophierte sie. »Diese Vorstellung hat mein Leben ungemein erleichtert.«

»Na dann, Hanni«, Claudes Stimme war wieder fester, »mit deinem Yogisegen hauen wir meine Kohle auf den Kopf. Ich lasse mir unsere Tour nicht vermiesen. Schließlich habe auch ich mich 25 Jahre drauf gefreut!«

Miriam sagte nichts mehr dazu. Claude war Claude, ein Hasardeur, genauer: eine Hasardeuse.

»Ich werde dich mit einem Geldkoffer besuchen, um meine Schulden zu bezahlen«, versprach Miriam, »wo auch immer du steckst.«

16

»Live light, travel light, spread the light, be the light!«, strahlte Hanne am Frühstücktisch und tunkte ihren Teebeutel ins heiße Wasser.

»Sei so gut, hilf meinem Hirn auf die Sprünge«, bat Claude, die sich ziemlich zerschlagen fühlte nach dem Abend zuvor. Alles zusammen etwas heftig. Ihre Pleite. Ihr Versagen. Aber nun war's eben doch raus. Besser war es davon nicht geworden, aber auch nicht schlimmer. Sie fühlte sich matt und definitiv noch nicht in der Lage, englische Teebeutelweisheiten zu übersetzen.

»Lebe leicht, reise leicht. Verbreite das Licht, sei das Licht!«, Hanni strahlte und strahlte.

Claude stand auf und ging zum Buffet. Sie nahm Orangensaft, Toast, Butter, Marmelade, wo war Kaffee?, Rührei, Bratwürste, Joghurt, Schinken, Müsli, Schoko-pops! – Frühstücksbuffets waren die Pest. Eine Überforderung am Morgen. Viel zu viele Entscheidungen. Warum konnte ein freundlicher Kellner nicht einfach ein nettes kleines Frühstück hinstellen und im rechten Moment wieder erscheinen, um Kaffee nachzuschenken oder sich taktvoll nach weiteren Wünschen zu erkundigen? Erschöpft setzte sich Claude zu Miriam und Hanne, die staunend ihren vollgeladenen Teller betrachteten.

»Ja was? Esst, Mädels, solange wir noch was kriegen. Wir sollten uns gleich noch ein paar Stullen fürs Mittagessen schmieren.« Den Luxus des Burghotels sollten sie bis zur letzten Minute auskosten.

Miriam räusperte sich, lehnte sich zurück, tupfte den Mund mit der Serviette ab.

»Sag mal, Hanne, wir sollten Claudes Schatztasche möglichst schonend ausräubern. Können wir deine Kreditkarte mit der Hotelrechnung belasten?«

Eine Frage, die Hannes seliges Strahlen ausknipste. »Ich habe keine Kreditkarte.«

Claude verschluckte sich am Bratwürstchen, sie musste laut loslachen. Miriam stützte den Kopf auf ihre Hände, murmelte, »Klar. Teufelszeug. Wie hatte ich nur annehmen können, dass …«

»Pure Selbstdisziplin. Eine einfache Maßnahme, Shoppingtouren mit katastrophalem Ausgang zu verhindern«, rechtfertigte sich Hanne, »Tut es auch eine EC-Karte?«

»Hoffen wir's mal«, grummelte Miriam, »sofern dein Dispo nicht am Anschlag ist.«

»Dispo?«, fragte Hanne. »Welcher Dispo?«, sie lächelte freundlich.

Na bitte, das Leben funktionierte also auch ohne Kreditrahmen. Hätte Claude die Backen nicht gerade voll mit Rührei und Speck gehabt, sie hätte Hanni küssen mögen. Das Blumenmädchen hatte etwas wunderbar Bodenständiges.

183

Pünktlich um zehn Uhr hatten sie mit Hannes EC-Karte bezahlt und das Burghotel verlassen. Sie liefen zum Auto und setzten sich auf eine Bank, um auf den Abschleppwagen zu warten.

Elf Uhr. Claude wurde nervös. »Hanne, hast du das richtig verstanden? Zehn Uhr?«, bohrte sie zum wiederholten Mal nach.

»Zehn Uhr, 200 Euro Freundschaftspreis, bis in die Werkstatt nach Évora. Die Rezeptionistin hat alles organisiert.«

Wolkenloser Himmel. Ein weiterer gnadenlos heißer Tag im Alentejo, außerhalb der Reichweite jeder Atlantikbrise. Warum war sie hier und nicht am Meer? Claude schloss die Augen, träumte sich an den Strand, saß in den auslaufenden Wellen, fühlte den Sand, den die Wellen unter ihren Beinen wegspülten, die Kühle des Meeres.

Ein Motor riss sie aus den Wogen, im nächsten Moment fuhr klappernd der Abschleppwagen an ihnen vorbei, bremste und setzte beängstigend rasant bis vor die Parkbank zurück. Ein beleibter dunkelhaariger Mann, Mitte vierzig, sprang aus dem Führerhaus. Grauer Overall, hochgekrempelte Ärmel, schwarz behaarte Unterarme, eine verspiegelte, goldgerahmte Pilotenbrille, Ray-Ban-Imitat, Siebzigerjahre-Stil – die hatte Claude noch nie leiden können. Schlimmer waren nur noch karierte Bundfaltenshorts und weiße Socken in Sandalen.

Hanna sprang auf, »Senhor João?«.

Er nickte. Sie zeigte auf den Renault, João nickte wieder, drehte mit der Hand einen imaginären Zündschlüssel. Claude stand auf, öffnete das Auto und João setzte sich hinein, versuchte zu starten. Nichts. Natürlich nicht. Dachte dieser Django, sie hätten ihn zum Bespaßen bestellt? Noch ein Startversuch, mausetot.

»Gasolina?«, fragte João.

»Was will er?«, raunzte Claude.

»Benzin, ob Benzin drin ist«, erklärte Hanne.

»Ja, sind wir bescheuert, oder was?«, rief Claude und schlug mit der flachen Hand auf das Autodach.

»Immer mit der Ruhe, Claude«, unterbrach Miriam, »einen Mann hätte er das vermutlich nicht gefragt, ich stimme dir zu, aber wir wollen hier nicht versauern, richtig?«

Dann wandte sie sich betont freundlich zu João und sagte »Full!«.

João hob anerkennend den Daumen. Er fuhr den Abschleppwagen vor, ließ die Rampe hinunter, befestigte ein Drahtseil unter dem Kangoo und zog den Wagen langsam hoch. Claude mochte nicht hinsehen, das sah schon verdammt nach Schrottplatz aus. Ihr treues Auto, nach so vielen gemeinsamen Jahren. Sollte dies das banale Ende ihrer langen Freundschaft sein? Claude öffnete die Beifahrertür des Abschleppwagens und zog sich hoch in die Fahrerkabine. Die Sitzbank aus schwarzem Kunstleder war warm, ihre Beine klebten auf dem Bezug, als sie sich setzte. Hanne und Miriam quetschten sich zu ihr, dann schwang sich dieser Django hinter das

Steuer. Er lachte, schielte über den Rand seiner Retro-Sonnenbrille und schien zufrieden mit dem, was er sah: drei Senhoras, in leichten Kleidchen, die sich auf zwei Plätzen schwitzend zusammendrängten.

»Okay?«, rief er, dann bretterte er los.

Durch den Kreisverkehr am Ende der Umgehungsstraße, das Autobahnschild Richtung Évora flog vorbei, stattdessen lenkte João den Lkw über eine alte Brücke und auf eine schmale Landstraße, an der nie gehörte Ortsnamen ausgeschildert waren. Wollten sie nicht nach Évora?

»He!«, Claude klopfte João auf die Schulter und machte mit der flachen Hand eine Bewegung nach unten, er sollte langsamer fahren. »Haha!«, lachte Django. Ruhig bleiben, wird schon alles, versuchte sich Claude zu beruhigen.

Sie fuhren durch weites, flaches Land. Links und rechts der Straße leuchteten Reihen kleiner grüner Pflanzen auf feuchten Feldern.

»Arroz!«, brüllte João gegen den Motorenlärm an und zeigte nach draußen. Sollte das Reis heißen? Wollte er etwa ein Gespräch anfangen? Der sollte auf die Straße gucken, die viel zu schmal für diesen Transporter mit dieser Geschwindigkeit war. Claude linste zu Hanne, die am halb offenen Fenster lehnte und entschuldigend die Schultern hob. »Sorry«, sagte sie mit ihrer Stimmlage für Pannen, die Claude nun schon kannte, »aber ich habe vorher keine Probefahrt mit diesem Verrückten gemacht.« Miriam, deren Gesicht halb von einer Sonnenbrille mit großen ovalen Gläsern verdeckt wurde, sah stoisch geradeaus. Wie ein Strich zog sich die Nebenstraße durch gelbe Wiesen, auf denen einige versprengte Korkeichen ihre Schatten warfen. Auf die Reisfelder folgten Maisfelder und ein lautstarkes »Milho!«.

Hanne verdrehte die Augen und rief »Cegonhas!«.

»Was?«, Miriam und Claude guckten sie gleichzeitig überrascht an.

Hanne zeigte auf dicke Storchennester, die auf hölzernen Strommasten entlang der Straße balancierten. João nickte, zeigte anerkennend den Daumen hoch und legte seine kräftigen Unterarme auf das Steuerrad, heftete den Blick hinter der Django-Brille auf den Horizont.

»Ich meine, sind wir hier im Kindergarten beim Bilderbücherangucken?«, zischelte Hanne mit gepresster Stimme, »Reis, Mais, Hund und Haus, Katze, Maus – hält er uns für blöde, nur weil wir sein nuscheliges Kauderwelsch nicht verstehen?«, ereiferte sich Hanne.

»Was erwartest du?«, sagte Claude, »Wer Frauen nicht zutraut, einen Benzintank aufzufüllen …«

Miriam grinste. »Ihr beide gebt euch mit fünfzig kämpferischer, als ich es je war.«

»Ist doch wahr«, knurrte Hanne, »rast hier durch die Landschaft, als ob er an der Playstation sitzt, und erklärt uns, wo Reis und Mais wachsen.«

»Stimmt schon, und was hast du dazu gesagt?«, fragte Claude ungeduldig.

»Was?«

»Was – hast – du – eben – gesagt?«, wiederholte Claude betont geduldig und deutlich und Wort für Wort, »hörte sich an wie ›Zegonjasch‹ oder so.«

»Äh, Störche.«

»Störche?«

»Störche. Ja. Auf Portugiesisch. Habt ihr sie gesehen? Da oben in den Nestern, ist das nicht wunderbar? Wie viele Jahre habe ich keine mehr gesehen!«

Claude nickte, »Sicher. Aber warum weißt du, was Störche auf Portugiesisch heißt?«

»Zufall«, Hanne zuckte mit den Schultern.

Ein kleines Auto war vor ihnen aufgetaucht; João zog sehr knapp vorbei und drängte den Wagen fast in die Wiese.

»Scheiß-Freundschaftspreis«, stöhnte Claude, »drei Kreuze, wenn ich das hier überlebe. Ist der vollkommen durchgeknallt?« Sie guckte wütend.

»Sag mal Hanne, woher hast du eigentlich dieses erstaunliche Vokabular?«, fragte Miriam.

»Was?«

»Hanne! Störche! Auf Portugiesisch sind sie mir zumindest nicht geläufig.«

»Ich, also ich spreche ein paar Worte Portugiesisch. Bitte, danke, guten Tag und so. Ich habe vor der Reise einen Volkshochschulkurs gemacht«, sie hüstelte, senkte den Blick, »aber ich traue mich einfach nicht zu reden. Englisch ist dann doch immer leichter. Viel lernt man in so einem Hausfrauenkurs ja nicht.«

»Was man eben auf Reisen so braucht«, scherzte Miriam, und Claude ergänzte, »Störche sind ja immer ein schönes Thema, falls man mit portugiesischen Bäuerinnen plaudern möchte.«

Hanne lachte auf, »Manchmal erinnert man sich an merkwürdige Dinge und Worte, nicht?«

Sie erreichten ein Dorf, zu beiden Seiten der Straße reihten sich niedrige weiß getünchte Häuser aneinander. João hängte sich aus dem Fenster, rief »Olá!«, und winkte einigen Fußball spielenden Jungs zu. Endlich drosselte er das Tempo. Sie rollten an einem Café vorbei. Einige Männer saßen davor, auf eng an die Hauswand gerückten Stühlen. Mit einem gellenden Pfiff zwischen Daumen und Zeigefinger schreckte João sie auf. Zwei von ihnen nickten kurz.

Grüßten sie? Oder hatten sie einander Zeichen gegeben? Dieses Grinsen, irgendwie merkwürdig, dachte Claude.

João drehte sich zu seinen Begleiterinnen, schaute wieder über den Rand seiner Django-Brille, rief »Amigos!« und zeigte mit dem Daumen hinter sich. Dann trat er erneut auf das Gaspedal.

War es die Hitze, dieser schräge Typ, dieses Nichts vor ihnen, das Claudes Fantasie anregte? Oder schlicht die Tatsache, dass kein Hinweis mehr nach Évora aufgetaucht war? Sie beugte sich über Miriams Schoß zu Hanne und fragte so ruhig wie möglich, »Mal ehrlich, wohin fährt der Typ uns eigentlich?«.

Hanne, deren lange blonde Haare sehr fotogen im Fahrtwind herumwirbelten, schaute irritiert.

»Wir hätten doch auch einfach auf der Autobahn nach Évora fahren können«, fand Claude.

Die drei schauten sich fragend an.

»Was ist eigentlich«, setzte Claude nach, »wenn dieser Verrückte hier gleich mal eben in einen Feldweg abbiegt? Und seine tollen Kumpels von der Bar vorbeikommen? Von wegen Freundschaftspreis?«

Miriam hob die Augenbrauen, »Claude, bitte, wir sind nicht mehr 25. Aus dem Alter sind wir glücklicherweise raus.«

»Wir sehen aber längst noch nicht aus wie fünfzig«, beharrte Claude.

»Mach dich nicht lächerlich. Ab einem gewissen Alter werden Frauen unsichtbar für Männer«, sagte Miriam mit einem feinen Lächeln, »und das hat auch durchaus seine entspannten Seiten.«

»In asiatischen Kulturen genießen ältere Frauen hohen Respekt«, erklärte Hanne.

»Wie seid ihr denn drauf?«, drehte Claude hoch, »Wird mit fünfzig ein Schalter umgelegt und ›klack‹ sind wir unberührbare, leidenschaftslose Wesen? Keine Begierde, keine Lust, kein Sex? Erleuchtet, würdig und gütig? Sieht so unser Restleben aus? Machen Falten unsichtbar? Habt ihr echt keine Lust mehr auf Sex?«

Miriam und Hanne guckten sie entgeistert an. »Okay, darum ging es gerade nicht«, ruderte Claude zurück. Sie war ein wenig übers Ziel hinausgeschossen.

Hanne seufzte, »Ab und zu mal wieder wäre eigentlich ganz nett«.

Miriam hüstelte, »Irgendeinen Vorteil muss das Alter doch mit sich bringen. Und wenn es nur das entspanntere Reisen ist, ohne Angst vor Grapscherei und Schlimmerem.«

»Täusch dich nicht«, unkte Claude. »Wirklich entspannt finde ich diesen Hengst am Steuer gerade nicht.«

»Seit wann bist ausgerechnet *du* ein Angsthase?«, fuhr Hanne dazwischen, »Du bist damals getrampt! Wild und …«

»… gefährlich, genau. Mit mehr Glück als Verstand«, sagte Claude, »Hätte ich eine Tochter, ich würde es ihr verbieten, strengstens.«

Claude wunderte sich selbst über ihren harschen Tonfall und vor allem über die imaginäre Tochter, der sie irgendetwas verbieten wollte. Die war ihr ja noch nie untergekommen.

»Trampen ist inzwischen so was von uncool, meine Tochter würde im Traum nicht auf die Idee kommen«, erklärte Miriam und schob leise ein »Wenigstens etwas« hinterher.

»Schon gut, aber bitte, dieser Django könnte uns ausrauben und in der Pampa stehen lassen. Für den sehen wir doch aus wie die reichen Tanten aus deutschen Landen.«

Miriam lachte laut los, »Die in einem flotten Schlitten von einer Suite ins nächste Schloss zischen. Claude, dreh dich doch mal bitte zum Anhänger um.«

Hanne kicherte, »Besonders begehrt: unsere Taschen voller Smartphones, Computer, Tablets, Kreditkarten …«.

»Aber dass der ganze Kram futsch ist, sieht uns doch niemand an!«, widersprach Claude.

Hanne und Miri schüttelten amüsiert die Köpfe, hielten sie sie für hysterisch?

»Sorge dich nicht, kleine Claude. Ich kann Mikado«, lächelte Hanne.

»… und ich Ho-Shi-Minh – huh!«, Miriam führte einen Handkantenschlag in der Luft aus.

»Hohoho«, lachte João und schlug mit der Hand auf das Steuerrad. Claude zuckte zusammen. Miriam und Hanne lachten auch. Vor ihnen zeichneten sich die flachen, nüchternen Bauten eines Industriegebietes ab und am Straßenrand tauchte ein Ortsschild auf: Évora.

Die Straße wurde breiter, der Asphalt war glatt, sie fuhren durch einige Kreisverkehre, vorbei an Lagerhallen und Großmärkten, schließlich bremste João vor einer hohen Werkstatthalle und lenkte seinen langen Anhänger mit einigem Geschick rückwärts zum Eingang der Garage, einer Spezialwerkstatt für Probleme mit der Elektronik. Der Chef, natürlich, ein weiterer »amigo«.

Sie kletterten aus der Fahrerkabine. Der Renault rollte vom Anhänger direkt in die Werkstatt. Als Claude den ausgemachten Freundschaftspreis gezahlt hatte, schwang sich João wieder hinter das Steuer, zog die Brille herunter und zwinkerte ihnen zu. »Gutte Rrreise«, rief er und fuhr vom Hof. »Oh«, sagte Claude verblüfft, »konnte der noch mehr Deutsch außer ›gutte Rrrreise‹?«

Wie peinlich war das? Ihre Nerven waren einfach zu dünn für diesen Tag. Die Hitze, ihr kaputtes Auto, ihre kaputte Existenz, ihre Verzweiflung am Abend zuvor – sie hätte schon wieder heulen können.

Ihr Wagen war bis auf Weiteres ihr Zuhause, der Geldbeutel die letzte Sicherheit, die beiden Freundinnen waren der letzte Halt – und alles war diesem Wahnsinnigen ausgeliefert gewesen. Da konnte die Fantasie – auch mit fünfzig noch – schon mal durchdrehen.

Trotzdem, wie blöde war sie bitte gewesen, ihre Gedanken herauszuposaunen?

»Wusstet ihr, dass er Deutsch spricht?«, Claude musterte die beiden anderen, »Hanne, wusstest du das? Miriam? Habt ihr mich ins offene Messer rennen lassen?«

»Quatsch!«, Hanne zeigte ihr einen Vogel, »Woher denn?«

»Er fand uns einfach amüsant«, wiegelte Miriam ab und lächelte beruhigend. »Wie auch immer, es ist doch erstaunlich, wie sich Männer auch in fortgeschrittenem Alter ohne jeden Selbstzweifel für unwiderstehlich halten. Und dieser letzte Blick über den güldenen Rand seiner coolen James-Bond-Sonnenbrille, der war schon gewagt.«

»Zumal dieser Cowboy seine Jahre als knackiges Kerlchen schon länger hinter sich gelassen hat«, wagte Hanne sich ungewohnt forsch vor.

»Hoffen wir mal, dass sein Deutsch auf deinem Portugiesisch-Niveau war«, sagte Claude, »und widmen uns nun der Reparatur meines klapprigen Gefährts. Dessen

knackigste Jahre lagen in einer Zeit, da ich meine Liebhaber noch ohne jeden Gedanken an Cellulitis emp-
fing. Also, Mädels, stellen wir uns der Realität, je früher
desto besser.«

17

Zehn Minuten später trotteten sie in der glühenden Mittagshitze durch das Industrieviertel. Der Werkstattleiter, jung, ansehnlich und freundlich noch dazu, hatte nur kurz die Motorhaube geöffnet und wieder geschlossen, und die drei deutschen Frauen mit einem Blick auf die Uhr höflich hinausgeschoben. 13 Uhr, Mittagspause. In zwei Stunden könnten sie zurückkommen.

Werkstätten, Autovermietungen, Tankstellen, Baumärkte, Möbel-Outlets, Supermärkte. Kein Baum. Kein Schatten. »Das schöne Évora«, keuchte Miriam. Sie wollte nichts weiter als ein kühles Plätzchen finden. Jeder Schritt ein Schweißausbruch.

In der nächsten Querstraße reihte sich ein Megastore an den nächsten: Gartenmöbel, Sportartikel, Schuhe – Miriam hätte unter normalen Umständen keinen dieser Billigläden betreten. Aber sie waren voll klimatisiert.

»Ihr wisst, warum alle Frauen so gerne Schuhe kaufen?«, fragte Miriam, während sie zwischen Schuhkartontürmen herumstreiften, die mit dem jeweiligen Modell gekrönt waren. Grauenhaftes Kunstlederzeug. Miriam ließ sich auf eine Sitzbank fallen und knurrte,

»Füße haben kein Übergewicht. Die gleiche Logik gilt im Übrigen auch für den Kauf von Handtaschen, kann man ja auch nicht genug haben. Kein Hüftspeck quillt, kein Reißverschluss klemmt, wenn man den Bauch nicht einzieht.«

Hanne lachte laut los. »Super, das muss ich mir merken!«

»Chapeau, Miriam!«, Claude nickte anerkennend, »Ich dachte, die einzigen Frauen, die sich Witze merken können, wären Wirtinnen.«

»Hat was mit persönlicher Betroffenheit zu tun«, grummelte Miriam, »Blondinenwitze kann ich mir grundsätzlich nicht merken.«

Sie wollte einfach nur an diesem kühlen Platz sitzen bleiben, sogar zwischen diesen Schuhkartons voll geschmacklosem Ramsch. Allein, eine kalte Wasserflasche fehlte noch zum Glück. Derweil probierten Claude und Hanne kichernd rosa-violett schillernde Riemchensandalen mit furchteinflößenden Absätzen.

Miriam sah sich selbst inmitten dieser Schuhkartonberge sitzen. Lächerlich, aber sie hatte nun mal beschlossen, mit Hanne und Claude diese Tage zu verbringen. Die beiden brachten sie in Bewegung, in jeder Hinsicht. Es knirschte noch alles, in ihrer deutschen Routine war so viel festgefahren und kein Platz für Gefühlsausbrüche oder Albernheiten. Wann hatte sie zuletzt Tränen gelacht?

Seit drei Tagen begann sie wieder zu fühlen. Alles noch mäßig dosiert, aber immerhin. Sie hatte keine Ahnung, was ihr auf dieser Tour noch blühte, aber inzwischen würde sie einiges dafür geben, dass dieses Nostalgiemobil wieder fuhr. Irgendwann am Nachmittag schlug die Stunde der Wahrheit, ob es gerettet werden konnte oder – nein, das ›oder‹ mochte Miriam sich nicht ausmalen. Es wäre das Ende dieser Reise, dieser kostbaren Zeit mit diesen beiden Frauen, die sie ihr summendes Bein und die Ergebnisse der Untersuchungen vergessen ließen.

»Miri, alles okay?«, sie schaute hoch. Claude stand vor ihr. »Hanne hatte eine ihrer erstklassigen Ideen: Sie nimmt ein Taxi nach Évora ins Zentrum und sucht schon mal nach einer hübschen bezahlbaren Unterkunft. Wir beide kümmern uns derweil um die Autoreparatur. Du lässt mich doch nicht allein, oder?«

Natürlich nicht. Hanne tauchte auf und reichte ihr eine kühle Wasserflasche. »Gleich nebenan ist eine Bar.«

»Ich rufe später in der Werkstatt an und frage nach dem Stand der Dinge«, versprach Hanne, »sofern ich einen öffentlichen Fernsprecher finde.«

Sie winkte, drehte sich um. Miriam war perplex, was hatte Hanne eigentlich vor?

»Hast du überhaupt die Telefonnummer der Werkstatt?«, rief sie ihr hinterher.

»Klar!«, Hanne zog eine Visitenkarte aus der Handtasche und sauste zum Ausgang.

»Hanne hat was vor«, stellte Miriam fest und erhob sich, »Hast du irgendeine Ahnung?«

Claude schüttelte den Kopf.

Endlich wurde es 15 Uhr, Miriam und Claude gingen zurück zur Werkstatt, setzten sich auf die letzten freien Stühle in einem engen, klimatisierten Warteraum.

Betretene Stille wie beim Zahnarzt, manchmal piepte ein Handy, ab und zu tauchte eine blond gefärbte Sekretärin im blauen Kostüm in der Bürotür hinter dem Tresen auf, blickte auf ihr Klemmbrett und winkte einen der Kunden herein. Die Glücklichen kamen mit Autoschlüssel wieder heraus, die anderen setzten sich seufzend wieder.

Das konnte dauern. Claude griff ein Klatschblatt vom Tisch und begann fahrig zu blättern, portugiesische Stars und Sternchen, Seite um Seite.

Miriam trommelte ungeduldig mit den Fingern auf den Beinen, »Ich komme mir vor wie auf Entzug«, gab sie zu, »kein Handy, kein Tablet, auf dem ich herumwischen und Nachrichten lesen könnte.«

»Wie wär's mit häkeln oder stricken?«, Claude schaute von der Zeitschrift hoch, »Meine Schwester bestrickt mit ihrer Frauengruppe sogar Laternenpfähle, um die Welt ein wenig fröhlicher zu gestalten. Mich wollte sie auch bekehren. Stell dir vor – mich!«

Claude beim Häkelkränzchen? »Charmant«, sagte Miriam und versuchte sich zu entspannen, wie die Ärzte und Robert und alle Welt es ihr seit Wochen rieten.

»Meine Schwester fand diese Handarbeitstruppe angeblich auch lächerlich. Bis sie bei Tee und Plätzchen ihren ersten Topflappen gehäkelt hat. An nur einem Nachmittag, das habe sie mit einer einzigartigen inneren Befriedigung erfüllt. Seitdem bekehrt, behäkelt und bestrickt sie die Welt. Sogar ihre Tochter – immerhin: mein Patenkind! – ist Feuer und Flamme, strickt schon mal geringelte Babysöckchen für die Zukunft«, stöhnte Claude, »Zauberhaft. Ich gebe zu, als Patentante habe ich versagt.«

Miriam musste lachen, Claude schien ernsthaft verzweifelt, aber »gegen diesen Trend zum Selbermachen hast du keine Chance!«.

»Du meinst, die befreite Frau kauft heute nicht mehr die Emma, sondern Strickt lieseln?«, fragte Miriam. Claude lachte und griff nach einer weiteren Zeitschrift, auf der Titelseite: Cristiano Ronaldo im Smoking.

»Weißt du, dass dieser Typ das Erste war, was ich in Portugal gesehen habe?«, Claude zeigte auf den Fußballstar mit gegelten Haaren, gezupften Augenbrauen im schmal zugeschnittenen Anzug, »Ich rolle nach drei Tagen Autofahrt ermattet, aber glücklich und ohne Gerichtsvollzieher im Nacken über die Grenze nach Portugal, irgendwo im spanisch-portugiesischen Nichts, wo man nur noch Radio Maria mit Rosenkranzgemurmel empfangen kann – und was springt mir gleich hinter der Grenze ins Auge? Nein, kein Jesus am Kreuz, keine munter flatternde portugiesische Fahne, nein: der wohldefinierte Waschbrettbauch von Cristiano Ronaldo!«

»Erstaunlich«, bemerkte Miriam, »aus welcher Wolke war der denn gefallen?«

»Ronaldo mit freiem Oberkörper, breitbeinig, die Arme gerade nach unten gestreckt, so wie er sich vorm

Elfmeter High-Noon-mäßig in den Rasen bohrt, nur er und der Torwart – so stand er vor mir, Grundgütiger!«

»Eine Fata Morgana«, murmelte Miriam.

»Ein gigantisches Handtuch«, lachte Claude und breitete die Arme aus, »aufgespannt vor einem Souvenirladen.«

»Ein wenig lächerlich ist das schon, oder?«, merkte Miriam an.

»Hm, also ich hatte kurz überlegt, ob ich dir mit diesem Handtuch eine Freude machen könnte«, frotzelte Claude, »dann hätten wir uns zum Fünfzigsten anmutig auf Cristiano Ronaldo räkeln können.« Claude gluckste. Miriam schielte zu ihr rüber.

»Sehr lustig. Vielleicht ist Ronaldo der moderne König Sebastião, der dieses Land aus der Bedeutungslosigkeit rettet?«

»So banal? Nein, Ronaldo hat zu oft auch danebengeschossen. Sebastião taucht als wahre Lichtgestalt aus dem Nebel auf, frag Hanne.«

»Der König oder der mit Saxophon?«, warf Miriam ein und bemerkte ein Zucken in Claudes Augen, »Willst du ihn eigentlich wiedersehen?«

Claude stockte, schien aber sofort zu verstehen, wen Miriam meinte. »Nö, lieber nicht«, sie blätterte durch das Klatschblatt, »ist ein halbes Leben her, kann nur enttäuschend sein«, und warf es auf den Tisch zu den anderen Zeitschriften, »Wir sind damals glücklich auseinandergegangen.«

Das klang vernünftig. Eine Antwort, die einer Fünfzigjährigen würdig war – aber Claude? Gab sich Claude tatsächlich mit der Erinnerung an wildere Tage zufrieden?

»Apropos, weißt du, was ich mich immer gefragt habe?«, hörte sie Claude, »Ob du damals eigentlich was mit diesem Franky-goes-to-du-weißt-schon-wohin gehabt hast.«

»Bitte?« Miriam fuhr hoch.

»Treffer – versenkt!«, Claude klatschte in die Hände.

Miriam lehnte sich zurück und murmelte, »Ein einziges Mal. In den Dünen. Wenig aufregend. Viel Sand überall, eher unbequem.«

»Habe ich es doch geahnt«, feixte Claude, »aber du warst doch damals gar nicht mit Kerlen unterwegs.«

»Die Nummer war mein erster Schritt, das Leben weniger dogmatisch zu betrachten«, sagte Miriam, »nach unserem Sommer war ich dann bestens erholt und wieder offen für alles«, Miriam drehte den Kopf und linste zu Claude, »sogar für Männer.«

»Hätte aber nicht zwingend ein Mann sein müssen, oder?«

»Nö«, antwortete Miriam kurz. »Die Welt ist rund, das Leben ist bunt.«

»Und Robert?«

»Robert segelte unerwartet in mein Leben. Er war der Freund eines Mitbewohners einer Freundin, den ich zufällig beim Doppelkopf am Küchentisch getroffen habe. Kein durchtrainierter Traumtyp, kein Charmeur, eher im Gegenteil, aber er hatte lustige Augen und war vollkommen unbeeindruckt von meinen feministischen

Vorträgen und Utopien. Er fand sie weder blöd noch erschreckend, sondern irgendwie schon okay. Während ich im ›Und überhaupt‹-Modus über die Welt dozierte und die großen Zusammenhänge erklärte, war Robert immer pragmatisch im Hier und Jetzt und fragte mittendrin so Sachen wie ›Wer kocht heute eigentlich?‹«

Miriam musste lächeln. Roberts handfeste Art, jede Vision auf ein Butterbrot zu reduzieren und sie aus ihrem hochfliegenden Elfenbeinturm abstürzen zu lassen, hatte sie zunächst wahnsinnig gemacht. »Warum hat er sich in dich verliebt, wenn er so anders tickt?«

»Ehrlich gesagt, ich habe keine Ahnung«, gab Miriam zu, »aber wir sind immer noch ein gutes Team.«

»Hm«, machte Claude und schwieg. Miriam schloss wieder die Augen.

»Weißt du, dass mir deine Hochzeitskarte damals echt die Schuhe ausgezogen hat?«, begann Claude wieder, »Ich hörte dich noch: Kleinfamilie – die kleinste kriminelle Vereinigung! Die bürgerliche Ehe nicht naturgegeben, sondern eine Institution des Patriarchats!«, wetterte Claude mit finsterem Lächeln und erhobenem Zeigefinger.

»Erstaunlich, was du dir alles gemerkt hast«, wunderte sich Miriam.

»Aber sicher! Du warst mein feministischer Leuchtturm! Und plötzlich leuchtete der aus der Mitte des Spießertums, du hattest dich mitten reingesetzt in diese bürgerlich-patriarchalischen Strukturen. Das konnte ich überhaupt nicht zusammenkriegen.«

Miriam musste lachen, Claude schien noch immer ernsthaft entsetzt. »Sieh's mal so«, versuchte sie, »das Private ist politisch und ich habe mich auf den Weg durch die heiligste aller Institutionen gemacht und mühe mich seit Jahren, einen Sieg der Hoffnung über die Vernunft zu erringen. Vielleicht ist die Liebe ja doch mehr als eine bürgerliche Erfindung.«

Claude schwieg. Sie saßen nebeneinander, Claude legte ihre Hand leicht auf Miriams.

»Vielleicht war – oder bin – ich auch ein bisschen neidisch.«

»Echt?«

Claude zuckte mit der Schulter, »Zumindest habe ich nie eine lange Beziehung hingekriegt. Von Kindern gar nicht zu reden. Ich bin einfach nicht so gestrickt.«

»Womit wir wieder bei der Strickliesel wären«, sie lachten beide.

»Es hängt doch auch vom richtigen Moment ab, oder? Wenn du gerade findest, so ein rosiges Baby, warum eigentlich nicht?, und zufällig kommt ein hübscher Kerl um die Ecke, dann klappt das. Wenn derselbe Typ einen Monat später vorbeiläuft, während du gerade deine Koffer für einen tollen Job in New York packst, passiert gar nichts.«

»Na du hast deine komplexen Theoriegebilde aber kräftig eingekocht«, spottete Claude. »In meinem Leben sind zwar viele Kerle vorbeigelaufen, aber ich habe nie ein tolles Jobangebot in New York bekommen, das mich vom Kinderkriegen abgehalten hätte. Ich wollte einfach keine.«

»Ist doch in Ordnung«, sagte Miriam.

»Aber nun, mit fünfzig, ist der allerallerletzte Drücker … ich meine, Gianna Nannini hat ihre Tochter mit 54 gekriegt. Vermutlich nicht auf ganz natürlichem Weg, aber möglich wäre es«, sinnierte Claude.

»Klar, möglich ist das alles, und wenn andere Frauen in Rente gehen, stopft Signora Nannini eine Schultüte mit Schokolade voll und feiert den ersten Schultag ihrer Tochter. Warum nicht?«

Claude schaute skeptisch. »Für diese Variante hätte ich wohl früher mal ein paar meiner Eier einfrieren lassen sollen.«

Miriam war nun doch irritiert. »Meinst du das ernst mit den späten Mutterfreuden?« Wie kamen sie im Wartezimmer einer Autowerkstatt überhaupt auf dieses Thema?

»Es ist zumindest gemein. Die Kindernummer kannst du in der Regel mit fünfzig abhaken – erledigt oder eben nicht. Männer können sich noch mit achtzig vormachen, sie seien unsterblich, und zeugen Kinder. Frauen knallt die Natur einfach die Türen vor der Nase zu. Zack, aus und vorbei. Wir können nicht so tun, als seien wir noch 25 und das Leben ein Universum. Das ist vermutlich gesund, ich finde es trotzdem blöd. Ich wünschte mir, dass alle Türen weiterhin offen stehen, auch wenn ich nie alle Zimmer betrete, die dahinterliegen. Mit fünfzig kapierst du, dass das nicht mehr geht. Dass das Leben endlich ist. Dass es langsam eng wird mit der restlichen Zeit – und mit den Träumen. Verstehst du?«

Miriam nickte. Das Leben wurde absehbar. Bei den einen nach und nach, bei anderen Knall auf Fall. So war das nun mal? Im Sich-abfinden-Können war Miriam nicht besser als Claude.

»Vielleicht hängt ja irgendwo im Himmel eine Truppe von Puppenspielern rum«, fantasierte Claude, »die gucken auf uns runter, ziehen an den Fäden, gaukeln uns mal dies, mal jenes vor und amüsieren sich prächtig, wie tollpatschig wir durchs Leben eiern und versuchen, uns mal diesen, mal jenen Traum zu erfüllen.«

Miriam lächelte, die Idee mit der Puppenspielertruppe gefiel ihr. »Wo bleibt eigentlich unsere Expertin für Schicksal, Zufälle und Teebeutel?«, sie schaute auf die Uhr, bald halb fünf. »Sucht sie noch nach einem Hotel oder hat sie mal wieder einen Schicksalsforscher an der Angel?«

Wie aufs Stichwort tauchte die Blondine im blauen Kostüm in der Bürotür auf und reichte Claude ein Mobiltelefon.

»Hanne?«, sie ging mit der Blondine ins Büro. Miriam folgte, sah Claude am Telefon nicken, »Hm, ja – na gut – wo? – warte, ich schreibe das auf … wie buchstabiert man das?«

Sie griff nach einem Stift auf dem Schreibtisch, die Sekretärin reichte ihr einen Zettel, Claude kritzelte »Praça do Giraldo« darauf, »Bis später dann, viel Spaß!«, und gab das Telefon zurück. »Gute Nachrichten: Évora besteht nicht nur aus Werkstätten und Schuhkartons. Hanne hat eine Unterkunft gefunden, preislich zwischen Campingplatz und der Fünf-Sterne-Burg. Wir treffen uns auf dem Hauptplatz in einem der Straßencafés, gegen 19 Uhr.«

»So spät?«, wunderte sich Miriam, bis dahin waren es noch mehr als zwei Stunden.

Die Tür ging auf und der Werkstattleiter kam herein. Miriam sah am angestrengten Gesichtsausdruck des jungen Chefs, dass es ein Problem gab.

Tatsächlich ging es nicht nur um die Batterie. Der Werkstattleiter tippte und scrollte auf seinem Smartphone und hielt ihnen das Display hin. Google hatte übersetzt und da stand: Lichtmaschine. Das wird teuer, ahnte Miriam. Aber das war nicht das einzige Problem: Claudes Wagen war alt, ziemlich alt. Der Werkstattleiter setzte ein Gesicht für aufrichtige Beileidsbekundungen auf, seufzte. Eine Lichtmaschine für dieses Modell? In Évora? Er schüttelte traurig den Kopf.

18

Hanne hatte keine Zeit zu verlieren. Der Taxifahrer hatte sie aus dem Industrieviertel zur Touristeninformation in Évoras historischem Zentrum gebracht, wo sie sich schnell eine Pension empfehlen und zwei Zimmer reservieren ließ, und weiter zu der Adresse, die José Manuel Almeida ihr in Lissabon zugesteckt hatte.

Ein alentejanisches Gehöft, keine zehn Kilometer entfernt von Évora. Ein lang gestrecktes weißes Landhaus mit gelb leuchtenden Umrandungen an Fenstern und Türen, beschützt von einigen dicken Eukalyptusbäumen.

Hanne war klar gewesen, dass sie nicht mit offenen Armen empfangen werden würde. Aber sie dachte an den zweiten Teebeutel des Tages: »Habe keine Angst zu scheitern. Habe Angst, es nicht zu versuchen«.

Also erklärte sie der erstaunten Französin in der Haustür, wer sie war. Anne Marie, kaum jünger als sie selbst, erstarrte für einen Moment, betrachtete Hanne – dann nickte sie und bat Hanne herein. In der Küche mit bunten Holzmöbeln und einem riesigen Kamin zeigte sie auf einen grünen Stuhl am gelben Tisch. Hanne setzte sich. Anne Marie füllte, ohne zu fragen, eine kleine Kaffeemaschine, stellte sie auf den Gasherd und blieb mit verschränkten Armen danebenstehen.

Zögernd begann Hanne zu erzählen. Erst stockend, und als Anne Maries Blick weicher wurde, etwas flüssiger. Die Französin stellte Tassen und Zucker auf den Tisch. Einen Teller mit Keksen. Ein roter Kater strich um Hannes Beine, sprang mit einem Satz auf ihren Schoß und rollte sich ein. Anne Marie setzte sich ihr gegenüber, goss Kaffee in die kleinen Tassen, zog ein Päckchen Tabak aus der Tasche ihres geblümten Rockes, drehte eine Zigarette, zündete sie an und rauchte. Als Hanne geendet hatte, schüttelte sie ungläubig lächelnd den Kopf.

Ein junger Mann betrat die Küche. Hanne stockte der Atem. Kein Zweifel, diese Ähnlichkeit – das war Anne Maries ältester Sohn. Die Französin unterbrach, schaute Hanne an und lachte auf.

Später fuhr sie Hanne nach Évora. Hanne stieg am Rand der Altstadt aus, sie wollte die letzten Schritte bis zur Praça do Giraldo lieber zu Fuß gehen. Anne Marie umarmte sie zum Abschied wie eine Freundin.

Hanne eilte Hügel aufwärts durch die Gassen der Altstadt. Es war später Nachmittag, doch die Hitze der Mittagsstunden hing noch immer zwischen den alten Mauern. Sie fand die Pension, in der die Dame von der Touristeninformation zwei Zimmer für sie reserviert hatte – und weiter. Um einen Überblick zu bekommen, lief sie durch das Zentrum, weiße ein- und zweistöckige Häuser mit schmalen schmiedeeisernen Balkonen, Cafés, kleine Läden, viele Kirchen und Plätze. Hinauf zum römischen Tempel mit den korinthischen Säulen, die frei stehend auf dem höchsten Punkt in den Himmel ragten. Und wieder hinunter, vorbei an der wuchtigen Kathedrale, durch Gassen und Gänge auf den Hauptplatz mit arabisch anmutenden Arkaden im Erdgeschoss vornehmer Bürgerhäuser, die eine lange Seite der Praça do Giraldo säumten.

Hanne setzte sich in das Café am oberen Ende des lang gestreckten Hauptplatzes. Sie war eine halbe Stunde zu früh. Gut so. Zeit genug, den Besuch bei Anne Marie hinter sich zu lassen. Hanne blätterte in den Tourismusbroschüren, einige sehenswürdige Details schadeten nicht, um ihre Eindrücke auszuschmücken. Ihr Blick wanderte an der Fassade einer Kirche entlang zu einem Marmorbrunnen, an dem ein junges Paar Händchen hielt, Frauen mit Einkaufstüten beieinanderstanden und schwatzten, alte Männer mit tief in die Stirn gezogenen Hüten und verschränkten Armen zusammen schwiegen.

Sie war vorbereitet, in Urlaubslaune und würde glaubhaft von ihrem Nachmittag in der Stadt erzählen können.

Ihr war nur noch nicht klar, wie sie einen weiteren Schlenker durch das Hinterland organisieren und rechtfertigen sollte, bevor sie irgendwo im Süden das Meer erreichen wollten. Anne Marie hatte von einem Kloster gesprochen und ein Dorf erwähnt, irgendwo in der Pampa. Um dahinzukommen, brauchten sie ein Auto, das war klar.

»Hallo«, unterbrach eine matte Stimme Hannes Gedanken. Claude hatte sich von hinten genähert, ließ sich auf einen Stuhl fallen und lehnte den Kopf erschöpft zurück. Nun trat auch Miriam aus den Arkaden, mit ernstem Gesicht und einer warnenden Geste in Claudes Richtung. Von der war nur noch ein raues »Ich brauche Kaffee und Cognac« zu vernehmen.

An diesem Abend brauchte Hanne nicht mehr von einem wundervollen Nachmittag in Évora zu schwärmen, von den vielen Sehenswürdigkeiten dieser »Perle des Alentejo«. Passend zur Stimmung wäre höchstens die Knochenkapelle gewesen, in der die Gebeine von 5000 Mönchen lagerten. Unter normalen Umständen hätte Claude diese Attraktion garantiert schrill oder wenigstens witzig gefunden, aber die Frage, ob und wann das Auto repariert werden konnte, überschattete alle anderen Gedanken. Wie sollten sie zum Meer kommen? Zu den wilden, einsamen Stränden?

»Ohne eine verdammte Kreditkarte verleiht heutzutage kein Mensch mehr Autos«, schimpfte Miriam, sie schaute sich demonstrativ um. »Sollen wir etwa hier unseren Fünfzigsten feiern?«

»Es gibt garantiert schlechtere Plätze auf der Welt«, versuchte Hanne die Stimmung aufzuhellen.

Sie brauchten ein Auto. Und vermutlich auch Geld.

Hanne war sich nach der üppigen Hotelrechnung nicht mehr sicher, wie nah ihr Konto bereits am Limit war.

»Ich rufe Robert an«, beschloss Miriam.

»Nein«, bestimmte Claude, »du bist auf Kur, unerreichbar, Entgiftung von deiner Totalvernetzung.« Hanne nickte pflichtschuldig.

»Ein amüsantes Spielchen, das wir jetzt mal beenden«, widersprach Miriam. »Wir brauchen eine Kreditkarte oder irgendjemanden, der für uns ein Auto mietet oder Geld schickt. Unser Trip kann doch bitte nicht an so einer Banalität scheitern. Das ist doch wirklich lächerlich.«

Hanne und Claude sagten nichts.

»Gehen wir in unser Hotel zum Telefonieren«, beschloss Miriam und winkte dem Kellner, »Ähm, Hanne, könntest du bitte …?«

Der Abend wurde nicht besser.

Die beiden Zimmer in der Pension waren schlicht, aber günstig. In dem Einzelzimmer stand ein Telefon auf dem Nachttisch – Miriam scheuchte Hanne und Claude raus. Kurz darauf stürzte sie in das Doppelzimmer. »Hanne, wo ist das nächste Internetcafé?« Man möchte nicht ihre Sekretärin sein, dachte Hanne.

»Internetcafé? Du bist doch auf Entzug …«

»Sehr witzig, können wir jetzt bitte ins reale Leben zurückkehren?« Miriam stemmte ihre Hände in die Hüften, ihre Augen funkelten.

»Er ist nicht erreichbar! Robert. Nicht zu Hause, nicht im Büro und sein Handy ist ausgeschaltet.« Hanne legte ihr beruhigend die Hand auf die Schulter. Schaute sie an. »Und die Kinder? Hast du es bei denen versucht?«

Miriam winkte ab, »Natürlich. Die hängen zwar den ganzen Tag an ihren Handys, aber wenn ich sie anrufe, sind sie erstaunlicherweise nie erreichbar.«

»Kenn ich«, seufzte Hanne mitfühlend, »die Zwillinge pflegen dieses Phänomen immer noch, die beiden Großen sind glücklicherweise auch aus dieser Trotzphase rausgewachsen.«

Kein Lächeln, nichts, Miriam ratterte weiter, »Ich schreibe Robert eine E-Mail, er soll mich in dieser Pension zurückrufen und Geld an irgendeine Bank hier schicken«.

»Ja, dann schauen wir mal«, lenkte Hanne ein, »dies ist ja eine Studentenstadt, da wird es sicher irgendwo ein Inter…«

»Gehen wir!«

Es wurde einfach nicht besser. Hanne versuchte krampfhaft, sich zu erinnern, irgendwo in diesen Gassen, hatte sie doch ein Internetcafé gesehen, wo, wo, wo? Die Läden und auch die Touristeninfo hatten mittlerweile geschlossen. Sie liefen im Dämmerlicht auf und ab durch mittelalterliche Gassen, inzwischen war nichts mehr romantisch oder zauberhaft.

Warum fühlte Hanne sich eigentlich schon wieder schuldig an diesem Schlamassel? Weil sie diejenige war, die unbedingt nach Évora gewollt hatte?

»Hanne, du warst doch den ganzen Nachmittag hier,

du wirst doch bitte irgendwo ein Internetcafé gesehen haben«, sagte Miriam. »Was hast du eigentlich den ganzen Nachmittag getrieben, während wir in der Werkstatt waren?«

»Das geht dich einen Scheißdreck an«, platzte es aus Hanne heraus.

»Bitte?«

»Es geht dich überhaupt gar nichts an, was ich heute Nachmittag getan habe«, wiederholte Hanne. »Ich habe mich sicher nicht in Internetcafés vergnügt. Es gibt verdammt noch mal Wichtigeres im Leben. Aber wenn es sein muss, bitte …«

Sie zeigte ein Stück die Gasse hinunter. Dort lag endlich das Internetcafé, an das sich sie vage von ihrem nachmittäglichen Sprint durch die Stadt erinnerte. »In Ordnung. Wo wartet ihr?«, fragte Miriam.

»Im Café auf der Praça do Giraldo.«

Miriam ging schnurstracks die Gasse hinunter und verschwand im Café.

Claude murmelte, »Hanninanni, das hätte ich dir mal wieder nicht zugetraut«.

»Was?«

»Den Scheißdreck, den es sie angeht.«

»Habe von meinen Kindern gelernt«, grummelte Hanne. Hatte gutgetan, dieser Anschnauzer. Was ging es Madame Miriam an, wo sie am Nachmittag gewesen war? »Ich habe Hunger!«, sagte Hanne.

Sie setzten sich ins Café an der Praça do Giraldo, bestellten Sagres, dünnes, erfrischendes portugiesisches

Bier aus der Flasche, und Toasts mit Käse und Schinken. Stumm guckten sie dem Treiben auf dem abendlichen Platz zu.

»Echtes Mädchenbier«, sagte Claude irgendwann.

»Stimmt. Schön dünn«, Hanne nickte, »noch eins?« Sie winkte dem Kellner.

»Sag mal«, Claude lehnte sich zu ihr über den Tisch, »also jetzt mal ganz ehrlich und unter uns: Was hast du heute Nachmittag gemacht?«

Verdammt. Hanne setzte die Bierflasche an. Zuckte mit den Schultern. Was sollte sie sagen?

»Wisst ihr was?«, Miriams bebende Stimme erlöste sie. »Wisst ihr was?«, wiederholte Miriam fassungslos, »Robert ist weg.«

»Wie bitte? Robert ist weg?«, Hanne sah sie fragend an. Miriam schnappte nach Luft, »Im Urlaub. Bis zum 15. August«, sie sank auf einen freien Stuhl, griff nach Claudes Bier und trank einige Schlucke aus der Flasche.

Tonlos sprach Miriam von der E-Mail, die sie an Robert geschrieben und abgeschickt hatte. »Und sofort blinkte ein neuer Eingang auf: Roberts automatische Abwesenheitsnotiz. Out of office, bis zum 15. August nicht erreichbar, E-Mails werden nicht gelesen. Unglaublich, davon müsste ich doch etwas wissen. In dringenden Fällen möge man sich bei seiner Stellvertreterin melden.«

»Die rufst du morgen an«, sagte Hanne naiv.

»Einen Teufel werde ich tun!«, fuhr Miriam auf. »Diese Tante ist die Allerletzte, der ich erzähle, dass ich keine

Ahnung habe, wo mein Mann steckt. Wenn das in der Firma die Runde macht, kann ich mich gleich scheiden lassen.«

»Ich dachte, ihr wärt ein gutes Team«, murmelte Claude.

»Ja klar, natürlich. Kein Zweifel«, versicherte Miriam.

So einfach wurden Risse sichtbar – damit kannte sich Hanne gut aus.

Es lag aber noch etwas anderes in Miriams Stimme. »Und«, fragte Hanne ruhig und schaute Miriam an, »sind sie da?«

»Was?«, blaffte Miriam und warf ihren Kopf zurück.

»Du hast doch nur einen einzigen ernsthaften Grund gehabt, deine E-Mails zu checken. Sind sie da? Deine Ergebnisse?«

Miriam blickte in den Nachthimmel, schüttelte den Kopf. »Ich muss ins Bett«, sie stand auf. »Wir sehen uns morgen früh. Gute Nacht.«

Miriam verschwand in der Dunkelheit.

»Ich glaube, sie denkt ständig dran«, sagte Hanne. »Diese multiple Sklerose ist wie eine Schlange, die im Gebüsch zischelt, aber nicht angreift. Miriam hört das Zischeln, sie wartet und wartet und sie weiß nicht, wann die Schlange hervorschießt und sie umschlingt. Oder ob überhaupt.«

»Und ohne ihren Gatten?«, fragte Claude, »Sieht so aus, als ob wir uns ohne den Goldesel durchschlagen müssen.«

Sie machte eine Pause. »Wie viel hast du noch?«

Hanne peilte über den Daumen. »Vielleicht 1000 Euro, vielleicht ein bisschen mehr.« Sie lächelte verschmitzt. »Und du?«

»Auch so ungefähr. Aber ich habe meine Gitarre dabei und kann singen.«

»Und ein Zelt und Schlafsäcke haben wir auch«, ergänzte Hanne, »Hotels sind teuer.«

»Ich habe für Miri extra einen eingepackt, ich wusste, dass sie die Zeltnummer für einen Scherz halten würde.«

Sie blickten sich verschworen an. »So langsam wird's wie früher«, schmunzelte Claude und sie stießen mit den Bierflaschen an.

»Trinken wir auf die Weisheit des Schicksalsforschers: Nur wer an Wunder glaubt, dem werden sie geschehen.«

19

Vielleicht hatten sie Mitleid beim jungen Werkstattleiter
geweckt, vielleicht seinen sportlichen Ehrgeiz: Er hatte
alle Werkstätten und Autohäuser der Umgebung angerufen und tatsächlich die passende Lichtmaschine aufgetrieben. Eine einzige. Bestellt. Geliefert. Eingebaut.

»530 Euro«, sagte die Blondine.

»480 für Freunde«, murmelte der Chef, »in bar. Wir
nehmen keine Kreditkarten.«

»Kein Problem«, lächelte Claude siegessicher, zog ein
Bündel Geldscheine aus ihrer Handtasche, »machen wir
450«, und zählte ab.

Der junge Chef zwinkerte ihr zu, »Ohne Rechnung«,
und überreichte die Schlüssel.

Claude hätte nie gedacht, dass ein repariertes Auto ihr
derartige Glücksgefühle bescheren könnte. Das Loch in
der Reisekasse, nun ja, Miriam war kreditwürdig und
auch Hanne würde sie nicht hängen lassen. Claude war
zuversichtlich.

Es ging weiter, das war das Wichtigste. Ans Meer. Die
Westküste im Süden. Tolle Strände, große Wellen – »Fan-
tastico!«. Der Werkstattleiter hatte einige unverständ-

liche Dorfnamen genannt, Gratistipps für die ungewöhnlichen Senhoras.

Claude fuhr, Hanne saß neben ihr, die Landkarte auf
dem Schoß, Miriam döste auf der Rückbank. Sie hatte
kaum geschlafen und blieb schlecht gelaunt. Robert war
nicht erreichbar. In der Pension und später in der Werkstatt, jedes erreichbare Telefon hatte magnetische Anzie-
hung auf Miriam ausgeübt. Ein letzter Versuch … und
ein allerletzter … es nützte nichts, Robert hatte den Ste-
cker gezogen und sein Handy ausgeschaltet – unerreichbar. Sein Urlaub war im perfekten Teamwork offensichtlich nicht eingeplant gewesen. Miri musste eine Woche
auf Klarheit warten – nicht gerade ihre herausragende
Stärke. Aber Roberts Stellvertreterin, »diese Trulla?«, anzurufen war auch am Morgen keine Option gewesen. Lieber kaute sie weiter auf ihren Fragen und Zweifeln herum.

Hanne faltete die Straßenkarte groß und klein, schob
ihre Lesebrille hoch und runter, während sie den Strecken-
verlauf mit vorbeifliegenden Straßenschildern verglich. Sie
wirkte mal wieder etwas desorientiert, dabei war die Ansage doch klar gewesen: ab in den Süden und ans Meer,
Westküste – runter und rechts rüber. War das so schwer?

»Hanne, alles klar?«, fragte Claude vorsichtshalber
nach. Sollte sie zur Sicherheit ihren Kompass aus der
Kiste kramen?

»Klar, kein Problem! Nur …«, Hanne fuhr mit den
Finger die Karte entlang, schaute auf ein Hinweisschild
am Straßenrand, »hm, schon gut. Alles klar. Kleine Landpartie, nur ein Schlenker, mehr nicht.«

»Bist du sicher?«, zweifelte Claude.

»Klar, kein Problem!«

Nun gut, entspannt kreativ improvisieren war die Losung des Tages. Die Essenz, die Hanne beim Frühstück aus ihren Teebeuteln der Packung »Klarer Geist« gelesen hatte. Entspannt kreativ improvisieren – dafür war Claude immer zu haben.

Sie fuhren weiter, vorbei an weißen Dörfern, die sich zwischen die Hügel schmiegten. Langsam senkte sich die Sonne, die Farben wurden wärmer, allerdings, wenn Claudes innerer Kompass nicht verdreht war und die Sonne nicht neuerdings im Osten unterging, fuhren sie beständig in Richtung spanische Grenze. Die Sonne im Rücken, strikt nach Osten, nicht Süden. Claude beschloss, an der nächsten Straße einfach mal rechts abzubiegen. Doch dann leuchtete es zwischen diesen kargen Hügeln plötzlich grünblau.

Ein gigantischer Klecks, der sich vor ihnen zwischen den kargen Hügeln ausbreitete. Wasser. Viel Wasser mitten im sonnenverbrannten Nichts. Claude bremste auf einer langen Brücke – hier war nichts mit abbiegen.

Sie schaute Hanne an. »Was ist das?«

Die bekam rote Flecken im Gesicht, guckte raus, guckte auf die Karte, haspelte, »Keine Ahnung«, guckte raus, guckte auf die Karte, Lesebrille hoch, Lesebrille runter.

»Was ist los?«, fragte Miriam von hinten, als sei sie gerade aus einer Trance erwacht.

Sie stiegen aus und stellten sich auf die Brücke.

»Ich verstehe das nicht!«, sagte Hanne immer wieder, »Den See gibt es auf dieser Landkarte nicht. Hier ist nichts blau. Guck dir das an …«, Claude zog Hanne die Lesebrille von der Nase. Ohne diese Teile ging ja leider nichts mehr, schon gar nicht, wenn sie Details auf Landkarten erkennen musste. Älter werden war doch sehr lästig, und das war ja erst der Anfang. Wenigstens machten auch Hannes Augen schlapp, Yoga rettete doch nicht vor sämtlichen Zipperlein.

»Wir müssten hier irgendwo sein«, Hanne kreiste mit dem Finger auf der Karte herum. »Ich sehe da einen blauen Strich, das ist doch ein Fluss, so ein Strich. Der Guadiana – ein Fluss! Nicht so ein, so ein – Meer!« Sie zog mit dem Arm einen Bogen über das weite Grünblau, »Das sehe ich sogar ohne Lesebrille«.

»Gib mal«, sagte Miriam. Sie hatte den beiden von hinten über die Schulter geschaut und nahm nun ihrerseits Claude die Lesebrille ab, »Entschuldige, meine Brillen, ich weiß nicht, wo sie sind«, murmelte sie, »aber die Altersweitsichtigkeit hat ja sogar unsere Claude erwischt.« Ein Lächeln flog über ihr Gesicht, »Du warst doch damals so kurzsichtig wie ein Maulwurf! Ohne Brille hast du Sebastião nicht mal auf zehn Metern Entfernung erkannt. Weißt du noch?« Aus dem Lächeln wurde ein breites Grinsen.

»O Gott«, stöhnte Claude, war das peinlich gewesen.

»Nur weil unsere Claude zu eitel war, ihre Brille aufzusetzen«, nun kicherte natürlich auch Hanne, »aber sie hatte ja uns.«

»Sag mal, Miri«, ahmte Miriam Claudes geheimnisvolles Raunen nach, »ist er das? Der da drüben, ist das Sebastião?«

»Ja, ja, ja, schon gut.« Claude winkte ab. Miriam und Hanne kniffen die Augen zu, tippten wahllos ins Nichts, »Ist er das? Der da? Der Basti?«, und gackerten wie Teenager.

»Freundlicherweise habt ihr mich nie in fremde Arme rennen lassen«, merkte Claude an.

»Ja, dafür solltest du uns dankbar sein«, mahnte Hanne, »wir hätten dich ja auch mit, sagen wir mal, Fränkie oder einem seiner interessanten Kumpel verkuppeln können.«

»Fränkie?«, rief Claude mit einem Blick auf Miriam, »aber der war doch bereits bestens bedient.«

Miriam griff die Landkarte, grummelte, »Da ist Évora, hm, dann sind wir …«.

»Habe ich was verpasst?«, fragte Hanne irritiert.

»Wo sind wir denn nun, Hanne?«, fragte Miriam energisch.

Hanne zeigte die Straße auf der Landkarte. Da war kein großes Wasser. Da war ein feiner blauer Strich. Ein Fluss. Der Guadiana, Grenzfluss zu Spanien. Sonst nichts.

»Ich würde mal sagen, das hier ist ein Stausee«, Miriam gab Hanne die Brille zurück, »und dieses Sammlerstück hier schon etwas älter«, sie hielt die abgegriffene Landkarte zwischen Daumen und Zeigefinger hoch und schaute Claude streng an.

»Das habe ich doch schon gesagt: zu schade fürs Altpapier. Die Karte ist noch von damals!«

»Im Ernst? Von vor 25 Jahren?«, lachte Hanne ungläubig. Miriam verdrehte die Augen und fragte, »Wo bitte geht's zum Meer?«

Sie schauten sich um, ringsherum gelbe Hügel. »Dahinten ist Spanien, würde ich mal sagen«, Claude zeigte an das andere Ende der Brücke. »Das nächste Meer …«, sie zeigte mit dem Daumen über die Schulter.

»Also zurück«, beschloss Miriam und in ihrem Ton hörte Claude, wer hier mal wieder Führungsqualitäten auszuspielen gedachte.

»Aber nicht wieder nach Évora«, widersprach Hanne, »man sollte nicht den Weg zurückfahren, den man gekommen ist.«

Auch Hanne klang erstaunlich entschlossen.

»Eine Weisheit vom Teebeutel?«, spottete Claude.

»Nein, nein«, winkte Hanne ab, »eigenes Lebensprinzip, entstanden aus leidvoller Erfahrung«, sie schaute über den See nach Spanien, »aber in diesem besonderen Fall sollten wir uns ein kleines Stück zurück gönnen. Bis zur nächsten Abzweigung gen Süden.«

Sie zog Miriam die Karte aus der Hand und die Lesebrille von der Nase und setzte sich wieder auf den Beifahrersitz. Miriam war perplex.

Sie fuhren einige Kilometer zurück. Miriam hatte sich nach vorne gebeugt, den Kopf zwischen den Vordersitzen auf ihre Arme gelegt und kontrollierte über Hannes Schulter die Landkarte. Aber es war Claude, die am Steuer saß, und sie würde ihrer Intuition folgen. Als die ersten Häuser eines Dorfes auftauchten, war es so weit. Sie bog links ab.

»Hey, hey«, rief Miriam wie erwartet, »Hier doch noch nicht!«

»Doch, doch«, sagte Claude seelenruhig, »Hier geht's Richtung Süden.« Sie wartete noch auf Hannes Einwand – Hanne? Nichts. Kurzer Blick auf die Karte und Blick wieder nach vorne, sie schien einverstanden.

Miriam hangelte von hinten nach der Karte und fuchtelte mit dem Finger darauf herum, »Diese Straße – hier, die ist nur ein kurzer Strich – dann Schluss. Sackgasse. Die führt nirgendwohin!«

Miriam bohrte den Zeigefinger auf die Stelle und zog die Karte unter Hannes Nase, »Hanne, das musst du doch sehen!«.

Claude zog gut gelaunt durch die nächste Kurve. Auf Miriam war Verlass. Hanne hingegen – unberechenbar. Oder einfach kreativ improvisierend?

Und dann, dann musste Claude laut loslachen. Diese Straße, die laut Karte und Miriam eine Sackgasse sein sollte, war frisch asphaltiert. Links und rechts spärlich bewachsene Sandwälle. Man konnte sich noch gut vorstellen, wie Bagger herumgeschaufelt hatten, um die Trasse für diese neue Straße freizulegen.

»Das hast du gewusst!«, rief Miriam empört, »Gib's zu!«

»Nein! Ich schwöre! Pure Intuition. Hier geht's in den Süden, da wollen wir doch hin!«

»Genau«, stimmte Hanne zu.

Miriam schaute zwischen Hanne und Claude hin und her, »Ihr seid echt … ach, was weiß ich?«, sie ließ sich zurückfallen, »Mir doch egal, wir werden schon irgendwo ankommen«.

Hanne nickte zufrieden und im Takt der Radiomusik. Bob Dylan sang, »How does it feel, to be without a home, like a complete unknown, like a rolling stone« – Mundharmonika. Gab es eigentlich noch einen Sänger, der dermaßen viel Geld verdient hatte, ohne singen zu können? Neil Young vielleicht.

»How does it feel?«, sang Hanne nun laut mit, die Füße hochgelegt, ihre bunt lackierten Zehen tappten an der Windschutzscheibe. Hin und wieder warf sie noch einen Blick auf die Karte, aber sie schien sich keine Gedanken mehr zu machen, wie sie in den Süden kamen.

»When you got nothing, you got nothing to lose«, sangen Hanne und Bob Dylan. Wie witzig, dachte Claude, wenn du nichts hast, hast du auch nichts zu verlieren. Wie fühlt sich das an, Claudia Hollander? Hast du noch etwas zu verlieren? Die dicke Inge, schoss es ihr durch den Kopf, kraulte sie Käterchen Simon hinter den Ohren? Sollte sie demnächst mal in Hamburg anrufen?

Hinter einer Kurve leuchtete wieder dieser gigantische Stausee, der immer größer zu werden schien. Falls Claude irgendwann mal wieder über einen Computer verfügen sollte, musste sie sich das alles mal von oben auf Google Earth angucken.

Die Straße wurde breiter und führte über die Staumauer, kurz dahinter ein großer, fast leerer Parkplatz am Ufer dieser grünblau glitzernden Weite, gesäumt von einer gigantischen Buchstabenreihe. Zusammen ergaben sie den Satz: »On a clear day you can see forever«.

»Interessant«, sagte Claude, »bisschen surreal, bisschen Hollywood.«

»Passt überhaupt nicht hierher«, krittelte Miriam, »in dieses Land, zu diesen Menschen.«

»Vielleicht haben die revolutionären Bäuerinnen des Alentejo ja inzwischen Englisch gelernt«, feixte Hanne.

Sie stiegen aus, schlenderten auf die andere Straßenseite und blickten die wuchtige Betonmauer des Sperrwerks hinunter in die Tiefe, wo der Guadiana wieder gemächlich seinem ursprünglichen Lauf durch die Hügel folgte.

»Ich wüsste tatsächlich gerne, was meine Bäuerinnen zu dieser Monsterkonstruktion gesagt haben«, sinnierte Miriam. »In solchen riesigen Stauseen verschwinden ja bisweilen komplette Dörfer, ganz zu schweigen von EU-Millionen, die hier garantiert versenkt wurden.«

Ah, da war sie wieder, die Miri, die immer noch mit ihrem kritischen Blick durch das Weltgeschehen reiste. »Ich finde, dass das ein schöner Spruch ist!«, warf Claude ein, bevor Miriam weiter ins Detail über EU-Subventionen und weltweite Ungerechtigkeiten gehen konnte. Die Sonne senkte sich, ließ die überdimensionalen Buchstaben rostrot erstrahlen.

»On a clear day you can see forever«, sinnierte Claude, »was will uns der Künstler damit sagen? Hanne, eine Erleuchtung, bitte. Dein Thema!«

»Schöner Satz«, stimmte sie zu, »schön weitsichtig und schön auch, dass ich ihn noch ohne Lesebrille entziffern kann.« Claude und Hanne lachten.

»Es wird spät«, erinnerte Miriam sie, »wir sollten uns um unser Nachtquartier kümmern.«

Lass doch endlich mal locker, dachte Claude, aber sagte nur, »Also dann ...«.

Aus dem Hügelland zog sich die Straße hinab in die flach aufgespannte Weite des südlichen Alentejo und schnitt schnurgerade durch leuchtende Weizenfelder. Dann Weinreben in leicht geschwungenen Linien, grün leuchtend auf dunkelroter Erde – ein Farbspektakel im letzten Tageslicht.

Hanne zog eine CD aus ihrer Tasche, fummelte die Folie ab und schob sie in den Spieler, »Miri, die ist für dich!«.

Eine Liveaufnahme, es begann mit Applaus, dann eine Ansage auf Portugiesisch, Stille, schließlich erhob sich eine feine männliche Stimme, »Grândola Vila Morena«, das Publikum stimmte ein, übertönte den Sänger, Hunderte Stimmen sangen das feierliche Lied der Revolution von 1974. Claude hörte Miriam hinter sich leise summen. Damals hatte ihre Freundin am nächtlichen Lagerfeuer das Lied mit den jungen Portugiesen aus Lissabon auswendig mitsingen können. Damit waren ihre Portugiesischkenntnisse zwar erschöpft gewesen, aber sie hatte die Genossen – und Genossinnen – ziemlich beeindruckt.

Das Lied endete mit langem Applaus. Miriam hatte sich aufgesetzt und ihre Hände auf Hannes Schultern gelegt.

»Schön, wunderschön – immer noch«, sie war tatsächlich gerührt. »Erinnert ihr euch, damals auf der Landstraße kurz vor Grândola, diese bunte Gruppe Bauern, die uns entgegenkam …«

»… und Bäuerinnen!«, unterbrach Hanne mit wedelndem Zeigefinger.

Miriam lachte leise, »… und mit Kindern und Trommeln und Eselskarren zwischen den uralten Korkeichen. Diese weiche Abendsonne, voller Hoffnung – mir wird immer noch ganz warm ums Herz«, schwärmte Miriam, die junge Revolutionärin. »Wo hast du diese CD aufgetrieben?«

»In Évora, zufällig gesehen, in einem kleinen Plattenladen. Ich dachte, es kann nicht schaden, sie für dich mitzunehmen.«

»Toll!«, Miriam ließ sich von hinten zu einem flüchtigen Kuss auf Hannes Wange hinreißen. »Aus der Rückschau erscheinen diese Revolution und die Jahre danach, na ja, ein wenig theatralisch, aber es war doch …«

»… leidenschaftlich!«, warf Hanne ein.

»Absolut!«, Miriams Laune lockerte auf, »Früher waren wir gemeinsam stärker, heute ist jeder sein eigenes Start-up.«

»Amen!«, sagte Claude.

»Wenn ich meine Jungs und ihre Freunde anschaue, die wirken so verloren, jeder allein mit seinem Smartphone. Vor lauter WhatsApp und SMS und Facebook kriegen die kaum noch mit, wie sich Leben anfühlt.«

»Lauter hippe einsame Wölfe, die durchs World Wide Web streunen«, stimmte Miriam zu.

»Wie schön«, hörte Claude tatsächlich Miriam sagen, »dass wir auf unserer Tour diesen ganzen smarten Schnickschnack versenkt haben!«

Meinte sie das ernst? Claude warf einen Blick über die Schulter – wahrhaftig: Miriam lächelte.

Hanne hatte mit der revolutionären Musikeinlage den richtigen Knopf gedrückt, Miriam ließ locker.

Gut gelaunt fuhren sie durch das Abendlicht und lauschten der Konzert-CD mit den revolutionären Liedern, hingen ihren Gedanken nach, bis Hanne sich umdrehte und unvermittelt fragte, »Denkst du eigentlich ständig dran?«.

»Fast«, antwortete Miriam ruhig, als könnte sie Hannes Gedanken lesen, »aber jetzt gerade nicht. Das tut so gut.«

Claude hatte keinen Schimmer, wovon die beiden redeten.

»Ich beginne, jeden Schritt, den ich tue, zu genießen«, sagte Miriam, »jeden einzelnen Schritt.«

Es klickte bei Claude, Mannomann, sie hatte manchmal echt eine lange Leitung. Wenigstens eine Prise von Hannes Einfühlungsvermögen täte ihr gut.

Miriam machte eine Pause und schaute zur Seite nach draußen. »Ich bin inzwischen ziemlich sicher, dass ich multiple Sklerose habe. Alle Anzeichen sprechen dafür. Mein summendes Bein am Abend. Die Entzündung des Sehnervs, alles sehr eindeutig.«

Sie sprach leise, gefasst. Wie mutig musste Miriam sein, diese Vision und diese Gedanken, die garantiert ständig in ihrem Kopf Karussell fuhren, mit solcher Klarheit auszusprechen?

»Aber in meinem Alter wird es nicht so schlimm werden, die dramatischen Verläufe haben Leute, die bereits bis Anfang dreißig erkranken. Das Alter hat auch mal einen Vorteil. Sagt zumindest das Internet. Behaupten die Ärzte. Glaube ich. Hoffe ich.«

20

Inmitten der Weinfelder tauchte ein Dorf auf. Hanne drehte die Musik leiser. »Sollten wir nicht …?«, Miriam stimmte zu, »Langsam wird's ja mal Zeit …«, und tatsächlich, Claude bog ab.

Verschlungene Gassen mit niedrigen, weiß getünchten Häusern. Im Dorfzentrum ein kleiner Park mit ein paar Büschen, Bäumen und Parkbänken, einem kleinen Spielplatz mit Schaukeln und Rutsche. Drum herum einige Lokale, Tische und Stühle auf dem Bürgersteig. Eine schlichte Kirche, zwischen den beiden Glockentürmen ein Storchennest.

»Wie heißen die Viecher noch mal auf Portugiesisch, Hanne?«, scherzte Claude und zeigte hinauf zu dem Storchenpaar, das gerade gelandet war. »Nur falls wir heute Abend noch ein wenig Kontakt zu Land und Leuten wünschen.«

»Zunächst wünschen wir uns doch eine freundliche und vor allem günstige Pension«, sagte Hanne.

Vorbei an der Kirche weitete sich die Gasse, und ein mehrstöckiges Haus erhob sich über die ebenerdigen Gebäude des Dorfes. Über dem Portal stand auf einem Schild mit geschwungener Schrift »Pensão das Cegonhas«.

»Pension der Störche«, übersetzte Hanne.

»Wozu so ein Volkshochschulkurs nicht alles gut ist«, feixte Miriam. Claude parkte vor der Pension, sie stiegen aus.

»Das könnte einst die Villa der Großgrundbesitzer gewesen sein«, mutmaßte Miriam. Sie klingelten, aber niemand öffnete. Miriam schaute suchend über den kleinen Platz mit den weißen Häusern.

Ein kurz geschorener Hund tauchte hechelnd hinter einer Hausecke auf, zerrte an der Leine eine Frau in Hauskittel und Puschen hinter sich her. Sie blieb stehen, betrachtete die drei Touristinnen, bedeutete ihnen mit einer Geste, zu warten, und schlurfte weiter Richtung Kirche.

Kurz darauf eilte eine junge Frau in Shorts und Spaghettitop über den Platz, sprudelte etwas auf Portugiesisch hervor und schloss die schwere Haustür auf. Sie betraten eine kühle, abgedunkelte Eingangshalle und von dort ein großes Zimmer mit massiven, alten Möbeln. Miriam ließ sich auf die geblümte Tagesdecke des Doppelbettes fallen – Matratze ohne Kuhle, nicht zu weich.

»Gebucht?«, Hanne lächelte durch die Verbindungstür zu einem weiteren Zimmer mit dem dritten Bett, »Kostet rührende 20 Euro pro Person plus drei fürs Frühstück, können wir uns leisten.«

Miriam nickte, »Fünf Sterne!«.

»Schade um die Nacht im Zelt«, murrte Claude, und sie lachten.

Claude und Miriam war nach einem Glas Wein, Hanne wollte sich vor dem Abendessen einen Moment ausruhen. Also verzogen sich die beiden in den Innenhof, setzten sich in Korbstühle, bekamen Wasser und kühlen Weißwein von der jungen Portugiesin und genossen die warme Abendluft und den Duft nach Jasmin. Miriam hing der Autofahrt durch diese leere Landschaft nach. Nichts hatte den Blick gestört, die Lieder der CD hatten sie wie eine malerische Filmmusik begleitet und zurückgetragen – ins Damals, als sie so viel gewollt und an so viel geglaubt hatte. Miriam war Hanne ehrlich dankbar. Alles fühlte sich in diesem Moment gut und richtig an.

Bis Claude begann, unruhig ihr Weinglas hin- und herzudrehen, »Hm, hmhm« zu murmeln und Miriam sich verpflichtet fühlte zu fragen, »Was ist denn los?«.

»War in unserem Zimmer eigentlich ein Telefon? Vielleicht …«, Claudes Stimme wurde brüchig, »sollte ich mal in Hamburg anrufen«, sie schaute Miriam fragend an, »Es könnte sein, dass sich die dicke Inge Sorgen um mich macht. Falls der Gerichtsvollzieher geklingelt hat und auf der Suche nach mir ist – ich glaube, sie sieht das nicht so entspannt. Sie ist ja schon älter und …«

»Du wirkst bei dem Gedanken an Hamburg und Gerichtsvollzieher auch nicht sonderlich entspannt«, unterbrach Miriam sie. Sie hatte keine Lust, Probleme zu wälzen, nicht hier, nicht jetzt.

Mit einem Ruck stand Claude auf und ging ins Haus. Mutig, sehr mutig dieser Entschluss, das musste Miriam zugeben. Aber warum ausgerechnet an diesem friedlichen Abend? Konnten sie nicht schlicht und einfach essen, Wein trinken, satt ins Bett fallen und an nichts denken? Nicht an den abgetauchten Robert, nicht an ihre Tattoo-Tochter, nicht an den Zeitzünder, der in ihr summte. Nur hier und jetzt und noch ein wenig der Revolutionsromantik nachhängen. Morgen säßen sie endlich am Atlantik und … Plötzlich stand Claude wieder vor ihr, griff nach der Weinflasche, flüsterte, »*Das* glaube ich nicht«, goss sich ihr Glas voll und trank es in einem Zug aus.

»Was sagt die dicke Inge?«, fragte Miriam pflichtschuldig.

»Dicke Inge, dicke Inge – von wegen«, Claude schüttelte heftig den Kopf, als ob sie aufwachen müsste. »Nein, nein, Hanne, unsere Hanninanni«, Claude grinste zweideutig, »zieht heimlich ihr eigenes Ding durch!«

Hanne hatte nicht gehört, dass Claude das Zimmer betreten hatte. Aber Claude hatte gehört, dass Hanne nebenan telefonierte, auf Französisch, und Claude verstand an diesem Abend erstaunlich gut Französisch.

»Oui, oui, wir sind angekommen, in diesem Dorf, und die Pension haben wir auch gefunden«, Hanne lachte. »Das war nicht einfach, die beiden hierherzubewegen, aber … wie bitte? Wir müssen noch weiter? Am Guadiana, Richtung Süden? Du bist sicher?«, Hanne stöhnte, »Moment, meine Karte ist ziemlich alt – stell dir vor, dieser riesige Stausee ist noch gar nicht drauf, das war vielleicht eine Überraschung, puh!«, Hanne kicherte, »Also, Moment, wie heißt das? Ja, das sehe ich hier auf der Landkarte …«

Claude hörte Papier rascheln, blieb schockgefroren hinter der halb offenen Tür stehen. Hanne lachte verhalten, »Ich brauchte schon ein wenig Fantasie, um ›zufällig‹ hier zu landen« – saß dort tatsächlich die süße Hanne? Claude hätte es besser wissen können: Hanne war unberechenbar. Ein tiefes Wasser. Hanne spielte mit ihnen.

»Évora war noch kein Problem, aber eine Tour in dieses Dorf? Keine Sehenswürdigkeiten, nichts! Abgesehen von ein paar Störchen, und die rechtfertigen keinen längeren Aufenthalt. Ich muss mir was ausdenken, sonst sitzen wir morgen am Meer.«

Mit wem zum Teufel redete sie da Französisch? Seit wann veranstaltete Hanne mit ihnen dieses Versteckspiel? Waren sie gar nicht auf Revivaltrip, sondern auf Hannes persönlicher Schnitzeljagd?

Claude wagte kaum zu atmen. Wollte nicht lauschen – und rührte sich trotzdem nicht. Sie verwünschte sich. Jeder hat ein Recht auf Geheimnisse. Es lebte sich glücklicher, wenn man nicht alles haarklein wusste. In der Liebe wie im Leben. Warum also stand sie hier und lauschte? Sie hatte es verdammt noch mal geahnt und die ganze Zeit gehofft, Hanne würde sich ihr anvertrauen.

Vielleicht täuschte sie sich, vielleicht war alles doch anders?

Im nächsten Moment wusste Claude, dass sie goldrichtig lag. Der Name war gefallen.

Das hätte sie Hanne nicht zugetraut.

Claude verließ das Zimmer leiser, als sie gekommen war.

Von wegen sich treiben lassen, Landpartie, wie damals ... die liebe Hanne hatte sie durch die Gegend geschickt. Alles berechnet. Sie betrogen. So sah Miriam das, nachdem Claude die Geschichte erzählt hatte, und wollte platzen vor Wut und Enttäuschung.

Als Hanne strahlend und erfrischt in einem luftigen weißen Hemd und weinroter Pluderhose – so eine, die Miriam gerne in ihren Koffer geworfen hätte – im Halbdunkel des Patios erschienen war, blickten Claude und Miriam sie stumm an.

»Was ist denn mit euch los?«

Die beiden reagierten nicht. Hanne zog sich zögernd einen Stuhl heran, »Alles in Ordnung?«.

»Warum zum Teufel sind wir hier?«, fauchte Miriam, »hier, in diesem Kaff mitten im heißen, staubigen Nichts? Hanne, warum? Warum? Warum sitzen wir nicht schon längst an einem wilden langen Strand und schauen auf den Sonnenuntergang im Meer? Hanne, warum?«

Hanne schluckte. Ihre Augen weiteten sich, die Finger umklammerten die Stuhllehne, die Farbe war aus ihrem Gesicht geglitten, Miriam bemerkte ein nervöses Zucken im Augenwinkel. »Weil *du* weiß der Teufel wen oder was suchst!«, blaffte sie. »Zufall? Nein, natürlich nicht. Es gibt ja bekanntlich keine Zufälle! Dafür gibt es Yogi-Hanne, die uns gezielt hierhergebracht hat!«

Miriam spürte, wie ihre Empörung anschwoll, »Du hast uns die ganze Zeit etwas vorgemacht! Von wegen ›Wir haben es uns versprochen‹ und ›Relax!‹ und ›Lebe wild und gefährlich‹ – das geht der lieben Hanni alles gepflegt sonst wo vorbei!«

»Was wisst ihr?«, flüsterte Hanne.

»Das ist doch total egal!«, fuhr Miriam erneut auf, das war ja wohl das Allerletzte! Waren sie beim Teppichhändler und feilschten um Details?

»Du hast uns die ganze Zeit für blöd verkauft!«

Hanne schüttelte den Kopf, »So stimmt das nicht …«.

»Wie stimmt's denn, verdammt?«

Miriam leerte ihr Glas, stand auf. »Ich brauche Schnaps. Das ist mir alles zu dumm, Kindergarten. Ich gehe was trinken.«

Miriam spürte Hannes und Claudes Entsetzen im Rücken, und während sie durch die Eingangshalle stampfte, hörte sie noch einmal den Klang ihrer eigenen Worte – voller Erstaunen: Sie hatte geklungen wie

Claude. Unbeherrscht, unüberlegt, aus dem Bauch heraus. Mehr noch: dieser Abgang, das war Claude pur. Zum Verwechseln ähnlich.

Miriam riss die Eingangstür auf, nichts wie raus, weg von diesen »Freundinnen« – sie spürte eine Hand auf der Schulter, fuhr herum. Bitte kein Versöhnungstralala. Claude reichte ihr einen 20-Euro-Schein.

»Damit du nicht anschreiben lassen musst.«

Langsam kehrte Claude durch die Eingangshalle zurück in den Innenhof, Schritt für Schritt. Zeit gewinnen. Am liebsten wäre sie mit Miriam in eine Kneipe gezogen, trinken, vergessen und morgen früh weiterfahren, gen Süden.

Sie riss sich zusammen. Das konnte sie später immer noch tun.

Hanne saß in einem Korbstuhl, sie hatte die Arme um ihre hochgezogenen Knie geschlungen, die Augen geöffnet, der Blick starr, sie hatte geweint.

Claude setzte sich ihr gegenüber, streckte die Beine aus, legte den Kopf zurück. Schaute in den Nachthimmel, atmete den Duft der Blüten.

»Wie gut sprichst du Portugiesisch?«

»Ich spreche nicht gut …«

»Hanne! Hör auf! Du sprichst Portugiesisch, und zwar besser als jede Hausfrau von der Volkshochschule.«

»Hmhm«, gab Hanne leise zu.

»Also, wie kommt's?«

Stille.

»Hanne! Ich zähle bis zehn, danach packe ich meine Tasche und verschwinde. Wie gesagt, ich bin ohnehin nur auf der Durchreise. Mir reicht's und ich bezweifle, dass Miriam Lust hat, noch länger an deiner Schnitzeljagd teilzunehmen. Also?«

Hanne rührte sich nicht.

Claude wartete. Und wartete. Also gut.

»Ciao, Hanne!«, sie stand auf. Es wäre besser gewesen, direkt nach Essaouira zu fahren.

Claude hätte heulen können vor Enttäuschung.

Miriam lief hinaus in die Nacht. Eine Lampe beleuchtete die leere Straße. Das Dorf schien ausgestorben, von irgendwoher wehte der Wind Klänge eines Akkordeons durch Gassen. Eine gedrungene, in Schwarz gekleidete Frau humpelte die Hausfassaden entlang und verschwand hinter einer niedrigen Holztür, an der eine silberne Hand als Türklopfer glänzte.

Miriam lief weiter. Egal, wohin. Nur keine wohldosierten Einzelheiten von Hanne über das Wer-wie-was-warum ertragen, die mehr Fragen eröffneten, als Antworten zu geben. Hätte Hanne einfach ausgepackt, gut. Aber nach dem Motto: »Was wisst ihr schon? Was kann ich noch verheimlichen?« – auf keinen Fall. Sollte Hanne mit ihren Lügen glücklich werden, Miriam wollte davon nichts weiter hören. Was Claude erzählt hatte, reichte ihr.

»Warte!«

Claude blieb stehen.

»Ich spreche ganz leidlich Portugiesisch, ja, stimmt. Aber ich bin ...«, Hanne zögerte.

»Nein, du wirst mir jetzt nicht erzählen, dass du zu schüchtern bist«, Claude war zu Hanne getreten und vor ihr in die Hocke gegangen, schaute ihr direkt in die Augen, »Du wirst mir auch nicht erzählen, dass dein Portugiesisch nach vermutlich deutlich weniger als 25 Jahren eingerostet ist. Du hörst auf zu lügen. Ab sofort. Ich vergebe dir alles, aber lüg mich nicht mehr an. Ich schwöre dir, ich bin weg. Sofort.«

Claude zitterte. Sie wusste, es war die letzte Chance, von Hanne alles zu erfahren. Und ihr alles zu erzählen. Denn auch sie selbst hatte Verstecken gespielt.

Sie hatte nicht geahnt, dass die Geschichte nach 25 Jahren wieder hochkochen könnte. Erst als Hanne so ein lächerliches Geheimnis aus ihrem Portugiesisch machte, war Claude über ihre eigene Erinnerung gestolpert.

»Warum, Hanne? Warum erzählst uns du den Blödsinn vom Hausfrauenkurs?«

»Ich habe tatsächlich einen gemacht, zum Auffri...«

»Hanne!«, Claude hätte ihr am liebsten eine gescheuert. Sie biss die Zähne zusammen, stieß Wort für Wort mit gepresster Stimme hervor, »Wo? Wann? Mit wem hast du Portugiesisch gelernt?« Claude rang nach Luft – dann eben andersherum. »Soll ich es dir erzählen?«.

Hunger, Miriam hatte Hunger. Sie erreichte die Kirche mit dem kleinen Park im Zentrum des Dorfes. Der Bürgersteig war vollgestellt mit Tischen und Stühlen – hier schienen sich die Männer des Dorfes und der weiteren Umgebung zu treffen. Miriam sah nur Männer, junge und alte, mit sonnengebräunten, zerfurchten Gesichtern, in ausgebeulten Hosen, weiten Shorts und T-Shirts oder Unterhemden und Schlappen. Miriam fühlte sich, als spazierte sie ungebeten durch ein fremdes Wohnzimmer und die Bewohner betrachteten sie erstaunt. Im Vorbeigehen sah sie eine Speisekarte an der Hauswand, ein Restaurant? Sie spürte die Blicke der herumsitzenden Männer, irritierend. Sie ging weiter. Ohnehin waren sämtliche Tische besetzt – sofern sie das in der Eile erkennen konnte.

Claude wäre das alles schnurz gewesen. Sie wäre reingegangen, hätte sich an den Tresen gedrängelt, seelenruhig nach einem Tisch gefragt, gewartet und irgendwas bestellt. An Claude wären die Blicke abgeperlt, Claude, ja Claude hätte die Nerven behalten.

Miriam nicht, nicht hier zumindest, nicht in diesem Ambiente. Das war nicht ihres. Männer in Unterhemden, die aussahen, als säßen sie zu Hause mit Bierflasche auf dem Sofa und glotzten Sportschau – Miriam ging weiter.

Sie steuerte die nächste Bar an. Die Blicke verfolgten sie – vermutete sie. War das so schwierig, einfach stehen zu bleiben, sich umzuschauen? Sie traute sich nicht. Sich hinzusetzen schon gar nicht.

Miriam atmete durch, richtete sich auf. Das war lächerlich. Sie hatte Hunger, hier waren Lokale, in denen es sicherlich nicht nur Wein, Wasser und Bier gab, sondern, also bitte, auch irgendeinen Happen zu essen. Und all die Kerle würden schon nicht kollektiv über sie herfallen. Sie hatte nicht mal einen Handtaschenraub zu befürchten.

Also, Frau Doktor Miriam Ferber, was ist der Plan? Unauffällig zurück zu Hanne und Claude schleichen? Auf keinen Fall. Miriam straffte sich und steuerte geradewegs auf das Ende des Platzes zu. Dort leuchtete das Schild einer weiteren Bar.

Bierkisten vor der Tür, eine Traube aufgedrehter Jungs rempelte und brüllte am Tischfußball, Männer saßen auf Plastikstühlen – kein Platz für Miriam.

Nein, nicht zurückgehen. Dann eben drinnen sitzen. Rein da. Sie trat durch die Tür. Stimmengewirr und der Geruch von kaltem Zigarettenrauch. Miriam schaute sich um. Vermutlich die abgewrackteste aller Dorfkneipen, eng, laut – und voll. Der Tresen mit Holz verkleidet, die Wände mit Backsteintapete beklebt, es mutete norddeutsch rustikal an, Kellerbar Siebzigerjahre, inklusive der versetzten Regalbretter, auf denen Schnaps-

241

flaschen drapiert waren. Fußballwimpel hingen von der Decke, flatterten im Sog des Ventilators. Ein muskulöser Typ im engen Shirt mit tätowiertem Bizeps lehnte an der Musikbox. Hinter dem Tresen die einzige Frau. Klein und mollig, undefinierbares Alter, strohige, rötlich gefärbte Haare, unvorteilhaft enges T-Shirt und Leggings, Slip und BH zeichneten sich deutlich ab. Sie schaute Miriam fragend an. Nett irgendwie.

Miriam hatte den Tresen erreicht, die Frau dahinter wartete auf ihre Bestellung. Es wurde still. Miriam konnte nicht mehr zurück.

»Ein Bier«, Miriam trank selten Bier, eigentlich nie.

»Uma cerveja?«

Miriam nickte. Die Barfrau bückte sich, zog aus dem Kühlschrank eine Flasche heraus, öffnete sie, hielt fragend ein Glas dazu hoch. Miriam schüttelte den Kopf. Wenn schon, dann aus der Flasche. Es war warm, Miriam schwitzte, ihr Hunger bohrte im Magen.

»Sandwich? Toast?«, fragte sie.

»No«, sagte die Barfrau entschuldigend, zeigte neben dem Tresen auf einen Ständer mit Chipstüten. Besser als nichts. Miriam nahm eine Tüte heraus. Sah erleichtert, dass hinter ihr, in der Ecke, ein kleiner Tisch mit zwei Stühlen frei wurde. Der einzige. Sie zahlte und setzte sich. Blick nach links auf die Klotür, nach rechts zum Nachbartisch, zwei Bierflaschen und ein alter Mann mit stoppelkurzen weißen Haaren, der vor sich hin schwieg.

Miriam trank einen Schluck, öffnete die Chipstüte, nahm ein paar Chips und »krrrssspp« – die gesamte

242

Kneipe schien aufzuhorchen und ihren Kaubewegungen zu lauschen. Sitzen bleiben, zum Inventar werden, es gab keinen objektiven Grund, warum sie nicht allein in dieser schrammeligen Bar herumsitzen sollte. »Ich sitze nur hier und trinke mein Bier«, betete sie sich im Stillen vor, als sei das eine von Hannes Teebeutel-Mantren.

Die verzerrten ersten Gitarrenakkorde von »Stairway to Heaven« mischten sich ins das Gebrummel der Stimmen. Der tätowierte Mucki-Mann von der Musikbox setzte sich zu dem Alten mit den Stoppelhaaren und der zweiten Bierflasche. Miriam schob sich eine weitere krachende Handvoll Chips in den Mund, inzwischen von den Gesprächen der Männer wieder übertönt. So interessant schien die Chips futternde Fremde mit Bierflasche dann doch nicht zu sein. Miriam entspannte sich und trank einen großen Schluck.

Sie wollte erst spät zurück in die Pension gehen, am besten, wenn Claude und Hanne schon schliefen. Sie hatte keine Lust auf Fragen oder weitere Dramen. Normalerweise hätte sie einfach die Rückreise angetreten. Normalerweise … wie witzig. Sie saß fest. Es war zum Wahnsinnigwerden. Wohin mit dieser Wut? Glas gegen die Wand werfen? Dieses permanente Auf und Ab der Gefühle, Miriam hatte in den fünf Tagen mit Hanne und Claude mehr Gefühlswallungen erlebt als in den vergangenen fünf Jahren.

Miriam stand auf, winkte der Barfrau mit ihrer leeren Bierflasche, holte eine volle vom Tresen und setzte sich wieder in die Ecke. Der Mann mit den Tattoos warf ihr einen Blick zu. Der – ihr? Der Leiterin eines der gefragtesten Marktforschungsinstitute in Deutschland? Morgen früh würde sie in ihre Welt zurückkehren. Neben der Pension war die Post, dort könnte sie ungestört telefonieren. Miriam trank einen Schluck Bier. Das Labor anrufen und nach den Ergebnissen ihrer Untersuchungen fragen – die Telefonnummer? Verdammt, die war natürlich in irgendeiner dusseligen Cloud gespeichert.

Roberts schwatzhafte Stellvertreterin, die könnte sie anrufen. Wirklich? Wollte sie dieser Klatschtante, die Robert angeblich nur aus Wohltätigkeit auf ihrem Posten beließ und ertrug, erzählen, dass sie, die Frau des Chefs, keinen Schimmer hatte, wo der sich herumtrieb? Niemals. Keine Chips mehr, die zweite Bierflasche leer – und nun? Miriam stand auf und setzte sich mit dem dritten Bier. Das letzte.

Wohin sollte sie gucken? Miriam verstand, warum Männer am Tresen saßen und in Biergläser stierten. Warum zum Teufel war sie hier?

Von draußen kamen mit Radau einige junge Kerle herein, kurze abschätzende Blicke auf die Fremde in der Ecke. Miriam war es inzwischen egal. Sollte sie sich einen Schnaps genehmigen? Eine Zigarette vom Mucki-Mann am Nebentisch schnorren? Also bitte! Wo steckte Robert? Warum kurvte er schon wieder durch ihre Gedanken? Mit wem war er »im Urlaub«? Saß er, so wie sie gerade, in Kneipen rum?

Einen Schnaps, sie brauchte einen Schnaps.

Miriam zeigte auf eine der Flaschen mit klarem Inhalt hinter dem Tresen, und die Barfrau schenkte Miriam großzügig ein, mit einem schwesterlichen Lächeln.

Der erste war für Robert, den sie immer als selbstverständlichen Bestandteil ihres Lebens betrachtet hatte. Er war einfach da gewesen. Zuverlässig. Weder wild noch gefährlich. Aber vermutlich die Liebe ihres Lebens.

Der Schnaps brannte in der Kehle. Robert – die Liebe ihres Lebens? Miriam stutzte. Sie hatte nie darüber nachgedacht.

»Erstaunlich, dein Robert«, hatte Claude erst gestern während ihrer Wartezeit in der Autowerkstatt gesagt und so nüchtern wie prophetisch ihre Gedanken über sturznormale Männer gesponnen: »Weißt du, wie viele beste Teamspieler in meiner Bar schwach geworden sind? Nachmittags noch mit Frau und Kindern auf unserer Elbterrasse. Abends zurück am Tresen, auf ein Bier. Oder zwei. Und dann blinzelt eine jüngere, vollbusigere, langbeinigere Frau. Zufällig auch allein. Aber mal ehrlich: Muss man immer alles voneinander wissen? Jeden kleinen Fehltritt?«

Jetzt war Robert verschwunden und Miriam hatte es ihm nie gesagt! War er tatsächlich die Liebe ihres Lebens?

Und Claude? Hatte die unter all ihren ungezählten Affären schon eine Liebe ihres Lebens gehabt? – Ja, natürlich … sie hatte. Und wusste es wahrscheinlich selbst nicht.

Der zweite Schnaps war für den Neurologen zu

Hause, der ihr demnächst die Schreckensnachricht ihres Lebens behutsam beibringen würde.

Der dritte für die beiden Frauen, die sie heute Morgen noch Freundinnen genannt hatte. Hanne. Hanne! Und warum saß Claude nicht hier in dieser grottigen Kneipe, sondern bei Hanne und einem Glas Wein?

Miriam stand schon wieder am Tresen, wollte die Barfrau nach ihrem Vornamen fragen und einen vierten Schnaps ordern – »das ist doch nicht dein Stil«, hörte sie von hinten, »du musst mir nicht nacheifern, Bella«, Claude legte ihr die Hand auf die Schulter. »Komm mit, wir müssen reden.«

Das Stimmengewirr in der Bar hatte sich erneut gesenkt. »Wir müssen gar nichts mehr«, entgegnete Miriam so trotzig wie ihre pubertäre Tochter. »Ich sitze hier und trinke Bier.«

Aber Claude hätte die Nerven, ihr in dieser Kneipe eine Szene zu machen, falls sie nicht mitkam. Der Gedanke daran war trotz allem unangenehm.

»Vertraue den Erfahrungen deiner Schwester«, Claude zog leicht an Miriams Arm.

»Ausgerechnet!«, höhnte Miriam.

Claude machte der Barfrau ein Zeichen, die Rechnung fertig zu machen, lehnte sich zu Miriam und wisperte, »Vergeben können, das ist wahre Größe.«

Bitte? Miriam fuhr herum, als hätte sie ein Stromschlag durchzuckt. »Machst du jetzt auf erleuchtet? Statt Hanne? Habt ihr gerade Tee getrunken?«

Claude bezahlte kommentarlos Miriams Rechnung.

246

›Ich habe selbst Geld‹, wollte Miriam protestieren, aber es war ja dieselbe Quelle, also fluchte sie nur leise.

Sie warf noch ein schüchternes »Boa noite« zum Tresen, als sie Claude zur Tür folgte.

»Boa noite!«, ein vielstimmiger Chor aus Männerstimmen echote ihr hinterher. Miriam musste lächeln und trat in die warme Nacht.

21

Hanne wartete auf einer Parkbank neben der Kirche und schaute hinauf zu dem Storchennest zwischen den beiden Glockentürmen. Warum hatte sie nicht die Klappe gehalten? Cegonhas, Störche, die waren ihr so rausgerutscht. Sie hatte sich das Wort damals einfach gemerkt. Als Mädchen hatte sie Störche geliebt – die Botschafter des Frühlings, die im Herbst in die sonnige Fremde entschwanden. Als sie älter wurde, waren Störche seltener geworden und irgendwann schließlich gar nicht mehr zurückgekehrt. Doch das hatte Hanne erst bemerkt, als sie Jahre später in Portugal ein Storchennest auf einem Strommast entdeckt hatte. Damals, auf einem Ausflug mit Sebastião.

»Ich weiß nicht, wie lange, aber du warst noch einmal in Portugal«, hatte Claude sie angefahren, und Hanne war schwindelig geworden, »zumindest in Lissabon, wo du dich ja auch in diesen Tagen noch erstaunlich gut zurechtgefunden hast.«

Augen und Ohren zuhalten, einfach verschwinden, doch Claude war vorgeprescht. Hanne stand mit dem Rücken zu diesem Gebilde, ihrer Lebenskonstruktion aus vielen verknoteten Halbwahrheiten, Nichtgesagtem und einigen handfesten Lügen – alles gut verzurrt.

25 Jahre Doppelleben. Immer in Erwartung, dass jemand dahinterkommen könnte. Seit der Nacht auf dem Cabo Espichel, der plötzlichen Knutscherei mit Sebastião, heftig und unerwartet, sie hätte fliegen mögen, doch plötzlich war ihr so elend geworden, das Herz raste – das Shit, der Alkohol, überschwappende Gefühle und Lust, alles hatte sich in dem Sog einer gigantischen Welle vermischt, die sie umhergewirbelt und verschlungen hatte.

Als Hanne aus der Ohnmacht erwacht war, lag sie auf einem trockenen Grasflecken vor der Kapelle, Sebastiãos erschrockenes Gesicht über ihr und von fern die Stimmen von Claude und Miriam, die nach ihr riefen.

Das war der Anfang gewesen. Seitdem hatte eine kleine Lüge die nächste erfordert und eine weitere und daraus war ein undurchsichtiges Geflecht geworden. Hanne lernte, elegant mit ihren Wahrheiten zu jonglieren, fürchtete nur selten noch, dass jemand diesen Dschungel durchdringen könnte.

Bis zu dem unangenehmen Brief von Jens' Anwalt. Der Streit mit Franziska. Und schließlich Claude, die mit der konzentrierten Leichtigkeit einer Fechterin zielsicher durch die Verschlingungen ins Zentrum gestoßen hatte.

»Woher ich von deinem Portugiesisch weiß, Hanni? Tja, dumm gelaufen, würde man heute sagen«, Claudes Ton war bissig gewesen und enttäuscht. »Diese Störche, als wir im Abschleppwagen saßen, die hätten dein Stichwort sein können. Du hättest selbst damit herausrücken können. Oder vorher, als wir im Nebel auf dem Cabo Espichel standen – hältst du mich für blöd? Für so nachtragend? Wegen einer Urlaubsaffäre? Meintest du, ich jammere heute noch über verflossene Liebhaber von damals? Vorbei ist vorbei und nach all der Zeit und zum 50. Geburtstag darf man doch ein wenig Distanz zu sich selbst und seinen Jugendsünden erwarten. Aber dein Schweigen und deine Geheimniskrämerei waren so merkwürdig, dass ich mich gefragt habe, was wohl der Sinn sein könnte. Plötzlich war alles wieder da. Und nach diesem Telefongespräch reicht's endgültig. Wir haben etwas zu klären.«

»Es tut mir so leid«, brachte Hanne heiser hervor. »Ich wollte dir alles erzählen. Als ich mit den Kindern damals in Hamburg vorbeigekommen bin. Aber du warst so anders, so beschäftigt, und also …«

»Schon gut, schon gut«, Hanne hörte Claudes ungeduldige Stimme nur noch durch eine Schallmauer, »es ist lange vorbei und darum geht es eigentlich auch nicht, ich war in meinem Leben oft nicht fromm und fair. Aber wenn ich eine dumme Schlampe gewesen bin, dann war ich das eben und bin nicht lächelnd im Engelchenkostüm herumgeflattert. Also hör endlich auf mit dem Theater. Sei die Schlampe, die du bist. Du hättest verdammt noch mal ein paar Worte verlieren können über dich und Sebastião. Als fünfzigjährige Frau, die eine wildromantische Jugendsünde begangen hat. Was ist daran so furchtbar?«

250

Eine Stunde später saß Hanne vor der Kirche mit dem Storchennest und erwartete Claude und Miriams vermutlich unerbittliches Urteil.

Die schwankende Gestalt, die durch die Dunkelheit einige Meter hinter Claude zur Kirche schlenderte – war das tatsächlich Miriam?

Claude hatte darauf bestanden, dass sie alles in Miriams Gegenwart erzählen sollte. Nach dieser tagelangen Theatertour habe Miriam das Recht, zu wissen, was das alles sollte.

Hanne sammelte sich. Also gut, sie würde erzählen, so viel wie möglich. Kein kleines Blumenmädchen, keine Yogi-Nummer mit Allerweltsweisheiten vom Teebeutel, keine blütenweiße Weste. Die Wahrheit und nichts als die Wahrheit – puh.

Claude setzte sich rechts neben sie auf die Parkbank, Miriam links, stumm und ohne überflüssigen Blickkontakt. Hanne schaute hinauf zu den Glocken und den Störchen und sagte, »Ich fang mal so an: Ich habe seit vielen Jahren für diese Reise mit euch gespart. Und es stimmt: Ich suche hier auch nach Sebastião. Deshalb dieser Umweg. Und falls wir ihn tatsächlich treffen sollten, wollte ich es wie einen puren Zufall aussehen lassen.«

»Aha«, sagte Miriam kühl, »ziemlich durchtrieben, aber wenigstens sind das klare Aussagen. Darf ich fragen, warum?«

Natürlich. Nun wurde es kompliziert – wie weiter, wo anfangen?

Bei der heimlichen Knutscherei auf dem Cabo Espichel,

mit der alles begonnen hatte? Danach war eins zum anderen gekommen und schließlich war klar geworden, dass Hanne aus ihrer Nummer nie wieder herauskommen sollte.

Sie konnte noch heute den Kulturschock fühlen, der sie bei der Rückkehr nach Berlin durchgerüttelt hatte. Alles hatte sich plötzlich eng und organisiert und deutsch angefühlt, so gar nicht locker und leidenschaftlich. Dazu das Desaster mit Jens, der sagte, Hanne solle sich einkriegen. Ihr Anfall am Telefon? Die Trennung sei ernst gemeint gewesen? Es folgte ein kurzer Versuch, ihre Beziehung wieder zu beleben, der mit einer langen Zugfahrt endete. Zurück nach Lissabon, zu Sebastião, der mit seinen Küssen Hoffnung entflammt hatte auf ein anderes, sonnigeres, lässigeres Leben im Süden – wie hätte Hanne diesem Traum nach diesem Sommer widerstehen können? Nur der Gedanke an Claude, der war auf der langen Reise unangenehm gewesen.

Sebastião war überrascht gewesen, sie vor seiner Wohnungstür zu finden. Aber natürlich, bitte, sie konnte gerne bleiben, warum auch nicht? Freundlich unverbindlich. Toll, dass sie spontan zurückgekommen war. Klar, kein Problem, und natürlich hatten sie Sex. Freundlich unverbindlich. Dummerweise verwechselte Hanne das mit Liebe.

Drei Monate träumte Hanne. Danach sprach sie besser Portugiesisch als jede Hausfrau nach drei Jahren Volkshochschule, und sie hatte verstanden, dass Sebastião Musiker war. Vor allem Musiker. Dann kam erst mal lange nichts. Er trat nachts im Jazzclub auf, hatte sein erstes Album mit einigem Erfolg veröffentlicht, experimentierte mit Musikern aus Kap Verde und Brasilien – das Leben bestand aus Rhythmen, Melodien, Körpern. Ein Rausch.

Sebastião schien überall und immer ein wenig jenseits dieser Welt. Er konnte inmitten einer wild trommelnden Horde einsam Saxophon spielen und dazu improvisieren. Anwesend sein und gleichzeitig über den Dingen schweben. Nicht zu greifen. Ein Hauch, ein flüchtiger Duft, der durch eine Frühlingsnacht weht, der sogleich entschwindet und doch hängen bleibt, unvergesslich, betörend. Das war Sebastião. Keiner, der für eine Familiengründung geeignet gewesen wäre. Sein Baby war sein Saxophon, seine Familie die Musik. Natürlich, er liebte Frauen. Aber nicht nur eine. Er liebte Kinder, er war vernarrt in Kinder, aber er hätte sich niemals in den Niederungen eines Alltags zurechtgefunden, in dem Schulbrote zuverlässig geschmiert und Rechnungen nicht erst bezahlt wurden, wenn der Strom abgeschaltet wurde.

Sebastião verabschiedete Hanne in Lissabon an einem kühlen Dezembermorgen mit einem letzten Pastel de Nata im Cafe Suiça. Freundlich unverbindlich, keine Träne, kein Drama – gute Freunde bleiben? Ja, klar, kein Problem.

»Sebastião wollte mich nicht, zumindest nicht so, wie ich ihn gewollt hätte«, konstatierte Hanne.

»Auf diesen süßen Abschied hätte ich dich vorbereiten können«, sagte Claude trocken.

Hanne schüttelte den Kopf, »Nein, dich hätte er gewollt. Dich und deine Stimme. Ihr wart ein schönes Paar.
Euch hat eine gemeinsame Leidenschaft verbunden.«

»Komm mir jetzt bitte nicht mit Illusionen«, raunzte
Claude. »Ich habe genug verrückte Künstler in meinem
Leben gehabt. Besten Dank. Ich bin fünfzig Jahre alt und
vielleicht täte mir mal ein Teamplayer gut, so einen, wie
sich Miri geangelt hat.«

»Und der sich gerade vom Acker gemacht hat«,
grummelte es von links. »Aber warum zum Teufel willst
du diesen verschollenen König des Saxophons überhaupt wiederfinden?«

Da war sie wieder, die Frage. Durchatmen und –
aber Miriam redete weiter, »Hoffnungen auf ein spä-
tes Glück? Wie können wir uns das Bürschlein heute
vorstellen? Warte, Mitte fünfzig, silbrige gewellte Haare,
sympathisches Bäuchlein zum Anschmiegen?«

Miriams Spott hörte sich verdammt nach Claude an.
Was war in dieser Bar bloß los gewesen? Claude hingegen klang merkwürdig verständnisvoll, »Wie willst du
ihn finden? Verfolgst du irgendeinen Plan?«

Hanne wiegte den Kopf, »Ich navigiere auf Sicht.
Habe mich bislang durchgefragt, von einem zum anderen. Zuerst war ich im Jazzclub, dort habe ich tatsächlich eine alte Freundin von ihm getroffen, die wusste,
dass Sebastião vor zwei Jahren abgetaucht ist. Er hatte
wohl Drogenprobleme. Keinen Plattenvertrag mehr und
keine Band – er ist einfach verschwunden. Diese Freundin hat mir den Kontakt von Nuno gegeben, von Se-

bastiãos Sohn. Nuno jobbt tagsüber in einem Hotel am Stadtrand von Lissabon.«

»*Da* warst du an dem Nachmittag, als wir uns wiedersehen wollten?«, fuhr Miriam auf, »Du hast echt Nerven. Wegen dieses Typen lässt du fast unser Treffen platzen?«

Das schlechte Gewissen pochte. »Weiter, Hanne!«, forderte Claude von der anderen Seite.

Hanne schnappte nach Luft, also weiter, »Nuno ist zwanzig Jahre alt, verkauft Eis, tagsüber arbeitet er als Bademeister, nachts spielt er Gitarre, er ist Musiker wie sein Vater. Die Mutter ist Engländerin, sie hat Nuno allein großgezogen und freundlicherweise nicht schlecht über Sebastião gesprochen. Wenn der zwischendurch mal auftauchte, sei er immer ziemlich cool gewesen, ein netter Kerl, sein Vater. Aber Nuno hatte keinen Schimmer, wo er wohnt oder sich gewöhnlich aufhält. Das wusste er noch nie. Seine Mutter lebt wieder in London, die einzige Verbindung zu seinem Vater hatte er über José Almeida, der ein Musikerfreund von Sebastião war und heute von Nuno ist. So kam ich zu dem Schicksalsforscher.«

»Und wir rein zufällig in dieses Restaurant. Hanninanni, du bist ausgekocht und abgebrüht«, Claudes Stimme bebte leicht, »und Senhor Almeida wusste, dass du in geheimer Mission unterwegs bist, Miri und ich nichts mitkriegen sollen, und als ich euch in der Pause draußen vor dem ›Flor do Mar‹ traf …«

»… hat er mir die Adresse von Anne Marie in Évora gegeben«, Hanne fühlte sich mies, »Französin, Malerin,

Exgeliebte von Sebastião und Mutter eines weiteren Sohnes. 16 Jahre alt, sehr hübsch, unglaubliche Augen, ich bin fast vom Stuhl gefallen, als er in die Küche kam.«

»Der Mann war offensichtlich nicht unfruchtbar«, murmelte Miriam von der Seite. Hanne reagierte nicht. Sie konnte froh sein, dass Miriam überhaupt neben ihr saß.

»Diese Malerin hast du besucht, während Claude und ich in der Autowerkstatt gewartet haben«, schloss Claude, und Hanne fühlte, wie sie langsam jeden Halt verlor, Claude und Miriam würden gnadenlos ihr Gestrüpp aus Halbwahrheiten durchstöbern.

»Du konntest dank deines Storchen-Portugiesisch sogar in einem Nest wie Alcácer do Sal alles einfädeln, vom Abschleppwagen bis zur Werkstatt, die ja auf jeden Fall in Évora sein musste«, Miriams Stimme schraubte sich empört hoch. »Von unserer Landpartie zu revolutionären Bäuerinnen bis zu dem zufälligen kleinen Schlenker in dieses Kaff! Und wozu das alles? Wozu? Wohnt hier auch noch eine Exgeliebte, ein weiterer Sohn, der Großvater oder vielleicht Sebastiãos Dealer, der weiß, auf welchem Trip der verschollene Ersehnte gerade surft?«

Hanne konnte nur schuldbewusst nicken, »Irgendwo hier in der Nähe, noch ein Stück weiter Richtung Süden, gibt es ein ehemaliges Kloster. Dahin soll er sich geflüchtet haben. Anne Marie vermutete es bei diesem Dorf, aber sie hat sich noch mal erkundigt. Das war es, was Claude am Telefon gehört hat.«

»Schon klar, Hanne, schon klar«, Claude trommelte mit den Fingern auf ihren Oberschenkel, »bringst du deine Geschichte bitte endlich zum Ende? Warum ...?«

»... willst du diesen Kasper treffen?«, Miriams Stimme bebte, »Warum dieser ganze Zirkus?«

Einatmen. Ausatmen. Hanne hörte nichts mehr, nur ihre eigene zitternde Stimme, die zum ersten Mal die Wahrheit sagte, »Sebastião ist der Vater von Franziska. Meiner ältesten Tochter.«

»Oh«, sagte Claude.

»Dieser Storch ist aber weit geflattert«, sagte Miriam, »Schreib doch mal eine Bastelanleitung: Wir stricken uns eine Patchworkfamilie.«

»Du wusstest es die ganzen Jahre?«, fragte Claude atemlos.

Hanne nickte stumm. Sie hatte es während der Schwangerschaft geahnt, einen Schreck bekommen, als sie ihrem Baby in die dunklen Augen geblickt hatte – aber niemandem sonst war etwas aufgefallen. Und dann hatte sie die Geschichte verdrängt. Vergessen. War doch egal eigentlich. Bis zu diesem Brief.

»Jens hat heimlich einen Vaterschaftstest machen lassen.«

»Wie ist er denn auf *die* Idee gekommen?«

»Midlife-Crisis, würde ich sagen. Angeblich hat er schon immer etwas geahnt. Aber ich vermute, seine neue junge Lebensgefährtin hat nachgeholfen und fantasievoll eins und eins zusammengezählt. Die ist Anfang dreißig, aufstrebende Anwältin, Familienrecht, aber vom üblichen Gebärwahn der Anfang Dreißigjährigen befallen.«

»Gott, bin ich froh, dass ich das hinter mir habe«, stöhnte Miriam.

»Nun, die Neue meines Ex hat ihn wohl schon schwanger angeguckt, jedenfalls macht sie Jens verrückt. Er ist ihr zwar verfallen, aber beim Thema Kinder scheint er granithart zu sein: Mehr als vier kann er sich nicht leisten. Er ist ja nie der Staranwalt geworden, von dem sein Vater geträumt hat, und sein Einkommen hielt sich doch sehr in Grenzen, zumindest das, was davon an Unterhalt bei mir angekommen ist.

Wie auch immer, ich telefoniere im Frühjahr mit seiner Schnalle, Jens war nicht zu Hause, also erzähle ich ihr von unserem geplanten Wiedersehen in Portugal und frage, was sie und Jens im August so vorhaben, weil ich die Zwillinge keine zwei Wochen allein lassen wollte. Sie sagt, ach wie reizend, Mädelstreffen nach 25 Jahren, das sei damals ja sicher eine wilde Zeit gewesen und ich, klar, wild und gefährlich und ziemlich lustig war's damals, und erzähle diesem Küken von unseren Wochen am Meco Beach. Tja, später hat sie Jens von ihrer netten Plauderei mit seiner Ex erzählt und was die vermutlich so alles getrieben hat und auch Jens hat sich an diese Episode seines Lebens erinnert, an unsere Trennung, die dann ja doch nur eine Auszeit von ein paar Wochen gewesen ist.«

Hanne hielt inne, sie war außer Atem, der Ärger über

sich selbst kochte wieder hoch, wie immer, wenn sie an diese Stelle ihrer Geschichte kam. Wie bescheuert und naiv war sie damals eigentlich gewesen? Die liebe Hanne war aus ihrem Traum in Lissabon erwacht, heimgekehrt, und anstatt ihr inneres Gleichgewicht erst mal allein neu zu tarieren, war sie direkt ihrem Jens in die Arme geflogen. Die Einzigen, die sie davor hätten bewahren können, wären Miriam und Claude gewesen – das war aber natürlich undenkbar nach dieser Liebschaft in Lissabon.

»Hanne, weiter im Text!«, Claude stieß sie erneut von der Seite an.

»Also, Jens erinnert sich, wie das damals alles gewesen ist, und diese Schlange fragt ihn unschuldig, wie alt Franziska eigentlich sei. Weibliche Intuition nennt man das. So in etwa muss es gelaufen sein, jedenfalls war Jens plötzlich nicht mehr sicher, ob er wirklich vier oder nur drei Kinder hat.«

»Womit er sich dann noch ein weiteres leisten könnte«, erkannte Miriam in gewohnter Schärfe.

»Exakt«, seufzte Hanne.

»Wer weiß von Sebastião?«, fasste sich Claude.

»Eigentlich nur ich. Jetzt ihr. Und Jens weiß seit einigen Wochen zumindest, dass er nicht der Vater ist. Was er freundlicherweise Franziska erzählt hat.«

»Oh, oh, oh«, machte Claude, »Was sagt sie dazu?«

»›Schlampe!‹, hat sie gebrüllt und die Haustür zugeknallt. Dann hat sie mich noch mal angerufen: Ich soll ihr wenigstens sagen, wer er ist. Sie will ihn kennenlernen. Unbedingt. Das bin ich ihr wohl schuldig. Deshalb bin ich hier.«

Claude wiegte ungläubig den Kopf und fragte kühl überlegt, »Woher weißt du eigentlich, dass Sebastião in Portugal ist?«.

Hanne erschrak. Diese Möglichkeit hatte sie überhaupt nicht auf der Rechnung.

»Warum nicht in Brasilien?«, fuhr Claude fort, »Oder auf den Kapverdischen Inseln? Oder in Indien? Die Musik dieser Länder hat ihn doch sehr beeinflusst.«

»Woher weißt du das denn?«, fragte Hanne.

»Du hast doch eben selbst von all diesen Musikern geschwärmt, die damals in Lissabon …«

»Ach«, stoppte Hanne.

»Ach ja«, Claude klang trotzig.

»Von Indien habe ich nichts gesagt. Wieso Indien?«

Claude wich Hannes Blick aus. Schwieg. Murmelte betreten, »Ich weiß es eben. Ich habe alle seine Platten.«

Miriam lachte wieder ihr hübsches leises Lachen, »Na bitte. Sag ich doch, die Liebe deines Lebens. Du bist die Einzige, die das nicht wahrhaben will. Alle Platten?«

Claude nickte. »Alle. Soloalben, Alben mit seiner Band und Alben, auf denen er als Studiomusiker im Hintergrund mal ein Solo einstreut. Er ist einfach ein erstklassiger Saxophonist.«

»Ich hatte ja gehofft«, gab Hanne vorsichtig zu, »dass du vielleicht noch Kontakt zu ihm hast.«

»Du liebes bisschen!«, rief Claude. »Für wie treu hältst du mich?«

»Immerhin hast du alle seine Platten«, erinnerte Hanne, »so falsch lag ich also nicht und …«, Hanne pirschte sich vor, »wenn ich das so höre, fändest du es vielleicht doch auch … interessant, ihn wiederzusehen?«

»Ich? Interessant?«

»So mit der Distanz, die man als Fünfzigjährige zu sich selbst und seiner Vergangenheit haben sollte – das hast du mir vorhin gerade erst erklärt.«

Claude grummelte vor sich hin, bis schließlich ein »Mmhmja … warum eigentlich nicht?« zu hören war.

»Das wird ja ein Hallo geben«, schaltete Miriam sich ein, »die abgehalfterten Geliebten von vor 25 Jahren tauchen auf und überbringen solidarisch die frohe Botschaft, dass er nicht nur Söhne, sondern auch eine Tochter in seiner Sammlung hat. Wem soll das etwas bringen?«

»Franzi. Wenn ich in Zukunft noch irgendein Verhältnis zu meiner Tochter haben möchte, dann schleppe ich ihr Sebastião an.«

Franzis Empörung war maßlos gewesen. Sie war ungefähr so alt wie Hanne damals, studierte Betriebswirtschaft, hatte einen festen Freund und konkrete Vorstellungen – erschreckend konkret, fand Hanne –, wie ihre Zukunft auszusehen hatte. Vor allem, wie sie *nicht* auszusehen hatte. Ganz oben auf der »No go«-Liste stand Kinderkriegen mit 25.

Das hatte sie ihrer Mutter nicht zugetraut. Was genau? ›Nur‹ die Lüge, mit der sie aufgewachsen, oder dass Mama wider Erwarten kein geschlechtsloser Engel gewesen war? Umso erstaunlicher, dass Franzi darauf bestand, ihren wahren Vater kennenzulernen.

»Ja, ich glaube, du solltest ihn suchen«, sagte Miriam nachdenklich. »Unsere Töchter, wir sollten uns bemühen, ein gutes Verhältnis ...«, der Satz endete mit einem Seufzer.

Hanne traute ihren Ohren nicht und wandte sich zu Miriam. Die erwiderte ihren Blick nicht, stattdessen schaute sie zum Kirchturm hinauf – so einfach war es wohl nicht mit einer neuerlichen Verschwesterung. »Aber dieses Versteckspiel mit uns hättest du dir schenken können«, sagte Miriam, »ganz miese Nummer, Hanne.«

»Ich weiß«, wisperte Hanne. Sie merkte erst jetzt, wie sehr sie es gewohnt gewesen war, ihr Leben um diese Lüge herum zu organisieren. »Ich konnte nicht anders. Ich habe die Geschichte ja noch nie irgendjemandem erzählt. Dass Jens und ich damals wieder zusammengekommen sind und ich dann so schnell schwanger war, fanden alle toll, besser als jede Seifenoper. Dann war es zu spät, noch die Reißleine zu ziehen. Ich fand es auch nicht mehr wichtig, wer der biologische Vater war, und habe es einfach vergessen. Ehrlich.«

Die laue Nachtluft wehte Stimmen vom Platz und aus den Bars herüber. Aber Hanne fühlte sich, als schwebte sie mit Miriam und Claude auf einem eigenen Planeten. Eine merkwürdige Zeitreise war das, die sie hier unternahmen.

»Kann ich schon verstehen. Wenn man sich so viele

Jahre an eine Lüge gewöhnt …«, sinnierte Miriam, »du konntest ja auch nicht ahnen, wie Claude reagieren würde. Oder ich.«

Hanne spürte die Blicke von links und von rechts und hörte Claude leise sagen, »Denn schließlich habe ich ja alle Platten«.

Sie kicherten alle drei. Und rückten ein wenig zusammen.

»Vielleicht hast du recht: Was hätte es besser gemacht, wenn du damals fromm die Wahrheit gesagt hättest?«, fragte Claude. »Nichts, für niemanden. Im Gegenteil, oder?«

»Nach der Scheidung wäre es für Jens billiger geworden. In seinem Brief nach dem Vaterschaftstest hat er, beziehungsweise sein sogenannter Anwalt, mir mit Klage gedroht. Ich hätte Jens arglistig getäuscht. Er fordert seine Unterhaltszahlungen für Franzi zurück.«

»Wie bitte?«, rief Miriam. »Komplett gaga?«

»Steckt seine Neue dahinter?«, fragte Claude.

»Anzunehmen«, antwortete Hanne. »Als ich auf sein Schreiben nicht reagiert habe, hat er kurz und trocken Franzis monatliche Unterstützung für ihr Studium gestrichen. Sie solle sich an ihren wahren Vater wenden.«

»Unmöglich!«, rief Miriam. »Hast du das mal von einem Anwalt überprüfen lassen?«

Hatte Hanne nicht. Hatte gehofft, das Gewitter werde vorbeiziehen, ihr würde schon etwas einfallen. Aber die Summe, die auf dem Spiel stand, war astronomisch.

»Da kümmere ich mich drum, sobald ich wieder zu

Hause und vernetzt bin!«, versprach Miriam giftig und spuckte noch ein empörtes »Männer!« aus. »Wenn die in ihrer Eitelkeit verletzt sind, enttäuscht oder traurig, dann reden sie nicht darüber, sondern schreiben dir eine Rechnung. Hauptsache, das Leben und die Liebe lässt sich in einer Zahl quantifizieren. Geld kann man messen, Liebe nicht. Hanne hat die Kinder großgezogen – gibt es dafür eine Gebührenordnung?«

»Bravo, Miri! So kämpferisch lieben wir dich!«, applaudierte Claude und beschloss, »Wir suchen das Kloster und holen Sebastião da raus. Für Franzi, die mutig genug ist, ihre Mutter zu erpressen.«

»Wie bitte? Mutig?«

»Klar ist es mutig, wenn deine Tochter mit 25 Jahren ihren biologischen Vater kennenlernen will und ihre Mutter dazu zwingt, endlich die Wahrheit und nichts als die Wahrheit zu sagen.«

»›Es gibt kein richtiges Leben im falschen‹, wenn ich mal Adorno zitieren darf«, sagte Miriam. »Mit fünfzig Jahren wird es allmählich Zeit, das richtige Leben zu leben. Den Schrott der ersten fünfzig Jahre aufzuräumen.«

»Das hast du schön gesagt«, sagte Hanne gerührt.

»Besser als jeder Teebeutel«, fand Claude.

Miriam lachte verhalten, »Was wird uns der Teebeutel morgen früh raten?«.

»Sei stolz auf das, was du bist«, antwortete Claude.

22

Claude wollte ans Meer. Nicht Kloster suchen. Das war ihr erster Gedanke am Morgen.

Der zweite: fünf Tage noch, nur fünf Tage bis zu ihrem gemeinsamen Geburtstagsfest – sofern sie dafür noch Geld hätten. Claude hatte keinen Überblick über die Kassenlage, aber sie hatte selten in ihrem Leben einen detaillierten Überblick gehabt. Kein Grund zur Panik.

Miriam saß bereits im blühenden Innenhof. Sie lehnte im Korbstuhl, in den Händen eine Tasse Milchkaffee, vor sich Saft und Marmeladentoast, das Gesicht beschienen von der milden Morgensonne – total entspannt, total entgiftet und im ›No problem‹-Shirt. »Na bitte, geht doch«, begrüßte Claude die Frühaufsteherin, Miriam nickte lächelnd.

Hanne kam dazu, im rot-weiß geringelten Kleid, und zog Teebeutel aus der Handtasche. Endlich – Claude war Fan der morgendlichen Weisheiten geworden. Mit wohldosiertem Pathos las sie ihr Tagesmotto vor, »Vergeben – das ist deine innere Größe«, und konnte Hanne einen Seitenblick nicht ersparen. Die wiederum hatte den Volltreffer gezogen: »Sag es direkt, einfach und mit einem Lächeln«.

Miriam schaute amüsiert, aber blieb bei ihrem Milchkaffee und versank wieder in ihrer Korbstuhlentspannung. Sie knabberte an ihrem Marmeladentoast und trank den letzten Schluck Kaffee.

»Ich gehe meine Tasche packen«, sagte sie plötzlich und stand auf, »Abflug in einer Stunde?«

Als Claude und Hanne ins Zimmer zurückkamen, drückte Miriam bereits ihren Kulturbeutel in den Koffer. »Bis ihr fertig seid, drehe ich eine Runde durchs Dorf. Okay?«

Claude schaute mit dem Mund voller Zahnpastaschaum aus dem Bad, machte ein zustimmendes »Mmmh« und zeigte den Daumen nach oben. Hanne unterbrach ihre französische Plauderei am Telefon, »Ich will aber noch duschen«.

Das konnte dauern. Claude würde die Gelegenheit nutzen und telefonieren, ohne dass Miriam und Hanne zuhören und kommentieren konnten.

Es war kurz nach zehn Uhr, als Claude die Pension verließ. In Deutschland war es eine Stunde später. Am späten Vormittag war die dicke Inge meistens zu Hause.

Die Post war direkt gegenüber. Damals, als das Leben noch ohne Handy prächtig funktionierte, konnte man in jeder Post telefonieren. Unter dem rot leuchtenden Schild mit Reiter auf dahinfliegendem Pferd drückte Claude gegen die Aluminiumtür. Verschlossen. Sie trat einen Schritt zurück, sah ein kleines Schild mit Öffnungszeiten: 9 bis 17 Uhr, na also. War schon Mittagspause?

Claude ging unschlüssig weiter. Die weiß gekalkten Häuser blendeten gegen den Himmel. Ihr Blick glitt über das Ende der Gasse hinaus in die Weite der Felder. Was für ein verlorener Flecken, dieses Dorf. Sie kam zur Kirche und dem kleinen Park, wo Kinder Rutsche und Schaukeln belagerten und Mütter sich auf den Parkbänken ausgebreitet hatten. Dazwischen saß Miriam. Täuschte sich Claude oder war ihre Frisur ein wenig verstrubbelt? Ihr perfekt geschnittener Bob blieb ein perfekt geschnittener Bob, aber einige Strähnen lagen sympathisch quer.

»Na?«, Claude ließ sich neben sie fallen, »Kleiner Anfall von Nostalgie?«, sie nickte zu den spielenden Kindern.

»Eigentlich nicht«, erklärte Miriam, »ich habe mir immer geschworen, ich werde nicht so eine Mutter, die ihre Tage mit Feuchttüchern, Apfelschnitzen und Vollkornzwieback auf Spielplätzen verbringt. Am Ende habe ich natürlich doch ungezählte Nachmittage auf Spielplätzen herumgesessen. War aber nicht so schlimm wie gedacht.«

Sie machte eine Pause, schaute einem Mädchen hinterher, das plärrend zu seiner Mutter rannte. Taschentuch, trösten und zurück auf die Rutsche. Miriam seufzte.

»Aus der Rückschau ist die Zeit rasend schnell vergangen. Jetzt pubertieren sie und nerven und man freut sich trotzdem irgendwie über jeden Tag, den diese

Rabauken noch zu Hause wohnen. Ein paar Jahre noch, dann sind sie weg und alles ist wie früher. Vielleicht. Sofern Robert nicht gerade seinen Koffer gepackt hat.«

»Ach Quatsch«, widersprach Claude, aber sie klang vermutlich nicht sehr überzeugend. Was wusste sie schon über Miriams Ehe?

Miriam schwieg. Guckte durch die Kinder hindurch.

»Eigentlich hatte ich mich entschlossen, Schluss mit dem Entzug zu machen und Roberts Stellvertreterin anzurufen. Den Tatsachen ins Auge zu sehen. Und danach wollte ich gleich noch meine Sekretärin kontaktieren. Die sollte die Telefonnummer meines Neurologen raussuchen – die habe ich ja nicht mehr im Kopf, sondern im versalzenen Smartphone. Ich wollte endlich wissen, wie es um mich steht. Die Wahrheit, mich den Fakten stellen, die neue Situation klären, Prioritäten setzen – kurz: die Kontrolle über mein Leben wiedergewinnen.«

Miriam lächelte süffisant, »Und dann …«, sie zeigte hinter sich, in die Richtung, aus der auch Claude gerade gekommen war, »macht diese Post, in der man garantiert auch telefonieren kann, von 10 Uhr morgens bis nachmittags um 15 Uhr – Mittagspause!«.

Sie schüttelte leise lachend den Kopf, »Dass es so etwas noch gibt! Toll, irgendwie – oder?«

Sie regte sich nicht auf? Kein Spruch von wegen Servicewüste oder portugiesische Pampa? Claude betrachtete Miriam. Nein, sie regte sich wirklich nicht auf.

»Lass uns fahren«, sagte Miriam und stand auf.

»Du lässt das Schicksal laufen? Kein Telefon suchen? Hanne hat bestimmt inzwischen aufgelegt, du könntest in unserem Zimmer telefonieren. Ich wollte ja eigentlich auch noch die dicke Inge …«

»Lass mal locker, Claude!«, Miriam lächelte. »Wir suchen erst mal das Kloster.«

Sie stand auf und ging mit langen, ruhigen Schritten los.

Mal lockerlassen? *Das* sagte *ihr* ausgerechnet *Miriam?* Claude sprang auf und stolperte Miriam hinterher. Die dicke Inge wartete auf ein Lebenszeichen. Und vielleicht sogar auch ihre Schwester.

Lockerlassen, *sie* … ausgerechnet!

Aber bis sie Miriam eingeholt hatte, war auch Claudes Vorsatz, sich den Tatsachen zu stellen, wieder verschwunden. Ein paar Tage mehr oder weniger – in Hamburg war man nichts anderes von ihr gewohnt.

»Und den verschollenen König natürlich auch«, sagte Miriam gut gelaunt.

»Was? Wen?«, Claude blieb stehen.

»Se – bas – ti – ão, Claude! Das Kloster mit Sebastião suchen. Und finden. Für Hanne und ihre Franzi! *Das* ist jetzt wichtig.«

Miriam schlenderte einfach weiter, Claude hastete hinterher, nicht sicher, ob ihr Miriams neue Lockerheit tatsächlich gefiel.

Vor der Kirche winkte Miriam einer molligen Frau zu, die grüßte fröhlich zurück – das war die Barfrau! Miriam hatte sich wirklich in diesem verlorenen Kaff eingelebt. Die beiden schüttelten freudig Hände – und im selben Moment bemerkte Claude eine maisgelbe Bewegung im Augenwinkel. Das konnte nicht wahr sein – am Ende der Gasse rollte der Renault Kangoo. Raus aus dem Dorf, Richtung sonnige Weite.

»Miri! Hanne haut ab! Los, beweg dich!«

Claude spurtete los, brüllte, »Hanneeee!«, wedelte mit den Armen. Die Bremslichter leuchteten auf. Claude drehte sich um, Miriam folgte ihr.

Claude hechtete zu ihrem Auto, riss die Tür auf und japste, »Spinnst du? Wohin …?«

»Reg dich nicht auf, steig ein!«

»Wolltest du abhauen?«

»Quatsch!«, Hanne zeigte auf das Einbahnstraßenschild. »Konnte gar nicht anders fahren. Ich wollte eine Runde drehen und euch einsammeln.«

Claude keuchte, lehnte sich ans Auto, sie war auch mal fitter gewesen.

»Jetzt steig endlich ein«, Hanne griff hinüber zur Beifahrertür und öffnete sie von innen. Claude verstand nicht.

»Komm schon, Claude. Heute fahre ich, okay?«

Moment mal, was war heute eigentlich los? »Mach schon, ich habe es eilig. Anne Marie hat den genauen Weg zum Kloster rausgekriegt«, drängelte Hanne und wedelte mit einem Notizzettel. Miriam war angekommen, schob sich auf die Rückbank, streckte die Beine aus und Claude hörte sie ächzen, »Einsteigen, Claude, Tür zu, Klimaanlage hochdrehen bitte!«.

Claude ergab sich, ging um ihren Wagen herum und setzte sich auf den Beifahrersitz.

»Sebastião ist in der Gegend«, verkündete Hanne. Sie hatte eindeutig und in jeder Hinsicht das Steuer übernommen.

Claude legte den Kopf zurück, schloss die Augen und ließ sich von der Schotterpiste durchschütteln. Ins Kloster am Fluss. Dort sei er hin, um sich zu erholen, zu meditieren. Es ging ihm angeblich nicht gut. Hanne war kurz mit ihren Erklärungen, konzentriert und entschlossen hinter dem Steuer. Sei's drum. Für sie war es wichtig – und für ihre Tochter. Aber Claude wollte endlich ans Meer.

Sie schaukelten auf holprigen Wegen durch die lang gezogenen Hügel, ab und zu eine Ansammlung von Häusern, die Klimaanlage dröhnte. Claude schaute nicht mehr auf die Landkarte und nicht mehr auf den Notizzettel mit Anne Maries Wegbeschreibung. Hanne fuhr sowieso, wie sie wollte, sie hatte die Route im Kopf abgespeichert.

Das Kloster gehörte einer Amerikanerin, eine Art Hideaway für Künstler und gestresste Seelen, sie empfange neue Gäste nur auf persönliche Empfehlung von Freunden, die schon mal dort gewesen waren. So eine Empfehlung hatte Hanne nun über Anne Marie erhalten. Es gab keine Website und keine Hinweisschilder, den Weg ins Kloster musste man schon selbst finden.

»Halleluja!«, hatte Miriam kommentiert, »das ist ja genau das Richtige für uns.«

Meinte Miriam das nun ernst? Claude war sich nicht

mehr sicher. Sie selbst hatte sich einfach still ergeben. Solange Hanne wenigstens den tiefsten Schlaglöchern auswich – bitte. Sollte sie ihrer Erlösung entgegenfahren. Hauptsache, das Thema Sebastião wäre endlich vom Tisch und sie alle am Meer.

Claude spürte einen Ruck und riss die Augen auf. Sie waren am Ende eines Feldweges, vor ihnen ein lichtes Wäldchen. Hanne stellte den Motor aus. Claude öffnete die Tür, die Mittagshitze flutete das Auto.

»Hier sollte es sein«, sagte Hanne erstaunlich ruhig und überzeugt, »also zumindest sollten wir bis hierhin fahren. Irgendwo müsste nun der Fluss sein – und das Kloster.« Hanne schaute sich um.

Claude folgte Hannes Blick und entdeckte einen Trampelpfad, der zwischen den Bäumen verschwand. Während Hanne und Miriam unschlüssig in der Hitze herumstanden, lief sie einfach los. Durch schattiges Grün, dann nur noch Büsche, schließlich endete der Pfad. Das grelle Sonnenlicht blendete Claude, sie balancierte über Geröll, nach einigen Schritten blieb sie am Rand einer Schlucht stehen: Unter ihr strömte ein glasgrüner Fluss. Kein Kloster in Sicht.

Ein Stupser an der Hand ließ Claude herumfahren. Hinter ihr stand ein Esel, schnaubte leicht und schob die weichen Lippen in ihre Handfläche. Nachdenkliche, hell umrandete Augen, ein Haarbüschel zwischen den langen Ohren. »Gehen wir?«, schien er zu sagen. An dem Halfter hing eine lange Leine bis auf den Boden.

»Zu wem gehörst denn du?«, fragte Claude leise

und strich über das struppige Fell, den warmen Körper. Claude nahm die Leine in die Hand. Der Esel wandte seinen Kopf zu dem Wäldchen, drehte sich und trottete los.

Claude spazierte gerührt hinterher. Fiel so ein Esel unter den Begriff magische Erscheinung? Diese Erscheinung blieb stehen, senkte den Kopf und begann sehr irdisch, Gras zu rupfen. Und nun?

Ein leises Schnarchen. Irgendwo bei dem knorrigen Olivenbaum. Im Schatten, zwischen dicken Wurzeln, lag ein Mann. Strohhut, weites kariertes Hemd, zerschlissene Jeans. Die feingliedrigen Hände auf der Brust gekreuzt, den Kopf an den Baumstamm gelehnt, schlafend. War das der Besitzer des Esels?

»Claude!«, hörte sie Hanne durch den Wald rufen.

»Hiiier!«

Der Mann schlug die Augen auf. Claude hielt ihm die Leine des Esels hin.

»Bist du Hanne?«, fragte er auf Deutsch mit amerikanischem Akzent.

Sie schüttelte den Kopf, brauchte einen Moment, um die Stimme wiederzufinden. »Claude«, brachte sie heraus. Und nach einer Ewigkeit, »Der Esel, ist das Ihrer? Er stand am Fluss plötzlich hinter mir.«

Der Typ sah aus, wie Claude sich als Mädchen Landstreicher vorgestellt hatte. Nur dünner. »Das ist Salomo«, sagte der Landstreicher, »hat er dich gefunden?«

»Jahaha, so könnte man es sagen«, stammelte Claude. Was hatte der Kerl nur für Augen. Und diese Stimme.

Er zog seine langen Beine an, setzte einen Fuß neben den anderen und stand auf, eine hagere Gestalt, aber breite Schultern.

»Miles«, er reichte Claude die Hand. Claude schaute in diese Augen, die aus dem braun gebrannten Gesicht leuchteten. Lange Nase, schöne Lippen. Dreitagebart, ungekämmte graubraune Haare.

»Du bist – Deutscher? Amerikaner?«, haspelte Claude. Und wie alt? Anfang fünfzig vielleicht?

»Portugiese, Amerikaner und Berliner.«

Claude hielt ihm immer noch die Leine mit dem Esel dran entgegen.

»Und wo ist Hanne?«, er nahm die Leine, streifte ihre Hand.

Claude zeigte auf die beiden Freundinnen, die sich plaudernd auf dem Trampelpfad näherten. Lichtjahre entfernt. Miles nickte.

»Das Kloster ist nur mit einem Geländewagen zu erreichen, aber Amys Jeep ist kaputt, sonst hätte sie euch abgeholt. Vielleicht.«

»Amy?«, fragte Claude. Seine Frau? Er hatte den Namen mit amerikanischem Akzent ausgesprochen.

»Amelie. Sie hat mir gestern Abend eine Nachricht hinterlassen, ich sollte auf euch warten und ins Kloster mitnehmen.«

Also war sie die Besitzerin des heiligen Ortes. Und wahrscheinlich seine Frau. Alles klar. Eine Tür, die sich gerade einen Spalt geöffnet hatte, fiel leise wieder zu.

»Und beim Warten bist du eingeschlafen?«

»Gewohnheit. Mittagszeit. Ich bin um fünf Uhr aufgestanden. In der Hitze läuft man nicht.«

Um fünf – aufgestanden. Konnte man machen.

»Ich gehe um fünf ja lieber ins Bett«, spottete Claude.

Miles reagierte nicht. Er legte Salomo einen Sattel mit Gepäcktaschen über den Rücken. »Wo sind eure Sachen?«

Dann versank er in Schweigen. Sprechen schien ihn anzustrengen.

Miles zog einfach los, neben sich der Esel. Er hatte dem Tier etwas zugeraunt, während er ihm ihr Gepäck auf den Rücken geschnallt hatte. Claude hätte nicht einmal sagen können, in welcher Sprache, aber die beiden schienen miteinander zu kommunizieren. Eselsflüsterer, warum nicht?

Sie schlenderte hinterher, Miriam und Hanne blieben etwas zurück. Am Fluss entlang, auf einem breiten Feldweg, der sich auf und ab schwang. Es war immer noch warm, viel zu warm. Claude war nicht nach Wandern zumute. Ihr war in ihrem ganzen Leben noch nie nach Wandern zumute gewesen. Wandern tat man in den Bergen, und in Hamburg gab es nicht mal ernsthafte Hügel.

Der verdammte Weg ist das Ziel, grummelte Claude und stapfte schwitzend dem Esel hinterher. Miriam und Hanne sprachen kaum, und wenn, dann senkten sie die Stimmen. Ging es etwa schon wieder um Sebastião?

Miles drehte sich um. Gab ihr wortlos die Eselsleine und verschwand im Gebüsch. Sehr galant, Männer im

Wald mussten natürlich pinkeln. Claude legte einen Schritt zu, komm schon, Esel. Sie wollte endlich ankommen, ihr Ziel war definitiv nicht dieser Weg. Der Esel schien langsamer zu werden. Claude zog an der Leine, zerrte, schnalzte – Salomo wackelte nur mit den Ohren, als wollte er eine Fliege vertreiben. Und blieb stehen. Schaute verträumt. Claude zerrte, Salomo rührte sich nicht. Claude hätte explodieren mögen.

Der Esel senkte den Kopf, schnüffelte in den spärlichen Gräsern herum und zupfte da und dort etwas heraus. Claude zerrte an der Leine. Salomo graste.

»Hey-ho!«, rief Miriam. »Geht's nicht weiter mit deinem Freund? Probleme mit der Führungskompetenz?« Hanne kicherte.

Dumme Kuh, dachte Claude und zerrte wieder an der Leine. Wieso brachte dieser Esel sie überhaupt so in Rage?

Miles kam aus dem Gebüsch geschlendert. Ein leichtes Kopfschütteln, ein kurzes Grinsen?

Er nahm kommentarlos die Leine, schnalzte, zuckte zwei Mal an der Leine – und Salomo setzte sich in Bewegung. »Wie zum Teufel macht der das?«, knirschte Claude.

»Salomo ist kein Sherpa, der dir dein Gepäck schleppt«, hörte sie Miles' gelassene Stimme, der sich nicht einmal umdrehte. »Vor allem: Er bestimmt das Tempo. Wenn du dich dem fügst, lauft ihr geschmeidig zusammen. Alles eine Frage des Respektes.«

Er drehte sich mit einem tröstenden Blick zu Claude,

»Mach dir nichts draus, ich falle auch immer wieder drauf rein«.

Claude wollte antworten, aber – nichts. Ihr fiel kein passender Kommentar ein.

»Aber ich habe einen ganzen Monat Zeit gehabt, zu verstehen, was er mir zeigen wollte.«

»Du bist seit *einem Monat* mit dem Esel unterwegs?«

Miles nickte, »Bis zum Meer. Heute kehren wir zurück ins Kloster.«

Claude war sprachlos. Wie viele Kilometer konnte man in einem Monat mit einem Esel wandern?

»Salomo zeigt dir deine Schwächen. Man sollte tunlichst nicht versuchen, an ihm herumzuzerren. Er lässt dich auflaufen.«

Miles lächelte entschuldigend, drehte sich um und wanderte weiter. Der Esel, der lief einfach mit, und zusammen wirkten sie unzertrennlich, harmonisch in einem gemeinsamen Rhythmus.

Claude schaute perplex hinterher. Sie spürte eine Hand auf ihrer Schulter, »Besser als jeder Teebeutel, was?«, flüsterte Hanne von hinten.

»Psychonummer mit Esel, da steh ich ja drauf«, zischte Claude.

Der unbefestigte Weg stieg an. Miles und Salomo gingen weit voraus, der Esel spürte, dass er auf dem Heimweg war. Hanne lief an Claude vorbei und hielt das Tempo des Esels. Claude schwitzte, sie spürte ihre Tresenjahre und verfluchte jede einzelne Zigarette. Wenigstens schnaufte Miriam solidarisch mit ihr.

»Steht Hanne auf den Eselsflüsterer?«, fragte Claude.

Miriam zuckte mit den Schultern, »Hättest du ein Problem damit? Kleines Déjà-vu?«

»Quatsch!«, Claude stapfte weiter. Miriam in locker war noch bissiger als diszipliniert.

»Keine Sorge«, beruhigte Miriam, »Hanne ist mit ihren Gedanken viel zu sehr bei dem Wiedersehen mit Sebastião.«

»Ich mache mir keine Sorgen«, giftete Claude, »Weder um diesen Psycho mit seinem Esel noch um irgendeinen realen oder verschollenen Sebastião.«

»Schon gut, schon gut. Klar, du bleibst total cool bei dem Gedanken, dass Sebastião da oben im Kloster sitzen könnte. Alles kein Problem für dich.«

23

»Was macht eigentlich dein summendes Bein?«, keuchte Claude, als sie die Hügelkuppe erreichten.

»Oh!«, Miriam blieb erstaunt stehen, wischte sich mit ihrem »No problem«-T-Shirt den Schweiß aus dem Gesicht, »Danke der Nachfrage«, und stampfte probeweise mit dem Bein auf. »Alles okay«, bemerkte sie erstaunt, »zumindest summt gerade nichts.«

Seit wann eigentlich? Miriam hatte das Fehlen dieses Zipperleins gar nicht wahrgenommen.

Sie waren angekommen. Hanne erwartete sie am Holzzaun der Eselweide. Salomo war bereits von seinem Sattel befreit und wälzte sich auf auf dem Rücken, umringt von einer Herde Esel. Er hatte seinen Job erledigt.

Ihr Gepäck stand am Zaun, Miles war nicht mehr zu sehen. »Da seid ihr ja ...«, Hannes Stimme klang zittrig, ihre Augen wanderten nervös zum Kloster. Wo war die Hanne, die eben noch wild entschlossen den Hügel gestürmt hatte?

»Du hast Schiss«, stellte Miriam fest.

»Ich gehe da nicht rein.«

»Bestens«, sagte Claude, »dann können wir ja direkt zum Meer.«

Auf dem Weg zum Kloster hatten Hanne und Miriam ausführlich die beste Wiedersehensstrategie beratschlagt: offensiv rein ins Kloster und Sebastião suchen? Oder erst einmal inkognito durch die Anlage schlendern? Schauen, wie es ihm geht, wie er so ist, und dann überlegen, wie man ihm die frohe Nachricht offenbaren sollte. Nach so vielen Jahren würde er sie kaum sofort wiedererkennen, hatte Miriam vermutet. Er rechnete ja nicht mit ihnen und schon gar nicht in diesem Kloster.

Hanne hatte sich für inkognito entschieden.

»Ich bin jetzt hier, ich gehe da rein«, sagte Miriam, nahm ihren Rollkoffer und zog los.

An die Weide schlossen sich kleine Gemüsebeete an, ein Hain mit Oliven- und Orangenbäumen, einige Reihen mit Weinreben. Gezwitscher von Vögeln erfüllte die Luft, während sie sich dem Kloster näherte – zumindest dem, was davon übrig geblieben war. Eine Kirche und ein Teil der Gebäude, die einst um den Kreuzgang gruppiert waren. Ein großer, langhaariger Hund kam ihnen gemächlich entgegen, Hühner trippelten vor dem Kirchenportal. Von dort weitete sich der Blick über das gewellte Land. Wie ein glänzendes Band schlängelte sich der Fluss hindurch und verschwand am Horizont. Miriam lehnte sich an die dicke, sonnengewärmte Kirchenmauer, blickte in die Ferne, und da war es wieder, dieses heitere Gefühl. Den ganzen Tag war es schon umhergeirrt – luftig fühlte es sich an, und nun breitete es sich behaglich in ihr aus. Sie schloss die Augen und lächelte.

»Miri?«, hörte sie Hanne vorsichtig fragen, »alles in Ordnung?«

»Hmhm«, murmelte Miriam versunken, »nicht, dass ich Expertin wäre, aber wurden Klöster nicht an besonderen Plätzen erbaut?«

»Das hier ist so einer«, bestätigte Hanne.

Sie schwiegen.

Hanne räusperte sich, »Ich habe trotzdem Schiss, da reinzugehen«.

Miriam öffnete die Augen, »Dann los jetzt.« Sie knuffte Hanne in die Seite. »Inkognito?«.

Hanne nickte.

»Wo ist Claude?«, fragte Miriam.

»Ich glaube, sie ist schon vorgegangen.«

»Verdammt!«, Claudes Strategie hieß vermutlich: nicht lange fackeln, kurzer Prozess – und ab ans Meer.

Miriam lief entschlossen los, durch den Torbogen, der ins Innere der Klosteranlage führte. Ihr blöder Rollkoffer holperte über die Steine. Scheißding, sie brauchte einen Rucksack, so wie damals …. Und eine Dusche. Oder wenigstens einen Wasserschlauch. Dieses ebenso schlabberige wie kultige ›No problem‹-Shirt klebte an ihr und die Shorts – Miriam blieb stehen. Sie fand sich in einem paradiesisch verwilderten Garten wieder, einem Innenhof, einst der Kreuzgang, der zur Flussseite hin offen war. Orangenbäume, Bougainvilleen, die an der Kirchenmauer emporrankten, Palmen, dazwischen

Gräser, Blumentöpfe und eine roséfarbene Skulptur, der Torso einer Tänzerin wand sich in einem Bogen in den Jasminbusch hinein – Miriam stand verzaubert inmitten dieser bunten Pracht und betrachtete den elegant geformten Marmor. Und dann sah sie plötzlich überall weich geformte steinerne Gestalten, rosé, creme, weiß, zart geädert – ein Skulpturengarten.

Wo war Claude?

Etwas entfernt hörte Miriam Schleifgeräusche, klingelndes Lachen, Miles' ruhige Stimme. Hinter einer überdachten Terrasse mit einem verlassenen Holztisch mit Wassergläsern und einigen Stühlen konnte sie in einen lichtdurchfluteten hohen Raum blicken. Eine Werkstatt, in der Mitte ein Marmorblock.

Claude lehnte neben der Tür, schaute in das Atelier, aus dem Miles' Stimme drang. Traute sie sich nicht, reinzugehen? Miriam musste lächeln.

In diesem Moment stieß sie sich von der Wand ab und verschwand in der Werkstatt.

»Komm schon!«, Hanne war neben Miriam aufgetaucht. »Sie vermasselt alles!«

Sie eilten durch den Innenhof, betraten das Atelier und hörten Claude. »... meine Freundinnen kommen gleich, eigentlich sind wir ja nur hergekommen, weil ...«

»Guten Abend«, unterbrach Hanne entschieden.

»Ah, da seid ihr ja!«, Claude drehte sich um.

Miles hatte den Arm um eine große, sehr schlanke Frau in einem staubigen Hemd gelegt. Aus der Tasche ihrer weiten Hose guckte ein Meißel hervor. Alles an ihr war lang, ihre Beine, ihre Arme, ihre Finger und erst recht ihre silbrigen Haare, die sie seitlich zu einem langen Zopf geflochten hatte. Wache Augen glitzerten in ihrem schmalen, sonnengebräunten Gesicht voll zarter Fältchen. So möchte ich auch später mal aussehen, dachte Miriam. Sie schätzte die Frau auf Mitte sechzig.

»Was für ein wundervoller Ort!«, sagte Miriam. »Amelie?«

Angekommen. Miriam konnte nur strahlen – warum eigentlich? Sie reichte der Frau die Hand.

»Welcome!«, Amelie umfasste sie mit ihren beiden Händen, sehnig, kräftig und warm. »Amy! Ist Miles endlich da?«, rief von draußen eine dunkle Stimme auf Englisch.

»Sim! Vem!«, antwortete sie auf Portugiesisch. Sebastião? Miriam sah, wie Claude und Hanne gleichzeitig erstarrten. Sprach der so gut Englisch mit amerikanischem Akzent? Dann hätten die beiden es wenigstens hinter sich. Diese Wetterwechsel von »Ich muss ihn finden«, aber »erst mal vorsichtig angucken«, vielleicht »lieber doch nicht« und »mir doch egal« nervten. Amelie erklärte, »Ruben, mein Sohn«, während aus einem angeschlossenen Raum ein junger Mann eilte, mit kahl geschorenem Kopf in bunten Pluderhosen und Muskelshirt.

»Olááááá!«, rief er übermütig, streckte die Arme nach Miles' aus. Die beiden Männer umarmten einander. »Und?«, fragte Ruben, schüttelte den hageren Miles freundlich und betrachtete ihn, »Du hast abgenommen auf der Tour – wie immer. Wie ging's mit dem Esel? Hat Salomo dich überlebt?«

Miles ließ ein tiefes Lachen hören, »Hmmmh, alles wie immer. Die erste Woche hat er mich wahnsinnig gemacht«, er zwinkerte Claude zu, »die zweite war okay, er lehrte mich Geduld und Demut, und ab der dritten Woche hatten wir denselben Rhythmus.«

»Immer das Gleiche mit euch beiden«, schmunzelte Ruben, »warum bleibst du nicht einfach hier im Kloster?«

»Weil Amy sich weigert, ein exklusives Landhotel mit einer anständigen Küche daraus zu machen.«

Amelie schüttelte gelassen lächelnd den Kopf. »Im Traum nicht. Es ist gut, wie es ist.«

Miriam war zu dem Marmorblock getreten und betrachtete den cremefarbenen Quader, der noch kaum bearbeitet war. Mit der Handfläche strich sie darüber, folgte den feinen Adern.

»Ich habe erst gestern begonnen, es ist noch nichts«, sagte Amelie.

»Ein schöner Stein«, bemerkte Miriam.

»Er stand den ganzen Winter hier im Atelier rum und ich wusste nicht richtig, was er mir eigentlich sagen will«, Amelie legte ihre langen kräftigen Finger auf den Marmor, als könnten die in den Stein hineinhorchen. »Aber wie gesagt, es ist noch nichts zum Angucken«, wiederholte sie mit Nachdruck.

Wer war diese Amelie? Miriam ließ sich auf das Bett ihrer blitzweiß getünchten Nonnenzelle fallen. Bett, Kleiderstange und ein schmales Regal, Tisch und Stuhl, alles schlicht aus Olivenholz getischlert.

»Unser Luxus sind die Aussicht, der Fluss und das Land, der Duft von Rosmarin und Thymian, die Störche – die Kraft, die hier, an diesem Ort, wohnt«, hatte Amelie auf ihrer Tour durch das kleine ehemalige Nonnenkloster erklärt. In der Kirche wurde morgens meditiert, es gab das Refektorium mit den verblassten Fresken und die alte Küche, aus den Zellen der Nonnen waren minimalistisch eingerichtete Gästezimmer geworden. Bildhauer und Maler aus der ganzen Welt arbeiteten in ehemaligen Stallungen und Vorratsräumen, die nun lichte Ateliers waren. Den Obst- und Gemüsegarten bewässerte Amy mit dem jahrhundertealten System der Mauren. Dazwischen lebten in friedlicher Koexistenz Hühner, ein paar Hunde und Katzen, es gab ein paar Ziegen und Schafe und schließlich die Esel, die die Gäste des Klosters auf langen und kurzen Wanderungen begleiteten.

Claude hatte während des Rundganges immer wieder versucht, den Besuch abzukürzen, ein »eigentlich suchen wir …« angesetzt, aber Hanne war sofort dazwischengegangen.

»Sind wir die einzigen Gäste?« Nein, waren sie nicht. Einige Eselswanderer, Künstler, eine Gruppe, die sich in Zenmeditation übte, eine Schriftstellerin, die seit Wochen im Gartenhaus auf Inspiration hoffte, sowie ein paar Freunde aus Lissabon.

»Ach, wie interessant ...«, hatte Claude wieder angefangen, »ist zufällig auch ...«

»Dann ist das ja gar nicht so einsam hier«, hatte Hanne
prompt eingeworfen. Etwas lächerlich, fand Miriam,
sollte sie doch einfach nach Sebastião fragen, dann hätte
sie es hinter sich.

Amelie hatte diesen Ort vor mehr als zwanzig Jahren
gefunden, eine Ruine. Sie hatte das Kloster mit Freunden in vielen Jahren renoviert und daraus eine Pension für Freunde gemacht und für Freunde von Freunden. Ein Raum, um sich auszuprobieren. Die Seele zu
heilen, auf Eselswanderungen, in der Meditation, in
Workshops für Malerei oder Tanz. Ein mittlerweile be-
gehrter Ort für Menschen, die zur Besinnung kommen wollten – oder mussten. So, wie Amelie selbst damals.

Eine junge Amerikanerin, die als Mädchen davon geträumt hatte, Tänzerin zu werden. Dazu hatte die Be-
gabung nicht gereicht, wohl aber, um über Laufstege
zu stöckeln. Sie war als Model entdeckt worden, jettete
von einem Shooting zur nächsten Show, kreuz und quer
durch die Welt der Mode.

Ende zwanzig war Schluss gewesen. Nervenzusammenbruch. Zu viel von allem für die Tochter eines portugiesischen Emigranten, der es gerade mal zum Reifen-
händler in einem amerikanischen Provinznest gebracht
hatte. Zu viel Geld und Aufmerksamkeit, zu viel Neid
und falscher Glanz. Alles zu laut, zu grell, zu rasant. Mit
nicht mal dreißig war sie nur noch eine Hülle. Zu alt für

dieses Leben. Und schwanger. Sie flüchtete in die Heimat ihres Vaters.

»Ruben kam in Lissabon auf die Welt«, damit hatte Amy den Exkurs in ihr Leben beendet und war wieder zum praktischen Teil übergegangen.

Es gab keine festen Preise. Einige Künstler blieben zwei oder drei Monate, jeder zahlte, was er konnte oder was ihm diese Oase wert war, dieser Luxus der Unerreichbarkeit ohne Internet und Handynetz.

»Ich habe ein normales altes Telefon mit Schnur. Für Notfälle oder wenn ich Ruben oder Miles hören möchte, die sind ja nicht ständig hier«, sie hatte wieder dieses Glitzern in den mandelförmigen Augen, »und manchmal höre ich auch den Anrufbeantworter ab, falls sich Gäste anmelden möchten. Wer mich finden soll, wird mich finden.«

Tolle Frau. Miriam schaute in den Lichtstrahl, der durch ein kleines Quadrat in der dicken Mauer in ihre Nonnenzelle fiel. Schloss das rechte Auge und öffnete es. Schloss das linke – ihr alltäglicher Sehtest. Sie war beruhigt. Kein dunkler Schleier. Trotzdem, sie hätte am Morgen noch telefonieren sollen. Claude hatte recht gehabt.

Sie schaute auf die Uhr und stand auf. Es war Zeit.

Wenn sie sich beeilte, könnte sie ihre Sekretärin noch im Büro erreichen.

24

Hanne konnte nicht anders – sie musste Ruben angucken. Er saß mit Miles und einer Karaffe kühlen Roséweins an einem Gartentisch hinter der Kirche. Die Vögel gaben ihr abendliches Konzert, der Fluss lag still unter ihnen, der Himmel spiegelte sich auf dem Wasser. »Setz dich zu uns«, hatte er sie gebeten und Hanne, die allein durch den Garten gestreift war, hatte die Einladung gerne, sehr gerne, angenommen.

Sie verfolgte Rubens Bewegungen, die Geste, mit der er den Wein in Wassergläser schenkte, betrachtete sein entspanntes Gesicht, die Lachfalten, das Grübchen am Kinn, und suchte nach Ähnlichkeiten. In Lissabon geboren, hatte Amy gesagt.

Sie ließ Rubens Lachen nachhallen – möglich war es. Oder auch nicht. Vielleicht die kleinen Ohrläppchen, wenn sie sich Rubens Piercing wegdachte? Lächerlich. Hanne war sich nicht sicher. Es war alles so lange her und Franziska hatte glücklicherweise mehr von ihr geerbt – bis auf die dunklen Augen und die nussbraunen gewellten Haare. Bei dem Sohn von Anne Marie war die Ähnlichkeit auf den ersten Blick umwerfend gewesen.

Die Französin hatte Sebastião einige Jahre später als Hanne kennengelernt. Damals war er bereits ein bekannter Musiker gewesen, sofern man das als portugiesischer Saxophonist werden konnte. Aber er komponierte erfolgreich, spielte sogar in einigen Live- und Studiobands internationaler Stars mit und ging mit ihnen auf Tour. Aber im Herzen war er immer ein Solist geblieben. Er hatte Anne Marie und ihren Sohn ein paarmal im Jahr besucht, so wie er es auch mit seinem anderen Sohn gehalten hatte. Manchmal hatte er viel Geld, manchmal gar nichts. Es war ihm nicht wichtig gewesen.

»Hat er eigentlich auch ein Kind mit einer Portugiesin oder nur mit Ausländerinnen?«, die Frage war Hanne spontan in den Sinn gekommen.

Anne Marie hatte unwissend die Schulter gehoben, »Vermutlich nicht. Ich wollte ihn nicht unbedingt heiraten, aber ich wollte das Kind, auch ohne ihn. Eine romantische Ader in mir hat lange gehofft, er würde eines Tages vielleicht bleiben, aber«, sie hatte eine Pause gemacht, aus dem rot lackierten Fenster geschaut, »ich komme ganz gut allein klar, mit meinen Bildern und den Jobs als Innenarchitektin. Eine Portugiesin wäre vermutlich konservativer gewesen, beharrlicher als ein Urlaubsflirt. Er konnte ja nicht ahnen, dass ich in Portugal bleiben würde. Aber Sebastião war nicht dauerhaft zu haben.«

Das hatte damals sogar Hanne begriffen.

Das letzte Mal hatte Anne Marie ihn vor zwei Jahren

gesehen – zwei Jahre! So lange war er noch nie ohne ein Lebenszeichen weggeblieben.

»Aber er lebt doch noch …«, hatte Hanne vorsichtig gefragt.

Anne Marie hatte sich die Locken aus dem Gesicht gestrichen, war Hannes Blick ausgewichen, »Ich hoffe. Aber … Musikerschicksal, nach dem Erfolg öffnet sich ein schwarzes Loch – Depression, Alkohol, Drogen, vielleicht mal ein bisschen zu viel? Ich habe mich nie getraut, ernsthaft nach ihm zu suchen.«

Ihre einzige Idee war dieses ehemalige Kloster gewesen. Sebastião hatte es mal erwähnt. Es hatte nach einsamer Insel geklungen, einem Ort, an dem er sich wiederfinden, sich erden konnte.

Er hatte nie verraten, wo, mit wem. Das Kloster war seine Zuflucht gewesen.

»Wenn er noch lebt, vermute ich ihn dort.«

Ruben leerte sein Weinglas, »Ich muss Kerzen anzünden«, er stand vom Tisch auf und lächelte Hanne an. »Hilfst du mir?« Sie nickte. War das Sebastiãos Lächeln?

Erst jetzt bemerkte Hanne, dass Miles verschwunden und sie allein mit Ruben am Tisch zurückgeblieben war. Neun Uhr abends, Zeit für das alltägliche gemeinsame Essen der Klosterbewohner, das normalerweise im ehemaligen Refektorium der Nonnen eingenommen wurde. Heute aber stand der lange Esstisch in der Kirche.

»Ein besonderer Abend«, erklärte Ruben, »Miles ist

zurückgekommen, eine Art Fastenbrechen nach seinen vier Wochen mit Esel.«

Sie betraten die Kirche durch die hohe wurmstichige Seitentür. Das entweihte Gotteshaus war Ausstellungsraum für die modernen Kunststücke aus den klösterlichen Werkstätten, Meditationskissen lagen im Halbkreis auf dem Boden.

Es war angenehm kühl, das letzte Tageslicht fiel durch die kleinen Fenster unter der gewölbten Decke und der Rosette über dem Haupteingang. Im Zentrum des schlichten Kirchenraumes stand der lange Tisch mit weißem Leinentuch.

Ruben entflammte ein Streichholz, so lang wie ein Ellenbogen, und reichte es Hanne. »Beginnst du dort?« Er zeigte in eine kleine Seitenkapelle, in der ein vielarmiger Leuchter aus gewundenen Eisenbändern auf dem Boden stand. Überall entdeckte Hanne nun Kerzen, die auf Stufen zum Altarraum, in Nischen, an der Wand und auf dem langen Tisch verteilt waren. Sie ging mit Ruben durch die Kirche, die nach und nach im Kerzenschein erstrahlte, während es draußen dunkel wurde.

»Was macht Miles sonst in seinem Leben?«, fragte Hanne.

Ruben schwieg, zog ein neues Streichholz aus der Schachtel. Inzwischen wischte der Kerzenschein über die verblassten Fresken in der gewölbten Decke und hauchte den Heiligen, Marienfiguren und Engeln Leben ein.

»Da musst du ihn leider persönlich fragen. Grundregel im Kloster. Jeder entscheidet selbst, was er wem von sich preisgibt. Du kannst dein bisheriges Leben draußen lassen und dich neu ausprobieren. Du bist hier nur das, was du in diesem Moment gerade sein möchtest. Eiserne Regel meiner Mutter.«

Hanne ging von einer Kerze zur nächsten, hörte Rubens Worte und fand diese klösterlichen Regel erleichternd. »Aber kann man sein bisheriges Leben einfach draußen lassen?«

»Ein Versuch ist es wert, oder?«

Trotzdem hätte Hanne gerne mehr über den Eselswanderer gewusst. Immerhin hatte er es geschafft, Claude zu verwirren.

Ruben hatte die letzte Kerze angezündet. Hanne schaute beglückt durch diesen feierlich erleuchteten weiten Raum. Wahrhaftig sakral.

»Dafür hat Amy uns auf dem Rundgang aber ziemlich viel über ihr Leben erzählt«, wandte Hanne ein.

»Hat sie?«, Ruben schmunzelte. »Ich vermute, die präsentable Kurzfassung ihres Curriculums. Sie macht das manchmal, wenn ihr Gäste spontan sympathisch sind«, er verbeugte sich leicht, es war offensichtlich eine Ehre gewesen. »Aber meine Mutter hat euch sicherlich nicht nach euren Leben gefragt.«

Er hatte recht. Wusste Amelie, weshalb sie hier waren?

»Darf ich dich denn fragen, was du in deinem Leben tust?«, versuchte sich Hanne erneut.

Ruben zog die Augenbrauen hoch, »Ist das wichtig?«, er trat neben sie, pustete sein heruntergebranntes Streichholz aus. Ein junger, kräftiger Mann, sonnig, gelassen, Ende zwanzig? Anfang dreißig?

»Aber darfst du, gerne«, er wahrte genau die richtige Distanz, lächelte. »Ich bin Surfer, lebe am liebsten auf den Wellen, mal mehr, mal weniger elegant. Ich mache Musik, Saxophon und Gitarre, und wann immer Amy mich braucht, bin ich hier und genieße das klösterliche Leben.«

Saxophon, auch das noch.

»Also lebst du gar nicht ständig hier?«

Er schüttelte den Kopf. »Ständig wohnt nur Amy hier. Ich habe meine Surfschule an der Westküste, und die Freunde aus Lissabon, die das hier mit aufgebaut haben, pendeln zwischen ihren Leben hin und her. Miles kommt, sooft er kann, aber das ist viel zu selten, eine Art selbst gewählte Familie, irgendjemand von uns ist immer bei ihr. Heute Abend sind sogar fast alle da.«

Fast alle. Aus Lissabon. Hanne wurde schwindelig. Sie tastete sich heran. »Und ist Miles eigentlich dein Vater?«

Ruben stutzte. »Nein, nein – schön wär's, aber –, mein Vater lebt nicht mehr.«

»Das – das tut mir leid«, haspelte Hanne.

»Schon gut«, beruhigte Ruben, »er lebt in meinem Herzen und hier …«, er drehte sich, machte eine ausgreifende Geste durch den feierlich erleuchteten Kirchenraum.

»Miles ist Amys kleiner Bruder, aber als Onkel ist er

auch nicht schlecht«, erklärte er mit einem charmanten Lächeln, »und nun habe ich glatt mehr verraten als vorgesehen.«

Die entscheidende Frage konnte Hanne nicht mehr stellen, die Angst vor der Wahrheit würgte ihr die Stimme ab. Im besten Fall war Sebastião Teil dieser »selbst gewählten Familie« aus Lissabon und würde beim Abendessen auftauchen. Im schlimmsten Fall war er Rubens Vater.

Stimmen und Gelächter näherten sich von draußen, nach und nach betraten luftig gekleidete Menschen die Kirche, die meisten trugen Töpfe und Schüsseln aus der Küche herein, Stapel bunter Teller, Besteck und Gläser, Weinflaschen oder Wasserkaraffen. Gemeinsam wurde die lange Tafel gedeckt, Stimmengewirr erfüllte die Kirche. Portugiesisch und Englisch in allen möglichen Akzenten. Es gab Umarmungen, Fragen nach dem Tag, Berichte über neue, noch sperrige Skulpturen, Gedanken aus dem Manuskript, Geschichten von bockenden und galoppierenden Eseln. Hanne konnte diese Heiterkeit nicht genießen, angespannt scannte sie jedes männliche Gesicht – kein Sebastião, ausgeschlossen.

Schließlich kam – nein, schwebte – Miriam in die Kirche, ihre Augen leuchteten, »Ist das schön, all diese Kerzen!«. Sie sah ausgeruht aus, glücklich. Was um Himmels willen war mit ihr los?

Kurz nach ihr betrat Amelie die Kirche. Barfuß, in einem gerade geschnittenen Kleid aus Seide, ärmellos in dunklem Pink, eine kornblaue Blüte steckte in ihrem silbrigen Haar.

»Ich glaube, von solchen Haaren träumt Claude«, merkte Hanne an, »Sie hat zwar noch einige Jahre Zeit, aber ich fürchte, es ist ein aussichtsloses Unternehmen.«

»Dabei sahen Claudes kurze freche Haare super aus«, stimmte Miriam zu, »Ihre angestrengten Versuche, sich eine Löwenmähne zuzulegen, kann ich überhaupt nicht verstehen. Wenn wir am Meer sind, werden wir dieses Thema klären«, sie grinste und machte mit zwei Fingern die Geste einer Schere, »Ein paar entschlossene Schnitte, zipp-zapp – und schon sieht sie 25 Jahre jünger aus.«

»Sag mal, ist irgendwas passiert?«, fragte Hanne.

Miriam nickte, »Erzähl ich, wenn Claude auch da ist – wo bleibt sie überhaupt?«, Miriam schaute sich im Kirchenschiff um, »Hast du noch mit ihr geredet, von wegen eurer Wiedersehensstrategie?«.

Hatte Hanne. Nach dem Rundgang mit Amelie. Es war nicht lustig gewesen.

»Hör mal, ich wollte dich bitten ...«, hatte Hanne vorsichtig begonnen und die Tür von Claudes Nonnenzelle hinter sich geschlossen. Claude, die auf dem Bett gedöst hatte, fuhr auf, blitzte Hanne an.

»Hör mal, *ich* wollte dich bitten«, wiederholte Claude spottend, »ob du endlich mal nach dem Vater deiner Tochter fragen könntest, anstatt hier albern herumzuschleichen und *mir* ins Wort zu fallen, wenn ich danach fragen will!« Claude war wütend, stinkwütend. »Ich bin *deinetwegen* hier, wegen *deiner* Tochter. Von mir aus können wir direkt ans Meer weiterfahren.«

»Ich wollte erst mal in Ruhe ankommen, mich umschauen, ob er …«

»Ach du liebe Güte! Du veranstaltest einen Zirkus! Ist das so schwer, verdammt? Die banale Frage, ob Sebastião sich hier herumtreibt? Ja? Nein? Alles klar, dann können wir wieder gehen und diese Geschichte endlich abhaken.«

Typisch Claude! »Natürlich, kein Problem«, brauste Hanne auf. »Reinpoltern, ach, du auch hier? Was für ein Zufall, du hast übrigens eine erwachsene Tochter, die ihren Vater mal sehen will. Ungefähr so? Meinst du, der hat seit Jahren auf diesen Moment gewartet und sitzt hier in froher Erwartung? Was, wenn er inzwischen total abgewrackt ist?«

»Keine Ahnung und es ist mir vollkommen egal. Bring diese Geschichte zu Ende, sonst fahre ich schon mal vor.«

»Verdammt, Claude! Ich suche ihn doch auch für dich!«

»Auch – für – mich? Sag das noch mal, *für mich?*«

»Er war deine große Liebe. Und du, Claude, du bist die Einzige, die das nicht schnallt.«

»Besten Dank, deine Fürsorge rührt mich, aber ich will ans Meer. Mit dir und Miri. Das war unser Plan. Nicht irgendwelchen abgelegten Liebhabern hinterherreisen. Und nach unserem Geburtstag bin ich, aus bekannten Gründen, erst mal weg.«

»Klar, du bist schon weg, wenn du nur ahnst, dass dir irgendwer ernsthaft zu nahe kommen könnte. Immer locker, lässig, lustig. Claude hier – Claude da, aber wann durfte dich ein Mann wirklich berühren? In dein Leben eintreten?«

»Du hast keine Ahnung!«, zischte Claude. »Und was bitte geht dich das überhaupt an?«

Hanne ließ sich nicht bremsen. »Sebastião war nicht irgendein Liebhaber und abgelegt hast du ihn schon mal gar nicht. Er hatte dich berührt.«

»Hanne, ich bitte dich – 25 Jahre ist das her! Ich bin kein kleines Mädchen mehr. Was kommst du mir mit dieser alten Geschichte an? Ausgerechnet du?«

»Ich habe euch damals gesehen. Liebe und Leidenschaft kennen kein Alter.«

»Da spricht die Expertin!«, rief Claude. »Was weißt denn du davon? Leidenschaft – vom Teebeutel?«

Volltreffer. Leidenschaft, davon hatte Hanne tatsächlich keine Ahnung – mehr. Vier Kinder. Sie war nicht mal mehr monogam, sie war nur noch Mama.

Hanne wandte sich zur Tür. »Lass mir einfach etwas Zeit. Morgen noch.«

Claude grummelte eine unverständliche Antwort. Sollte Hanne ihr sagen, dass *er* vielleicht gar nicht mehr lebte?

»Puh, starker Tobak«, seufzte Miriam, »und danach hast du sie nicht mehr gesehen?«

Hanne schüttelte den Kopf. Sie setzten sich ans Ende des langen Tisches, gegenüber von Ruben und Amy. Hanne schaute die Tafel hinunter, versuchte im schummerigen Licht die Gesichter der Männer zu entziffern – nichts, keine auffälligen Ähnlichkeiten mit *ihm*. Hanne war erleichtert. Und beunruhigt.

»Stimmt etwas nicht?«, fragte Ruben.

»Nein-nein-alles-klar-kein-Problem«, haspelte Hanne und schaute noch einmal in die Runde, »Ich fragte mich nur, wo Miles ist.«

»Wahrscheinlich in der Küche«, lächelte Ruben, »Bettelt bei unserer Köchin Donna Rosa um das Geheimnis ihrer Gazpacho.«

Ein tiefes Lachen kam aus dem Halbdunkel und Miles tauchte neben Ruben auf, »Donna Rosa und Salomo sind die Weisen meines Lebens«.

Hanne hätte ihn nicht wiedererkannt. Geduscht und rasiert, weißes Hemd über weit fallender Hose.

Amy betrachtete ihren hageren Bruder mit liebevollem Gesichtsausdruck, »Und wieder wurde aus dem Mops ein Windhund – nach vier Wochen mit Salomo passt die Hose ja wieder«, sie lachte übermütig. »Wärst du nicht mein Bruder, ich würde dich heiraten«.

Er schmunzelte, küsste sie leicht auf die Wange, setzte sich neben sie.

Miriam stand auf, »Ich schau mal, wo Claude bleibt«, und verschwand. Hanne spürte den Impuls, ihr zu folgen –

doch nein, lieber nicht. Unwahrscheinlich, dass Claude sie sehen wollte.

Ruben füllte die kalte Suppe in die Teller. Hanne nahm ein Stück frisch gebackenes Brot und kaute gedankenverloren darauf herum. Sie spürte, dass *er* hier gewesen war. Irgendwann zumindest.

Miri kam zurück. »Claude fühlt sich nicht gut. Erschöpft. Sie will schlafen.«

»Ich bring ihr ein paar Kleinigkeiten«, sagte Miles, »sie muss was essen.«

Hanne löffelte abwesend ihre Suppe. Gebratenes Lamm kam auf den Tisch, Gemüse, Brot, Rotwein – alles aus den Gärten und der Küche des Klosters, alles fantastisch. Ruben versuchte Hanne aufzumuntern, und es hätte ein wunderbarer Abend werden können. Für Hanne lief nur ein Film ab.

Miles kam zurück und stellte fest, »Sie ist temperamentvoll«, er lächelte schief. »Immerhin, sie hat keinen Teller nach mir geschmissen«.

Zum Dessert gab es Milchreis mit säuerlichem Aprikosenmus, Miles betrachtete seine Portion wie eine heilige Speise, drehte sie mit geschlossenen Augen unter seiner Nase, atmete den Duft ein, bevor er sich den ersten Löffel genüsslich in den Mund schob. »Mmmh, so einfach, so gut – unser Kinderessen«, er wandte sich zu seiner Schwester, »ich werde diese kleine Köstlichkeit wieder auf meine Karte setzen.«

»Du hast ein Restaurant?«, Miriam hatte natürlich sofort geschaltet.

Die Frage war eher eine überraschte Feststellung, aber wider jede klösterliche Diskretion.

»Ich bin Küchengehilfe ...«, murmelte Miles und ließ schmunzelnd den letzten Löffel auf der Zunge zergehen.

»Chef!«, platzte Ruben heraus, und Amy blickte ihn aus dem Augenwinkel streng an. »Sorry, aber immer diese Tiefstapelei!«, entschuldigte er sich bei ihr, zwinkerte Hanne zu und wisperte hinter vorgehaltener Hand, »Sternekoch.«

Irgendjemand legte eine CD ein, »Ain't no sunshine when she's gone«, eigentlich zu langsam zum Tanzen, aber Ruben nahm die schmale Hand seiner Mutter und zog sie in die Mitte des Raumes. Andere standen auf und bildeten einen Halbkreis um das Paar, begannen langsam mitzuschwingen. Miles näherte sich seiner Schwester, übernahm galant ihre Hand, Ruben trat mit einer leichten Verbeugung einen Schritt zurück. Miles legte seinen Arm um sie und die beiden langen, elastischen Körper schienen ineinander zu verschwimmen.

Ruben drehte sich um, Hanne spürte seinen suchenden Blick, wollte ihm ausweichen. Seine Hand, die ihre leicht zog. »Du möchtest tanzen?« Sie stand ungläubig auf. Meinte er tatsächlich sie? Hanne? Ruben zog sie mit einer Drehung an sich, nicht zu fest, nicht zu nah. Ein Lächeln stieg in ihr auf, sie erinnerte sich und fand Schritt für Schritt mit Ruben einen gemeinsamen Rhythmus.

Sie sah Miriam allein tanzen, »Time After Time,« die Trompetenläufe von Miles Davis schwangen durch die

Kirche, und Miriam lächelte, was war nur los mit ihr? Hanne spürte Rubens Wärme, seine Hand an ihrem Rücken, sie drehten langsam durch den Schimmer der Kerzen und plötzlich leuchtete Claudes Gesicht auf.

Sie lehnte in der offenen Kirchentür und betrachtete Miles und Amelie. Nur für einen Wimpernschlag kreuzten sich Hannes und Claudes Blicke. Hanne sah Trauer. Claude litt. Sie drehte sich um und verschwand in der Dunkelheit.

Hanne löste sich von Ruben. Ob sie noch so etwas wie Leidenschaft fühlen könnte oder nicht, musste sie später erforschen – dieser Appetizer war schon mal nicht schlecht gewesen. Aber Claude ließ ihr keine Zeit mehr. Hanne musste etwas tun. Sofort.

Sie lief zur Kirchentür, sah noch Claudes Silhouette, die im Dunkel der Arkaden verschwand. »Claude!«

Claude winkte mit einer Hand, ohne anzuhalten oder sich umzudrehen. Hanne sah kurz einen Lichtstreif aufblinken, als Claude die Tür zu ihrer Nonnenzelle öffnete und dahinter verschwand.

Hanne ging zurück in die Kirche, noch immer Musik, alle tanzten, Miriam wippte in den Knien, schlenkerte etwas ungelenk mit erhobenen Armen, ihre Gelenke hatten sich vermutlich seit Langem nicht mehr zu Musik bewegt. Aber sie sah glücklich aus, wie sie sich mit halb geschlossenen Augen zwischen den anderen extravaganten, künstlerischen, meditativen Menschen und Statuen bewegte. Sie lächelte immer noch – war sie bekifft? Hanne tippte ihr auf die Schulter. »Aufwachen, Miriam!«

Noch fünf Tage bis zu ihrem Fünfzigsten. Es war Zeit, die alten Geschichten zu klären.

»Ich muss mit Amelie reden, Miri. Jetzt sofort, aber ich krieg das allein nicht hin. Komm, bitte, du musst mir helfen.«

Amy wirkte erleuchtet, eine weise Frau. Ihr mit dieser Geschichte zu kommen, diesen 25 Jahren mit der fetten Lüge – Hanne schämte sich abgrundtief.

Miriam nahm Hannes Hand. »Komm mit. Wir erledigen das jetzt.«

25

Miles hatte angeklopft und sich mit einem Tablett rückwärts durch die Tür geschoben. Er hatte wortlos ein weißes Tischtuch auf dem kleinen Holztisch glatt gestrichen,
Suppenlöffel, Messer, Gabel, Dessertlöffel gedeckt, dazwischen ein blaues Schüsselchen gesetzt, Tomaten-
suppe mit einigen Minzeblättern dekoriert.

»Danke. Ich habe keinen Hunger.«

Ungerührt nahm er einen weiteren Teller vom Tablett, »Eine Kostprobe Bacalhão, getrockneter Kabeljau,
eine portugiesische Spezialität – an frischem Koriander,
Knoblauch, Zitrone, Lorbeer –, begnadet, wenn ich das
anmerken darf«.

»Nein. Danke. Ich bin müde.«

Er schien sie nicht zu hören. »Du bist nicht müde«,
sagte er leise, ohne sie anzuschauen, stellte summend ein
weiteres Tellerchen dazu, irgendwas Weißes mit gelbem
Klacks drauf.

Dann ein Glas Rotwein. Tiefrot – okay. Ein zweites
Glas – auf gar keinen Fall.

»Falls du noch eine Rose dabeihast, pack sie wieder
ein«, giftete Claude. Er sollte gehen.

Miles blieb ruhig. Er nahm das zweite Weinglas, lehnte abwartend in der Tür. Sagte, »Iss eine Kleinigkeit. Donna Rosa ist eine Göttin in der Küche.«

Auch das noch. Er sollte gehen. Aufhören, dieses Lied zu summen, »Remember when you were young, you shone like the sun«.

»Raus!«

»Shine on you crazy diamond ...«

Er konnte froh sein, dass sie auf dem Bett saß und einen Brief schrieb. Sie hätte ihm gerne die Teller hinterhergeworfen. Sollte er doch mit seinem Esel plaudern.

Sie beendete den Brief.

Mit dem zweiten Glas Rotwein, freundlicherweise hatte Miles sein Glas stehen gelassen, aß Claude doch noch von dem köstlichen Abendessen. So eine Donna Rosa hätte sie im Duckdalben haben sollen – ach, verdammt, das Duckdalben ... nicht schon wieder heulen.

Claude verließ das Zimmer, ging langsam durch die Dunkelheit hinüber zur Kirche. Sie sah schwummeriges Licht in der offenen Tür. Dieser Miles hatte eine stille, gelassene Beharrlichkeit, der sie sich nicht entziehen konnte, eine durchdringende Wärme – und er war attraktiv. Auf diese Mixtur hatte sich Claude ein einziges Mal im Leben eingelassen. Ein Mal – nie wieder. Hanne hatte keine Ahnung.

Musik wehte aus der Kirche. Ruhiger Jazz, »Time After Time«, Claude brauchte nur die ersten drei Töne zu hören – und Film ab. If you fall, I will catch you, I'll be waiting.« Sie hätte nicht kommen sollen. Nicht nach Portugal und schon gar nicht in dieses Kloster.

Claude blieb im Türrahmen stehen. Paare schmiegten sich in langsamen Bewegungen aneinander. Claude sah, wie sich Hanne in Rubens Armen wiegte. Dann tauchte ein elegantes Paar aus dem Schatten auf, Claude erkannte Miles, der sich mit Amy drehte. Zwei Körper, die so wunderbar zueinanderpassten – unerträglich.

Claude hatte also richtig vermutet: Sie waren ein Paar, natürlich. Diese Szene wollte sie sich nicht antun. Weder an diesem Abend noch die Fortsetzung am nächsten Tag. Dazu Hanne, das Warten darauf, dass sie sich endlich traute, den Mund aufzumachen – nichts wie weg.

Ein letzter Blick in die Kirche. Claude drehte sich um und ging zurück zu ihrem Zimmer. Sie hörte Hanne ihren Namen rufen, aber es reichte, end of the story, ciao, ciao. Claude öffnete die niedrige Tür zur Nonnenzelle, griff die gepackte Tasche und den Autoschlüssel und legte den Brief auf den Tisch.

Miriam unterbrach den Tanz von Miles und Amelie, legte ihr eine Hand auf die Schulter, sagte etwas in ihr Ohr – Amelie nickte und folgte ihr nach draußen.

Hanne war so aufgeregt wie vor einer entscheidenden Klassenarbeit in der Schule, auf die sie sich nicht vorbereitet hatte.

»Noch ein Notfall?«, hörte sie Amy lachen, als sie aus der Kirchentür trat, »Seid ihr zum Telefonieren ins Kloster gekommen?«

Hanne verstand nicht, »Wieso telefonieren?«.

»Erst Miriam, dann Claude, fehlst nur noch du mit deinem Notfall«, sie schaute Hanne neugierig an.

»Claude hat auch telefoniert?«, fragte Miriam überrascht.

»Ja, sicher, und es hörte sich ziemlich dramatisch an. Wisst ihr das nicht? Ich dachte, ihr wärt verschworene Freundinnen?«

Hanne kapierte gar nichts mehr, wieso telefonierte Miriam, wieso Claude? »Ich erzähl's dir später«, versprach Miriam und lächelte merkwürdig verzückt, »Erst mal wolltest du …«

»Ja, klar, also nein, nicht telefonieren, Amy, nur, also …«, stocherte Hanne herum, »Amy, ich wollte dich bitten, fragen, wissen –«, sie rang nach Atem, »Wir … also eigentlich nur ich … suche Sebastião«, der Name war raus, endlich, »den Saxophonisten. Aus Lissabon. Weißt du, wen ich meine?«

Amelie schaute sie an, ihre leuchtenden Augen verengten sich.

»War er hier? Weißt du, wo er ist?«

Amelie senkte den Kopf und ging bedächtig einige Schritte an der Kirchenmauer entlang. Unten glänzte dunkel der Fluss, über ihnen wölbte sich ein Sternenhimmel. Amy blieb stehen, drehte sich zu Hanne um.

»Wer will das wissen?«, fragte sie.

»Meine Tochter«, antwortete Hanne spontan und setzte kaum hörbar hinzu, »*Seine* Tochter. Und vielleicht will es auch Claude wissen.«

Amy schüttelte leicht den Kopf, »Ich glaube, Claude hat ein anderes Problem«. Sie ging weiter auf die Rückseite der Kirche, lehnte sich nachdenklich an die Mauer, »Und deine Tochter, vielleicht sollte sie selbst nach ihm suchen, wenn ihr so viel daran liegt. Warum übernimmst du das für sie?«

Was war das denn für eine Frage? »Ich bin es ihr schuldig«, das war doch klar, oder? »Ich habe sie und den angeblichen Vater ihr Leben lang belogen. Sie haben es rausgekriegt, waren entsetzt und jetzt will sie ihn kennenlernen«, Hanne zitterte plötzlich am ganzen Körper, »Und wenn ich jemals wieder mit ihr sprechen möchte, sie umarmen, mit ihr lachen …«, ihre Stimme brach, nur mühsam beendete sie den Satz, »dann muss ich ihn finden, ihren Vater.«

»Wie alt ist sie?«, fragte Amy nüchtern.

»24 Jahre.«

»Eine junge Frau. Kein Kind. Aber sie erpresst dich, als wäre sie noch ein Kind. *Sie* sollte sich auf den Weg machen und ihn suchen. Sonst versteht sie nicht, weshalb du sie belogen hast. Sie kann dir böse sein, aber du hast deine Gründe gehabt. Mit Sebastião konnte man keine Kinder großziehen. Du hast ihr vermutlich einen zuverlässigeren Vater organisiert. Und der war ja vielleicht gar nicht unglücklich über das Kind.«

»Im Prinzip schon«, Hanne war verwirrt, »wie man's nimmt.« Sie dachte an Jens. An Franziska – so hatte sie ihre Geschichte noch nie gesehen. Bekam sie hier gerade Absolution erteilt? Sie ließ die Worte noch mal sacken, *Du hast ihr vermutlich einen zuverlässigeren Vater organisiert*, so konnte man das auch sehen. Stück für Stück fiel die Rüstung, die sie 25 Jahre lang getragen hatte, von ihr ab.

»Sebastião, was ist mit ihm?«, wagte Hanne nachzufragen und gab sich noch einen Schubs, »Ist er auch der Vater von Ruben?«

»O nein!«, lachte Amelie erschrocken auf. »Sebastião war einer der ersten Freunde, die ich in Portugal hatte, aber als Paar wären wir wahnsinnig geworden. Er ist so luftig wie ich. Glücklicherweise verliebte sich rechtzeitig ein Mann aus dem Dorf in mich. Jorge, ein hellsichtiger Handwerker. Er hat mich geerdet, ich hätte sonst vermutlich nicht überlebt. Er hat bis zu seinem Tod vor ein paar Jahren dieses Kloster restauriert, das ich mit Sebastião und einigen Freunden zufällig entdeckt habe. Aber mit Sebastião hätte ich mein Leben im Wartesaal der Träume verbracht. So sind wir beste Freunde geworden.«

»Beneidenswert«, sagte Hanne und meinte das sehr ehrlich.

»Sebastião hat mir damals übrigens von Claude erzählt. Und auch von dir. Es war ihm alles zu viel gewesen. Er fühlte sich überrollt. Aber das war ja kein Kunststück«, sie lächelte vorsichtig und schaute Miriam und

Hanne an. »Ich habe also schon geahnt, wer ihr seid, noch bevor ihr euch vorgestellt habt.«

Den letzten Satz hörte Hanne nur noch halb, ihr war plötzlich aufgefallen, dass Amelie nur in der Vergangenheit von ihm gesprochen hatte. »Ist Sebastião – ich meine, lebt er?«

»Warum sollte er nicht mehr leben?« Amelie schaute verdutzt.

»Ich habe gehört, es ging ihm nicht gut, er wurde lange nicht gesehen«, sagte Hanne.

Amy nickte ernst, schien zu überlegen, ob sie weitersprechen sollte. »Wenn ich euch etwas erzähle, verlasse ich mich darauf, dass ihr es nicht weitertragt.« Sie schaute Hanne und Miriam an. Beide nickten.

»Es ging Sebastião eine Zeit lang schlecht. Sehr schlecht. Deswegen war er hier. Es dauerte ein ganzes Jahr, bis er seinen Lebensmut wiedergefunden hatte. Dann hat er sich aufgemacht, seinen Traum zu erfüllen. Er wollte nach Essaouira, eine alte Stadt am Meer in Marokko.«

Miriam schnippte mit den Fingern, rief, »Essaouira!«. Hanne verstand nicht. Sie hatte Marokko gehört. Sebastião war nicht mehr in Portugal. Als ob Claude es geahnt hätte. Das war das Ende ihrer Suche nach Franziskas Vater. Hanne fühlte sich, als wäre sie kurz vor dem Ende eines Marathons falsch abgebogen. Alles umsonst. Hanne würde ihn nicht mehr für Franziska finden.

»Essaouira, der Name ist Musik«, fuhr Amelie fort, »Er

309

träumte von dieser Stadt, seitdem er vor vielen Jahren dort auf einem Festival gewesen war. Ich vermute ihn dort. Sebastião folgte immer seinen Träumen.«

Endlich klickte es. »Essaouira?«, rief Hanne. »Am Atlantik, südlich von Casablanca?«

Amelie nickte.

»Dorthin wollte Claude flüchten«, erinnerte sich Hanne endlich. »Meinst du, Sie weiß von Sebastiãos Traum?«

»Fragen wir sie«, sagte Miriam.

In Claudes Nonnenzelle fanden sie zwei ausgetrunkene Weingläser und ein paar halb leer gegessene Teller. Auf dem Tisch lag ein Brief.

Liebe Hanne, liebe Miri!

Ich muss weg aus diesem Kloster, ich wollte nie hierher. Die ganze Geschichte kocht wieder hoch.

Alles vergeben und vergessen, dachte ich. Aber der Sommer, das Meer, der Süden, die Musik und ihr beide ... diese Mixtur aktiviert die Erinnerung und vielleicht habt ihr ja recht mit Sebastião.

In diesen Tagen ist sein Trugbild aufgetaucht, wie der Prinz, der das kleine Mädchen auf seinen Schimmel setzt und es in sein Schloss bringt. Die Sehnsucht, doch noch einmal vorbehaltlos

zu lieben. Inzwischen bin ich aber fünfzig, die
Angst wird größer als die Sehnsucht und mir
begegnet kein Schimmel, sondern ein störri-
scher Esel. So ist das. Midlife-Crisis heißt das
bei Männern. Die kaufen sich einen Ferrari oder
schnappen sich ein junges Mädchen oder auch
beides, wenn sie das Geld dazu haben. Wechseljahre nennt man bei Frauen, klingt nicht
sexy und ist es auch nicht. Wir stecken die
mitsamt den hormonellen Turbulenzen eben weg.
Hitzewallungen statt Leidenschaft – ich schweife
ab …

Also, typisch Claude, denkt ihr – haut ab.
Stimmt. Ich habe nicht mehr die Geduld für
Hannis Angst vor der Wahrheit. Ich habe keine
Ahnung, was mit Sebastião ist. Ob er noch
lebt oder schon zu viel und zu exzessiv gelebt
hat. Ob sein Gemüt dieses Leben als Musiker
ausgehalten hat.

Aber ich weiß, er war hier, in diesem Kloster. Er
hat mir von diesem magischen Ort erzählt, damals,
in unserer allerletzten Nacht in Lissabon. Ihr beide
habt freundlicherweise in einer Pension geschlafen.
Ich bei Sebastião. Es war die Nacht nach Cabo
Espichel, aber diese Sommernacht, die Hitze
und das nächtliche Raunen von Lissabon waren
betörend. Sebastião wollte mich mitnehmen, zu
Freunden in ein Kloster. Ein ehemaliges Model
aus New York sei auch dabei, etwas älter als die

anderen, total durchgeknallt. Neue Musik kreieren, zusammen etwas ausprobieren – aber ich wollte ja mit euch zurückfahren. Und überhaupt, you must remember this, a kiss is just kiss und so weiter, no matter what the future brings – as time goes by. Am nächsten Morgen noch ein Pastel de Nata im Café Suiça. Mein süßer Abschied. Das war's, dachte ich, wir drei sind fröhlich zurückgefahren und Cabo Espichel, was immer dort geschehen ist, Hanni, es war vergeben und vergessen.

Tatsächlich aber blieb der hübsche Saxophonspieler in meiner Erinnerung, und du, Hanni, warst – spätestens – nach der Knutscherei am Cabo Espichel unsterblich in Sebastião verliebt, es konnte nicht anders sein. Ich habe das gespürt und ignoriert. Wir waren alle betrunken gewesen und total stoned, und in so einem Zustand sind mir im Leben ganz andere Fehltritte passiert. Also geschenkt, Hanni.

Zurück in Hamburg war alles eng und nieselregnerisch, das Lokal und die Ehe meiner Eltern das pure Grauen, mein Vater hat jahrelang gesoffen, der war auch vor seinem Schlaganfall kein Witzbold. Aber meine Ma hat ihn geliebt, bis zum letzten Tag. Sie ist an ihm zugrunde gegangen.

Erst nach meiner Rückkehr aus Portugal hatte ich Augen, die sehen konnten, wie krank das alles war, nach diesem Sommer voller Liebe und

Freundschaft. Ich hatte noch das Funkeln des Meeres in den Augen, war voll freudiger Erwartung, in diesem High, das mir ein Leben als Künstlerin versprach, und blickte ohne Vorwarnung in diesen Abgrund, der das Leben meiner Eltern war.

Sebastiãos melancholische Musik hallte in mir nach, sein Lachen, dieser Blick aus seinen dunklen Augen, immer ein wenig geheimnisvoll, schüchtern, hätte man denken können ... nun ja ... wie auch immer, er hatte sich in mein Herz geschlichen.

Von wegen Urlaubsliebe, aus den Augen, aus dem Sinn – sogar Wochen später hatte ich noch den Zettel mit seiner Telefonnummer. Also habe ich ihn aus Hamburg mal angerufen. Er war überrascht am Telefon, natürlich, murmelte etwas, es sei gerade nicht so günstig, aber ich habe nichts kapiert. Im Gegenteil. Ich erleichterte die Kasse im Lokal meiner Eltern um einige Hundert Mark, kaufte ein Ticket und flog spontan nach Lissabon.

Nun ja, nicht ganz so spontan. Ich war schwanger.

Hanni, du hast gesagt, ich hätte mich nie wirklich berühren lassen. Sei sicher, ich habe mich berühren lassen. Wenigstens dieses eine Mal. Und ja, vielleicht war Sebastião tatsächlich meine große Liebe, aber die hätte mich beinahe aus der

Umlaufbahn meines Lebens katapultiert. Danach habe ich mir jedenfalls geschworen, das passiert mir nicht noch mal. In Lissabon bin ich direkt zu seiner Wohnung gefahren. Sebastião kam gerade nach Hause. Nicht allein. Händchen haltend. Ich stand auf der anderen Straßenseite. Dieses junge Glück, Hanne, das wollte ich nicht stören.

Wirklich nicht, Hanni. Ich kann sehr spießig sein. Wenn du das liest, werde bitte nicht theatralisch. Die Geschichte ist 25 Jahre her, sie war ziemlich blöde, damals. Aber sie ist vorbei. Und wenn du nicht so unerträglich meine Geduld strapaziert hättest, wenn du früher mal etwas erzählt und hier im Kloster einfach drauflosgefragt hättest, wäre mir diese ganze alte Suppe vielleicht nicht noch einmal aufgestoßen.

Es gab kein Kind. Ich war 25, wollte alles Mögliche, singen, tanzen, fotografieren, aber kein Kind oder eine Zwei-Zimmer-Küche-Bad-Tristesse mit plärrendem Wurm. Nicht mal mit Sebastião. Nein, nein, nein. Ich wäre vielleicht später so weit gewesen. Aber später gab es keinen Sebastião mehr in meinem Leben und ich hätte auch keinem Sebastião mehr den Zutritt erlaubt.

Ich war dir dankbar, irgendwann. Als ich euch beide in Lissabon auf der Straße sah, war mir schlagartig klar, dass ich mich schleunigst um mein Leben kümmern sollte.

Kurz darauf habe ich das Duckdalben kreiert –

oder kreieren müssen. Ich konnte meine Mutter mit meinem Vater nach dem Schlaganfall nicht hängen lassen. Der Laden war fortan mein Leben. In guten wie in schlechten Zeiten. Nicht gerade die Kleinfamilienidylle aus dem Ikea-Katalog, wie bei Miriam und wie viele Jahre lang auch bei dir. Aber mit den Leuten, die dort arbeiteten, hatte es über die Jahre eine ähnliche Dynamik. Meine selbst gewählte Familie, wie es hier im Kloster heißt, nur nicht so kreativ meditativ. Immerhin, im Duckdalben konnte ich mich in meiner vollen Schräglage ausleben, ohne ernsthaft abzurutschen. Gute Jahre, schlechte Jahre, es hat Spaß gemacht, und nun ist es wohl endgültig vorbei.

Ich habe vorhin mit der dicken Inge telefoniert. Sie hat gute Nerven. Zum Glück. Tatsächlich ist der Gerichtsvollzieher zurzeit der einzige Mann, der mich ernsthaft begehrt.

Ich mache es also wie immer, wenn Männer nerven. Abtauchen, hoffen, dass die Luft reicht – und wieder Land gewinnen. Das könnt ihr kindisch finden. Ich habe aber mit dieser Strategie bislang ganz gut überlebt.

Ahoi!
Je ne regrette rien.
Eure Claude

PS: Denkt an mich an unserem gemeinsamen
Fünfzigsten – wir sitzen am selben Meer.

PPS: Ihr seid das Beste, was mir im Leben
passiert ist.

26

Claude fühlte sich wie ein Dieb, als sie vorsichtig an der Kirche vorbeihastete. Musik und Stimmen flogen durch die Nacht. Wo ging es runter von diesem Hügel? Sie irrte durch die Finsternis, fand schließlich den Weg und lief abwärts. Sie lief und lief und wartete auf dieses Gefühl. Es kam nicht. Keine Befreiung.

Wie viel Geld hatte sie eigentlich noch? Würde es überhaupt für Benzin und die Fähre nach Marokko reichen? Vielleicht würde sie gerade eben in Essaouira ankommen – und dann?

Claude, was dann?

Willst du dich an die Straße stellen und »Non, rien de rien ...« singen und den Klingelbeutel rumreichen?

Willst du das, du alte Schabracke?

»Verdammt noch mal, so macht sie das immer!«, fluchte Miriam. »Aber nicht mit uns, oder?«

»Nein, nicht mit uns!«, stimmte Hanne grimmig zu. Na bitte, da war sie doch wieder, die Hanne vom Vormittag. Anstatt vor Schuldgefühlen zu zerfließen, startete sie durch. Sie verließ schnurstracks Claudes Nonnenzelle, schloss nebenan ihre eigene Kammer auf und stopfte eilig ihre Klamotten in die Reisetasche – klar, was sonst? Miriam blieb im Türrahmen der Nonnenzelle stehen und war entzückt von Hannes Aktionismus.

»Meinst du, sie weiß, dass sich Sebastião vielleicht in Essaouira herumtreibt?«, rief Hanne.

»Könnte sein«, sagte Miriam, »aber falls sie es nicht weiß, wird sie es auch nicht erfahren.«

Hanne hielt inne, schaute verständnislos hoch.

»Zumindest nicht von uns«, ergänzte Miriam.

»Warum nicht von uns?«

»Weil wir es Amy versprochen haben. Nichts verlässt dieses Kloster.«

»Das könnte schwierig werden.«

»Nein«, sagte Miriam entschieden, »das ist gut so.«

»Aber in diesem Fall, komm, wir können es nicht verheimlichen, ihr das nicht zu sagen, das wäre …«

»Dir sollte das doch nicht schwerfallen«, unterbrach Miriam, »der Weltmeisterin im Nicht-lügen-aber-auch-nicht-alles-sagen.«

Hanne wurde rot. »Ich weiß, ich weiß, ich weiß …«

Sie packte weiter.

»Aber falls Claude tatsächlich nach Essaouira flüchtet, säßen wir an unserem Geburtstag, wie sie es geschrieben hat, tatsächlich am selben Meer«, überlegte Hanne, »nur ein paar Tausend Kilometer voneinander entfernt.«

»Wenn, wenn, wenn – wir kriegen sie!«, rief Miriam und lief zu ihrer Nonnenzelle.

Kurz darauf holperte der Rollkoffer hinter Miriam an der Kirche, den Weinfeldern, Gemüsegärten und der Eselwiese vorbei. Hanne lief mit geschulterter Tasche voraus. Miriam hätte sich gerne in Ruhe von Amy verabschiedet, sie war unendlich dankbar. Aber im Moment war alles gesagt, was gesagt werden konnte. »Ich melde mich«, hatte Miriam versprochen und die zarte, große Frau schnell noch vor der Kirche umarmt.

Sie mussten Claude einholen. Ohne Claude kein 50. Geburtstag. Undenkbar.

Claude rannen Tränen über das Gesicht, sie lief und stolperte, stand wieder auf, schluchzte, wischte sich den Schnodder aus dem Gesicht und hastete weiter durch diese Nacht. 50 Jahre alt – und hatte sie irgendwas in ihrem Leben auf die Reihe gekriegt? Sie war total pleite, hatte alles in den Sand gesetzt. Keine Kinder, keinen Mann und demnächst nicht mal mehr ein Haus. Das kleine Reihenhaus am Elbufer mit der alten Kletterrose würde demnächst dieser jung-dynamisch-glitschige Bankberater einkassieren und dort mit seiner geföhnten Gattin und seinen zickigen Gören einziehen, die der dicken Inge unerträglich auf den Nerven herumtrampeln würden. »Versteigern!«, hatte die dicke

Inge am Telefon mit erstickter Stimme gesagt, sie war außer sich gewesen.

Das Duckdalben war in den vergangenen zwei Jahren dahingedümpelt wie damals das piefige Lokal ihrer Eltern. Und nun wurde eben alles verramscht, selbst schuld. Claude hatte in ihrem Leben einen riesigen Haufen Schrott produziert.

Wie weiter? Wenn sie ehrlich war, der Aussteiger-Freund mit der Bar in Essaouiera hatte am Telefon eher unverbindlich geklungen. Klar, ja, warum nicht, eine gute Barfrau wäre immer gut, singend erst recht. Wie alt sie eigentlich inzwischen sei? Er hatte blöd gelacht, der alte Sack, aber klar, warum nicht ...

Nach einem portugiesischen Saxophonspieler in Essaouira hatte Claude ihn nicht mehr gefragt. Wollte sie im Ernst einer klebrigen Erinnerung hinterherlaufen? »Falls du mich irgendwann suchst und nirgendwo findest – komm nach Essaouiera«, hatte ihr Sebastião damals noch ins Ohr geflüstert, »dort sitze ich am Meer.«

Nun reichte vermutlich nicht mal mehr das Benzingeld für diesen schwachsinnigen Trip.

Das war's. Schluss mit Flucht nach Süden – Sackgasse. Was jahrzehntelang irgendwie immer funktioniert hatte, abhauen und wiederauferstehen, es funktionierte nicht mehr. Nicht mal mehr der ultimative Traum vom Leben im tiefen Süden, in der ewigen Sonne – nichts, gar nichts lockte Claude mehr.

Sie erreichte das Wäldchen, den Platz, zu dem Salomo sie geführt hatte. Zum schnarchenden Miles. Warum hatte sie diesen blöden Esel nicht weggescheucht? Warum die Leine in die Hand genommen und sich vom Esel in den Wald führen lassen? Warum?

Claude wusste es. Ganz einfach – er wäre neben ihr stehen geblieben. Beharrlich. So lange, bis sie nachgegeben hätte.

Esel waren so. Intuitiv klug. Delfine an Land, hatte Miles behauptet.

Claude schloss den Wagen auf. Ließ sich auf den Fahrersitz fallen. Ihr letzter Rest Zuhause. Sie lehnte den Kopf zurück, schloss die Augen. Hörte Hanne kichern, Miriam schlau reden. Die revolutionären Lieder und die Weisheiten vom Teebeutel. Einen hatte sie noch in der Tasche: »The purpose of life is to enjoy every moment«. Claude heulte schon wieder, sah ja keiner.

Sie startete den Motor und rollte los.

Als sie wenden wollte, erblickte sie oben am Hügel Scheinwerferlicht – nichts wie weg. Sie gab Gas, einfach geradeaus. Trockene Erde wirbelte hoch, die Reifen drehten durch – mitten rein in den Wald, auf diesem Pfad durch die Büsche in Richtung der Felsen im Fluss.

Miriam und Hanne hasteten den Weg in der Dunkelheit hügelabwärts, Miriam wünschte sich einen Esel, sie keuchte immer wieder, »Hey, Hanne, warte!«. Woher nahm Hanne nur die Kraft?

Plötzlich brummte ein Dieselmotor durch die Nacht,

Scheinwerfer näherten sich von hinten. Hanne blieb stehen und zog Miriam vom Weg ins Gebüsch. Ein alter Jeep rumpelte den Hügel hinunter und hielt neben ihnen. Auf der Tür eine gemalte Welle mit Surfer auf dem Kamm, »SoulSurf – Alado«, und eine Telefonnummer unter der Welle.

Ruben sprang aus dem Jeep, »Mann, ich habe den ganzen Tag in der glühenden Hitze an der Kiste herumgeschraubt – aber es hat doch alles einen Sinn. Im richtigen Moment fährt sie wieder! Los, ich bring euch runter!«

Er nahm ihnen den Koffer und die Tasche ab und warf sie auf die Ablage, Miriam zwängte sich auf die Rückbank, Hanne zögerte kurz, dann setzte sie sich nach vorn, zu Ruben.

»Amy hat euren überstürzten Abflug gemeldet«, erklärte er und hob den Zeigefinger, »so geht's aber nicht ….« Er schaute sich grinsend im Wagen um und löste die Handbremse.

»Miles hat sofort vermutet, Claude sei auf der Flucht – ist das richtig?«

»Absolut!«, sagte Miriam wenig überrascht.

»Dann müssen wir sie einholen, ich muss ihr eine Nachricht von ihm überbringen.«

»Warum kommt er nicht selbst?«, wunderte sich Miriam.

»Er sagte, das sei keine gute Idee. So, wie Claude gerade drauf ist.«

Miriam hielt sich auf der durchgesessenen Sitzbank

322

des schaukelnden Jeeps fest, sie war zuversichtlich. Yogi-Hanne hingegen wirkte alles andere als entspannt, sie starrte durch die Windschutzscheibe in die Nacht. Ruben strich flüchtig mit seiner Handfläche über ihre Wange – sie zuckte kurz zurück, dann tauchte ein zaghaftes Lächeln in ihrem Gesicht auf.

»Miles ist spezialisiert auf Soulfood«, plauderte Ruben los, während er beherzt den Jeep den ausgewaschenen Weg hinunterschickte und das Lenkrad hin- und herdrehte. »Er tut anderen gut und wir wiederum tun ihm gut. Er nährt die Seele grauer Großstadtmenschen, und wenn seine Batterien leer sind, kommt er ins Kloster und wandert los und der Esel pflegt ein paar Wochen seine Seelenverwandtschaft mit ihm.«

Noch vor wenigen Tagen hätte Miriam bei so einem Seelengeschwätz auf Durchzug geschaltet. In dieser Nacht aber fand sie das einleuchtend und amüsant.

»Warum darfst du das alles hier draußen über Miles erzählen?«, fragte Miriam.

»Er hat mir eine Art Generalvollmacht erteilt«, sagte Ruben. »Er braucht Verbündete: mich, als Boten, und euch, als Freundinnen. Miles dachte, Claude könnte eine gute Mahlzeit gebrauchen. Etwas, das sie und ihre Seele nährt. Hungrige Seelen kommen nie zur Ruhe und können unberechenbar werden.«

Er machte eine Pause, überlegte, aber dann fügte er noch hinzu, »Und ich meine, Miles möchte sie wiedersehen«, Ruben lächelte verschmitzt, »unbedingt wiedersehen. Ich kenne ihn. Er ist beharrlich wie ein Esel.«

»Da!«, rief Hanne und zeigte nach vorn. Das Fernlicht beleuchtete das Ende des Weges. Den Rand des Wäldchens, an dem Hanne das Nostalgie-Mobil geparkt hatte. Leer.

»Sie ist weg!«

»Mist!«, entfuhr es Miriam. Sie war sicher gewesen, so sicher, dass sie Claude noch finden würden.

»Hinterher!«, entschied Hanne.

Ruben lenkte den Jeep auf den Weg, den sie am Morgen gekommen waren. »Es gibt keine andere Möglichkeit, sie muss hier langgefahren sein, wenn sie wegwollte!«

»Moment!«, rief Hanne. »Leuchte mal dort!«, sie zeigte an die Stelle, wo das Auto geparkt hatte, und sprang aus dem Jeep. Aufgewühlte Erde. Als Expertin für Indianerspiele im Kindergarten erkannte Hanne die Spur sofort, »Sie ist dort reingefahren!«, und lief los, in den Wald Richtung Fluss.

Hanne hörte Miriam hinter sich keuchen – die war mit den Jahren wirklich etwas behäbig geworden.

Die Scheinwerfer des Jeeps wurden schwächer, ihre Augen gewöhnten sich an die Dunkelheit, aber es war nicht schwer, der Spur zu folgen: Claude war mitten durch den – glücklicherweise lichten – Wald gewalzt, durch das Gestrüpp am Rand des Pfades, ohne Rücksicht auf Verluste. Claude in voller Fahrt, sie musste durchgedreht sein. Wohin hatte sie gewollt?

Hanne wurde schwindelig, sie stellte sich das Ende des Pfades am Fluss vor. »Claude!« Wenn sie nicht schon vorher an einen Baum geknallt war. »Claude, verdammt, Claude!«

Miriam japste von hinten, Äste knackten, Ruben holte sie ein. Der Wald öffnete sich, die hellen Felsen am steil abfallenden Flussufer leuchteten fahl. In einer Kuhle, festgefahren, zwischen den letzten Bäumen, stand der Renault. Die Fahrertür offen, keine Claude. Nirgends.

Voller Angst rannte Hanne an das Ufer, wo der Fluss sich verengte und zwischen Felsblöcken in die Tiefe stürzte. Sie starrte in den Abgrund, ihr wurde schlecht.

Von hinten spürte sie einen Arm auf ihren Schultern, »Das ist nicht Claudes Stil«, flüsterte Miriam, »die stürzt sich überall rein, in jeden Blödsinn, aber ·nicht da runter.«

Hanne schüttelte verzweifelt den Kopf, sie wusste nicht, was sie glauben sollte. Alles sah nach panischer Flucht aus. »Eine verzweifelte Claude ist nicht mehr die Frau, die wir kennen und bewundern und die uns manchmal nervt. Wenn der Fünfziger-Blues sie erwischt hat – ich weiß nicht, wozu sie fähig ist«, schluchzte Hanne, »und ich bin verdammt noch mal schuld daran.«

»Das hier kommt mir doch verflucht bekannt vor«, murmelte Miriam, »alles kommt zurück …«

Wovon redete sie? Miriam schaute den Fluss hinunter, »Damals. In der Nacht am Cabo Espichel. Als wir so bekloppt auf der Klippe rumgerobbt sind und du plötzlich verschwunden warst«, sagte Miriam leise. »Kannst du dir vorstellen, was für eine fürchterliche Angst wir um dich hatten? Ich hätte verrückt werden können.«

Doch. In diesem Moment, an diesem reißenden Fluss, konnte Hanne es sich vorstellen.

»Wo ist eigentlich Ruben?«, fiel ihr plötzlich auf.

»Claude!«, rief Miriam noch einmal laut.

»Hier!«, hallte Rubens Stimme durch die Nacht. »Am Fluss! Alles okay!«

Hanne lief los, am Fluss entlang, in Richtung der Stimme. Ein schräger Gedanke tauchte auf. Sie stoppte, drehte sich zu Miriam um, »Meinst du, Claude hat das hier inszeniert? Ein Déjà-vu mit vertauschten Rollen?«

»Wer weiß?«, wisperte Miriam. »Wenn sie jetzt mit Ruben rumknutscht …« Meinte sie das ernst? Es war zu dunkel, Hanne konnte keine Regung in Miriams Gesicht erkennen.

Die hohe Uferkante senkte sich, der Fluss wurde breiter und ruhiger, dort saß Claude auf einem der runden Felsen, die Arme um die angezogenen Knie geschlungen. Ruben hockte neben ihr, stand auf und näherte sich Hanne.

»Miles hatte mal wieder den richtigen Instinkt«, sagte er leise, »eine Drama-Queen. Aber er mag so etwas.«

Claude wandte den Kopf zu Hanne und Miriam. Ihr Gesicht war traurig, erschöpft. Ihre Blicke trafen sich – sie lächelte schief, entschuldigend. Stand auf, schob ei-

326

nen Zettel in ihre Hosentasche und ging auf ihre beiden Freundinnen zu. Hob die Hände, umarmte sie.

Wie lange blieben sie am Fluss stehen? Alle drei, Arm in Arm, die Köpfe zusammengesteckt, hielten einander fest.

Irgendwann wisperte Claude, »Ich musste weg. Es war nicht zum Aushalten. So viel Nähe. Und ich im Schrotthaufen meines Lebens.«

Hanne spürte, wie Claude zitterte. Sie strich über ihren Nacken. Claude schaute auf den Boden, sog Luft ein, bevor sie vorsichtig weitersprach. »Ich habe etwas beschlossen. Ich fahre zurück. Nach Hamburg. Aufräumen. Mein Leben aufräumen.«

»Puhhh!«, seufzte Miriam.

Und nach einer Pause, »Aber erst feiern«.

»Kommt, wir gehen«, Hanne löste ihre Arme von den beiden Freundinnen. Sie hörte ihre eigene milde, aber entschlossene Stimme.

Ruben hatte den Jeep bereits in den Wald gefahren und ein Seil am Renault befestigt. Nach einigem Ruckeln war Claudes rollendes Zuhause aus der Kuhle gezogen. Ruben stellte die überflüssige Frage, »Soll ich euch ins Kloster zurückbringen?«, und alle drei schüttelten gleichzeitig mit dem Kopf. Hanne vielleicht ein bisschen verspätet. Trotzdem, keine Frage. Es war Zeit, direkt ans Meer zu fahren.

Bevor Hanne einstieg, nahm Ruben ihre Hand, küsste sie flüchtig auf die Wangen – das konnte alles und nichts bedeuten. Hanne drehte sich um, winkte. Natürlich wollte sie sich noch einmal in den tätowierten Armen dieses jungen Mannes wiegen, der fast ihr Sohn sein könnte. Sehr sogar.

Claude saß am Steuer, Miriam neben ihr, Hanne schob sich auf die Rückbank, zog die Tür zu und steckte ihren Kopf zwischen die beiden Vordersitze. »Meine Damen, das Meer und die wilde Westküste erwarten uns. Fahren wir!«

Erlösung

Miriam war zögernd die Außentreppe über dem Atelier in das obere Stockwerk hinaufgestiegen und hatte zögernd mit dem Türklopfer aus Messing gegen die rot lackierte Tür gepocht.

»Come in!«, hörte sie Amis Stimme von innen, und sie betrat den bunt gekachelten Fußboden eines lichten offenen Raumes mit wenigen antiken Möbeln. Hinter einem frei stehenden Regal tauchte Amy auf, barfuß im leichten Bademantel, sie frottierte die langen Haare.

»Amy, dürfte ich dein Notfalltelefon benutzen?«, fragte Miriam. Keine Floskeln oder Umwege, aber Miriam hörte das Zittern in ihrer Stimme. Amelie winkte sie zu einem Sessel. Auf einem niedrigen Glastisch stand ein Telefon, eins mit Wählscheibe. Ein Draht in die Welt. Miriam zögerte.

Sie setzte sich, nahm den Hörer, atmete noch einmal tief durch und wählte.

Svenja meldete sich, gewohnt freundlich, wach, professionell. Erleichtert, ihre Chefin zu hören.

»Ich habe versucht, Sie zu erreichen, aber auf Ihrem Handy meldete sich niemand«, entschuldigte sie sich, noch bevor Miriam sie überhaupt bitten konnte, nach der Nummer des Labors zu suchen.

»Ich weiß, Sie haben Urlaub, aber gestern rief Ihr Arzt an und bat dringend um Ihren Rückruf.«

Stille. Miriam spürte wieder das Gewicht, den Druck, der ihre Stimme zittern ließ.

»Hallo? Alles okay?«, hörte sie Svenjas Stimme.

»Geben Sie mir seine Nummer, bitte«, brachte Miriam tonlos heraus. Sie schrieb mit, legte auf. Kein weiteres Geplauder.

Erst später erinnerte sich Miriam, dass sie vergessen hatte, nach Robert zu fragen. Hatte er im Büro eine Nachricht hinterlassen? Zu spät.

Ihr Magen rebellierte, sie konnte vor Aufregung die Finger nicht kontrollieren und bat Amy, die Nummer zu wählen.

»Guten Abend«, der Neurologe klang nach bester Feierabendlaune. »Ich dachte, Sie sollten es direkt und von mir persönlich erfahren.«

Dann hörte Miriam den Satz, den sie für den Rest ihres Lebens nicht vergessen würde.

»Es ist alles normal.«

Alles normal. Miriam sagte nichts. Ihre Welt stand für einen Moment still.

»Sie wissen, was das bedeutet?«, fragte der Arzt nach.

Keine Auffälligkeiten, die auf multiple Sklerose hinwiesen. Der einseitige Sichtverlust war möglicherweise durch eine Infektion verursacht. Oder Stress, »Auch wir Ärzte verstehen nicht immer alles. Also, herzlichen

Glückwunsch! Erholen Sie sich gut. Schönen Urlaub noch.«

Miriam saß im Sessel und hielt den Telefonhörer fest. Ihre Augen füllten sich mit Tränen. Alles normal. Sie hatte nie normal sein wollen, nie mittelmäßig, aber heute war dieses Wort das Wundervollste, das sie je gehört hatte.

Sie hatte ihr kleines, normales Leben wieder geschenkt bekommen.

Jeden Tag. Jeden Tag würde sie genießen. Jeden ganz normalen Tag.

Sie war noch bei Amy geblieben und hatte diese ganze Geschichte noch einmal erzählt. Amy hatte zugehört, ein paar richtige Fragen gestellt. Zum Beispiel, »Was wolltest du in deinem Leben schon immer ausprobieren?«.

Als Miriam die Wohnung über dem Atelier verließ, hatte sie einen Entschluss gefasst.

27

Der 15. August begann mit einem galaktischen Lächeln von Steve, der seine langen Rastas unter eine übergroße Strickmütze gestopft hatte. »Enjoy!«, der freakige Kellner stellte die Kanne heißes Wasser für Hannes Teebeutel zwischen die Frühstücksteller auf den lichtblau gestrichenen Holztisch. Englisch war Umgangssprache in der Pension, deren Personal so unkonventionell und international war wie die Gäste.

»*Das* ist der Moment, auf den ich mich schon beim Aufwachen gefreut habe«, sagte Claude und schaute Steve hinterher, als er zurück zum Tresen schlenderte. »Dieses hübsch arrangierte Frühstück«, sie betrachtete voller Genuss ihren Teller. Etwas Käse, etwas Schinken und ein gekochtes Ei, Marmelade, Melone und selbst gebackenes Brot, dazu frisch gepresster Saft, ein großer Milchkaffee — so gehörte sich das. Kein stolperndes Hin und Her am Buffet. Eine Liebeserklärung an die Gäste.

Seit vier Tagen waren sie nun in dieser günstigen Pension, in der vor allem junge Surfer abstiegen. Überall leuchtend bunte Farben, dünne Wände, wacklige Betten, Gemeinschaftsbad mit einer engen Dusche, in der das Wasser kreuz und quer spritzte. Dafür waren die Fliesen des Bades so smaragdgrün wie das Meer der Malediven, und auch klemmende Schubladen waren eher verziehen, wenn die Kommode klatschmohnrot lackiert war und dazu noch in einem zitronengelb gestrichenen Zimmer stand. Frische Farben sorgten für gute Laune. Wie eben auch ein gutes Frühstück.

Die meisten Surfer liefen bereits gewissenhaft mit ihren Brettern unter dem Arm Richtung Strand, wie andere Leute mit der Aktentasche ins Büro. Die spektakuläre, nahezu unverbaute portugiesische Westküste war als Surferparadies entdeckt worden. Endlose Strände, großartige Wellen, viel Platz. In den verstreuten Dörfern hatten Surfshops und -schulen eröffnet, die alten Fischer, deren Söhne oft selbst Helden auf den Wellen waren, saßen auf den Parkbänken am Platz, kratzten sich am Bauch und schielten langhaarigen Mädchen in kurzen Hosen hinterher.

Kaum ein Urlauber, der es nicht mal versucht hätte, in den niedrigen und etwas höheren Wellen aufs Brett zu klettern, vom vergnügten kleinen Jungen bis zum ungelenken Frühpensionär. Sogar Hanne hatte vom Strand mit unruhiger Neugier die Surfer beobachtet, »Dieses Gefühl, sich von der Welle tragen zu lassen«, hatte sie geschwärmt, »die Kraft des Meeres unter den Füßen – ach, das muss großartig sein!«

»Erst mal musst du da raufkommen«, hatte Claude erklärt, die neben Hanne im Sand gedöst hatte, »und dann auch darauf stehen bleiben.«

»Aber mit ein wenig Gefühl für Balance – warum eigentlich nicht?«

War sie wahnsinnig geworden?

»Ein bisschen lächerlich, in unserem Alter«, hatte Miriam in ihrem figurfreundlichen Badeanzug angemerkt, ohne die Augen von dem Krimi zu heben, den sie im Bücherregal der Surferpension gefunden hatte.

Aber Claude hatte geahnt, dass Hanne etwas ausbrütete.

Steve kam noch einmal zurück zum Tisch und stellte eine Vase mit fünf Sonnenblumen vor Hanne. Claude bedankte sich mit einem Zwinkern, »Eine für jedes Jahrzehnt, liebe Hanni«, sagte Claude feierlich und zwackte sie in die Wange, »willkommen im Club!«.

»Ach Claude!«, rief Hanne und schob die Vase in die Mitte des Tisches. »Die sind für uns alle! Es ist ja unser gemeinsamer Geburtstag. Teebeutel gefällig?«

Keine Frage. Wie gut, dass Hanne und Miriam sie auf der Flucht noch erwischt hatten.

Sie waren durch die Nacht gefahren und hatten am frühen Morgen das Meer erreicht. Im ersten Tageslicht standen sie im Wind auf einer der Klippen, an denen die Wellen hochsprangen und die Luft mit sprühender Gischt erfüllten. Richtung Süden brach das Land ab, als wäre die Küste in einer krakeligen Linie aus einem dicken Stück Holz gesägt worden. Zur anderen

Seite öffnete sich eine Sandbucht, die sich tief in das Land hineingrub. In der Ebene dahinter lagen einige verstreute Ferienhäuser und Pensionen, an den angrenzenden Hügeln kletterte ein weiß leuchtendes Dorf in sicherer Distanz zum Meer empor.

Claude war erschöpft von der Nachtfahrt gewesen, aber hatte erleichtert die Arme ausgebreitet und den Wind durch ihr Hemd wehen lassen. Der Atlantik glänzte, hier war das Ende und der Anfang. Schon immer gewesen.

Also los. Claude hatte aus einer ihrer Kisten im Kofferraum eine Schere gekramt und sie Hanne gereicht.

»Revanche. Du wirst es besser machen als ich damals. Du hast doch bestimmt deinen Kindern oft die Haare geschnitten, oder?«

»Klar«, Hanne schaute ungläubig, »aber du hast mir neulich noch lang und breit erklärt, dass sich deine Haare, wenn du schrumpelig und wackelig bist, silbrig auf deinem Hintern kringeln sollen, und wenn du sie jetzt abschneidest, wirst du das nie mehr ...«

»Hanne ...«, mahnte Miriam und schnitt mit ihren Fingern durch den Wind.

»Mach schon«, drängelte Claude, nur nicht lange überlegen, »hier und jetzt am Meer, ratzfatz, ab mit den Zotteln. Ich werde in diesem Leben weder Barbie noch eine waschechte Blondine werden. Es gibt bestimmte Dinge, die man mit fünfzig abhaken sollte. Grau ist das neue Blond, ich färbe höchstens noch auf weiß. Also los!«

Claude strubbelte sich durch ihre kurz geschnittenen Haare. Hanne hatte ihr, ohne weiter zu zögern, einen echten Jungshaarschnitt verpasst; fühlte sich gut an. Wie vor 25 Jahren – na ja, fast.

An ihrem historischen Geburtstagsmorgen ließ sich sogar Miriam zu einem Teebeutel hinreißen und tunkte ihn in heißes Wasser. Still lächelnd las sie ihre Teebeutelweisheit und sagte schließlich, »Also, ich verrate euch jetzt mal was«.

Claude horchte auf. Das klang fast so feierlich wie der Moment auf der Klippe, als sie ihre Erlösung und die Rückkehr in ihr kleines normales Leben bekannt gegeben hatte. Die kleine Feier am Abend im Restaurant der Surferpension hatte natürlich ein weiteres Loch in die Reisekasse gerissen, sodass Claude und Hanne demnächst ernsthaft Geld zählen mussten.

Miriam war seit der guten Nachricht ihres Arztes entspannter als je zuvor gewesen. Ausschlafen, am Strand und über die Klippen spazieren, im Sand sitzen und den Möwen hinterhergucken. Ihre einzige Verabredung war der Sonnenuntergang, vorzugsweise in der Strandbar. Der einzigen weit und breit. Natürlich, die beiden jungen Portugiesen hinter dem Tresen waren nicht vergleichbar mit der fast zahnlosen Amalia aus der blau-weißen Holzbude und es gab auch keine Fische vom Grill, aber man konnte Surfbretter leihen. Andere Zeiten, andere Sitten, für eine Bar am Meer im Europa des 21. Jahrhunderts kam sie den Erinnerungen an damals schon sehr nahe.

Miriam blickte Claude und Hanne durch die Sonnenblumen auf dem Tisch an, atmete tief ein und sagte, »Ich möchte barfuß leben. In weiten luftigen Kleidern anstatt in Pumps und Hosenanzug. An einem in jeder Hinsicht sonnigen Ort.«

Claude hörte kein sehnsüchtiges Seufzen, keine Was-wäre-wenn-Stimme, sondern einen Entschluss, der nach einem bereits fertigen Plan klang.

»Stand das auf deinem Teebeutel?«, kicherte Hanne und las den Anhänger vor, den Miriam ihr hinhielt. »›Lass dich von deinem Herzen führen.‹«

»… in anderen Worten, ›Lebe barfuß‹«, übersetzte Claude, »klar. Was heißt das konkret?«, sie war auf alles gefasst.

Miriam nahm ihr Frühstücksei und köpfte es mit dem Messer, kurz und gezielt. »Erinnert ihr euch an unsere Wünsche, nachts in Lissabon? Meiner war natürlich, dass dieser Albtraum multiple Sklerose gut endet.«

»Tja, wer an Wunder glaubt, dem geschehen sie auch«, erinnerte Hanne sie alle an die Worte des Schicksalsforschers und lächelte.

»Wie auch immer«, wiegelte Miriam die Wundernummer ab. »In diesen Wochen, in denen ich fürchtete, bald wäre ich eingesperrt in meinem Körper und angewiesen auf fremde Hilfe, habe ich bedauert, dass ich vieles nicht getan oder nicht wenigstens probiert habe. Früher gab es noch so vieles zu entscheiden, inzwischen sind mehr Türen geschlossen als offen und je älter wir werden, desto enger wird die Auswahl.«

»Dann gibt's nur noch die teure oder die billige Seniorenresidenz«, Claude hatte genug vom Vortrag übers Altern, »komm schon, Miri, was ist los?«

Miri streute Salz aufs Ei und schmierte Butter aufs Brot, seelenruhig lächelnd, »Wechseljahre statt Midlife-Crisis, Claude, das hast du doch selbst so schön geschrieben. Ich gedenke, mich in Zukunft mehr über den Wechsel zu freuen, als über die Krise zu klagen. Mich einigen Dingen zu widmen, die mein Leben vielleicht ein bisschen wilder und gefährlicher gestalten.«

Claude war sicher, dass sie etwas Großes vorhatte.

»Kurzum, Karriere schön und gut, aber ich werde unbezahlten Urlaub nehmen und zurück ins Kloster gehen.«

Hanne riss die Augen auf, »Oh!«.

Claude verschluckte sich an ihrem Orangensaft und röchelte, »Amy?«.

Miriam lächelte. Es lag etwas von Aufbruch darin, etwas Abenteuerlustiges, »Ich mochte den Ort sofort. Ich dachte, hier wartet etwas auf mich. Als ich in das Atelier schaute, war mir alles klar.«

Na bitte, dachte Claude.

»Der Stein«, sagte Miriam, »dieser Block aus Marmor. Ich träume seit vielen Jahren von Bildhauerei, etwas mit den Händen formen, echtes Handwerk. Wenn ich es jetzt nicht ausprobiere, wann dann? Ich werde mich einmal in meinem Leben nicht disziplinieren, sondern dieser völlig absurden Intuition nachgeben.«

Dann löffelte sie vergnügt ihr Ei und biss vom Brötchen ab, als sei nichts geschehen. Claude und Hanne guckten. Sprachlos.

»Großartig!«, brachte Claude schließlich heraus.

»Und deine Kinder?«, warf Hanne ein. »Dein Mann? Wie lange willst du weg sein von ihnen?«

Gott, war Hanne pragmatisch. Wie unromantisch, aber Miriam ließ sich nicht beeindrucken.

»Wir werden sehen. Meine Kinder müssen sich ohnehin gerade selbst sortieren, die nerve ich nur. Andererseits können Robert und ich uns langsam auf die Zeit danach vorbereiten. Die Kids sind ja bald weg, danach könnten wir die Karten noch mal neu mischen, oder, was meint ihr?«

Hanne nickte, »Ich fürchte, ich verstehe, wovon du redest«.

»Also, ich habe lange mit Amy gesprochen. Ich kann ins Kloster kommen, wann ich will, und bleiben, solange ich will. Meine beiden Kinder müssen eben kochen lernen, und wenn sie wollen, können sie mich besuchen. Robert auch.«

»Puh, wenn das mal gut geht«, stöhnte Hanne.

»Wir werden sehen«, wiederholte Miriam seelenruhig, »aber ich bin ziemlich sicher, dass es für mich das Richtige ist. Wenn ein Gefühl so stark ist, muss man nachgeben. Sollte ich wegen Robert nicht gehen, würde ich ihm irgendwann die Rechnung dafür schreiben. Die wollte er garantiert nicht bezahlen.«

Claude sah Miriam in Zeitlupe noch einmal im Atelier, ihre Hand, die über den Marmor strich, den Blick,

339

den sie mit Amy gewechselt hatte – ja, warum nicht, vielleicht war es das Richtige.

Damit war alles gesagt. Miriam hatte ihre neue Wahrheit in die Welt gesetzt. Mehr wusste sie davon noch nicht und es war aufregender als jede Stufe, die sie auf der Karriereleiter erklommen hatte. Sie fühlte sich schon jetzt wie die Bildhauerin, die vor einem Stein steht und noch nicht weiß, welche Figur sich daraus formen wird.

Es fühlte sich prächtig an, so anders als der Wunsch, den sie noch vor wenigen Tagen der Fee des Schicksalsforschers geschickt hatte. »Hanne, wie ging der Spruch von Pessoa noch, der mit der inneren Vision?«, fragte sie.

»*Die Kräfte in uns – Sie werden gelenkt – Von der Seele inn'rer Vision!*«, der Vers schoss aus Hanne heraus, ohne auch nur einen Atemzug zu zögern.

Miriam lehnte sich zufrieden zurück, ließ die Worte nachhallen. Passte. Passte exzellent.

»Ist Robert heute nicht wieder erreichbar?«, hörte sie Hannes Stimme. Robert? Die Frage knipste das Licht in Miriams neuer inn'ren Vision an. Robert. Es war der 15. August.

»Willst du ihn heute anrufen?«, fragte Claude.

Auf keinen Fall.

»Ich bin noch auf Entzug«, wich Miriam aus, keine ausufernden Gespräche. Übermorgen war früh genug. »Vielleicht schreibe ich eine kurze E-Mail. Erinnere ihn, dass und wann ich zurückkomme. Falls es hier irgendwo Zugang zu einem Computer geben sollte.«

Nun waren aber mal Claude und Hanne dran, »Was ist mit euren Wünschen?«, fragte Miriam.

Claude hüstelte, nahm ein Stück Brot, ließ Honig darauflaufen, überlegte. »Meine Wünsche haben sich in diesen Tagen verändert. Es ist ein weiter Weg von Essaouira, wo ich mir ein neues Leben wünschte, zurück nach Hamburg«, sie seufzte und schwieg.

»Komm schon, Claude!«, drängte Miriam. Claude war immer noch, und mit ihren kurzen Haaren erst recht wieder, eine anziehende Frau. Das finanzielle Desaster schön und gut, aber dahinter lag doch – »Ich will wieder singen«. Der Satz platzte endlich heraus. Miriam hatte es geahnt, seit der Lissabonner Fadonacht.

Claudes Stimme war verhalten, »Ich hatte mich nach Essaouira gewünscht, neue Bar, neue Leute, neue Lieder – vielleicht sogar Sebastião …«.

Hanne rang nach Atem, wollte etwas sagen, aber Miriams warnender Blick löste einen erstaunlichen Hustenanfall aus.

»Aber das ist alles Quatsch«, fuhr Claude fort, »mal schauen, wie und wo und was ich wieder singe. Aber vorher werde ich mich den irdischen Dingen in meinem Leben widmen. Und ihn treffen.«

»Wen?«, fuhr Hanne hoch.

»Den Gerichtsvollzieher«, sagte Claude und knuffte sie. »An wen dachtest du denn?«

Hanne lächelte.

»Es nutzt ja nichts. Ich werde nicht kampflos zusehen, wie das Haus meiner Großmutter unter den Hammer kommt. Die dicke Inge hat mir gesteckt, dass sich meine Schwester neuerdings Sorgen um mich macht. Vielleicht ist die Zeit reif, bei ihr ein Hilfegesuch einzureichen, das sie nicht ablehnen kann. Sie ist mir was schuldig. Ihr Eigenheim ist abgezahlt, die Kinder sind erwachsen und ihr geiziger Gatte verdient immer noch gut.«

Claude guckte angriffslustig, »Sie wird mich schlachten für diesen Vorschlag, aber ihre älteste Tochter könnte das Duckdalben übernehmen. Generationenwechsel nennt man das. Der Laden braucht frische Ideen. Sie hat oft ausgeholfen, versteht was von guter Musik, kennt viele Künstler und ist verrückt genug fürs Geschäft. Die hat was von ihrer Tante.«

Miriam applaudierte anerkennend. Nachfragen, notierte sie sich im Kopf, um sicherzustellen, dass kein Bankdirektor sich das Reihenhaus am Elbufer krallte. Niemals würde sie Claude hängen lassen.

»Was ist mit Miles?«, so direkt konnte Hanninanni also auch, erstaunlich.

»Du sprichst vom Eselpsycho?« Claude zog einen Zettel aus ihrer Hosentasche, wedelte damit herum, bis er sich entfaltete, »Mal ehrlich, Hanni, was würdest du davon halten?«, Claude begann vorzulesen: »›Salomo hat dich zu mir gebracht. Esel sind beharrlich, man soll sie nicht unterschätzen. Sie kapieren mehr, als man selbst wissen möchte. Ich glaube, wir beide, du und ich, sollten mal zusammen essen – darf ich dich einladen?‹ Das

Ganze geschrieben auf dem Briefpapier eines Berliner Restaurants. Riecht nach teuer.« Claude schaute spöttisch hoch.

Miriam und Hanne sagten nichts, schauten Claude erwartungsvoll an. Claude senkte den Blick.

»Okay. Dem geschenkten Gaul …«, sie hüstelte schon wieder, »Ich werde seine Einladung wohl annehmen. Ist ja ein netter Kerl«, sie grinste, »Oder willst du ihn erst mal haben, Hanne?«

Miriam musste lachen, allerdings mehr über Hanne, die rosarot anlief – sie ließ sich von Claudes Frotzelei immer noch verschrecken.

Dann winkte sie Steve, der gerade die letzten Frühstückstische abräumte, und bestellte drei Gläser Prosecco. Er lächelte verständnisvoll, Miriam hatte keine Ahnung, was dieser junge Freak von den drei schrägen Tanten am Tisch hielt, vermutlich fand er sie amüsant. Oder fielen sie zwischen den schrägen Vögeln und Surf-Autisten dieser Pension gar nicht weiter auf?

Miriam musste plötzlich an ihre Mutter denken. Die hatte mit ihren Freundinnen gerne mit selbst gemachtem Eierlikör angestoßen. War Prosecco der neue Eierlikör wie fünfzig das neue Vierzig und grau das neue Blond?

»Stößchen!«, gluckste Miriam und hob ihr Glas.

Die beiden anderen prusteten los. »Stößchen!«, rief Hanne. »Aus welcher Schublade haste das denn gezogen? Wie bei den Schrebergarten-Schwestern meiner Mutter!«

Es war das Frühstück eines halben Jahrhunderts. *Ihres* halben Jahrhunderts.

»Also Hanne, du bist dran, dein Wunsch?«, Claude klatschte auffordernd in die Hände. »Raus mit der Sprache, was wünscht sich das Geburtstagskind?«.

»Leidenschaft«, rief Hanne.

»Uuuuh!«, jubelten Miriam und Claude gleichzeitig.

»Du meinst, noch mal so richtig scharf und wild aufs Leben sein?«, raunte Claude so rauchig und verführerisch, wie Miriam sie liebte. Hanne nickte.

»Als wir in Lissabon auf der Terrasse der Träume und Wünsche standen, habe ich natürlich nur an Franzi gedacht und mir gewünscht, dass ich unbemerkt, ›zufällig‹, Sebastião finden und Franzi mir vergeben würde. Allerdings, ich war mir schon damals nicht sicher, ob das wirklich so eine gute Idee wäre. Aber Franzi …«

»Jetzt hör mal mit Franzi auf und zieh deinen Kartoffelsack aus, genug gebüßt!«, schimpfte Claude. »Darf ich als Tochter und ansonsten vollkommen unqualifizierte, kinderlose Tante mal etwas dazu sagen? Ich finde, nicht nur Eltern sollen ihre Kinder loslassen. Die Gören sollen ihre Eltern auch irgendwann mal in Ruhe lassen, anstatt ihnen jeden Sprung in der Schüssel und im Herzen aufs Butterbrot zu schmieren. Irgendwann ist mal gut, so ist das Leben, jedem sein Päckchen.«

»Bravo, Claude! Das merke ich mir schon mal für später«, Miriam war begeistert von Claudes handfester Lebenshilfe.

Auch Hanne strahlte erleichtert, »Noch eine Absolution! Könntest du mir das bitte aufschreiben? Oder als Teebeutelweisheit einkochen?«

Was war mit der Suche nach dem vermissten, ersehnten und auch biologischen Vater von Hannes Tochter? Seit Claudes Flucht und dem überstürzten Abschied aus dem Kloster hatten sie nicht mehr über Sebastião gesprochen.

»Du hast getan, was du konntest, um ihn zu finden«, sagte Miriam, »hast die Spur im Nebel der Vermutungen verloren. Zurück zur Leidenschaft, Hanne!«

Miriam hielt ein buntes Flugblatt hoch, das sie am Tresen gefunden hatte. Eine kleine Revanche für die revolutionären Lieder im Abendrot.

»Sundance Festival – Alado« stand dort in einem Regenbogen über einem bewegten Meer. Darunter eine Liste von Bands, keiner der Namen sagte Miriam etwas, aber darum ging es nicht.

»Alado …«, Hannes Augen leuchteten. Exakt. »Das ist heute! An meinem, an unserem Geburtstag …«

»Packen, hinfahren und unseren 50. Geburtstag feiern. Am Meer. Es liegt auf dem Weg nach Lissabon. Da müssen wir morgen sowieso hin. Zum Flugplatz.«

»Super Idee …«, Hanne errötete, »ich hatte ehrlich gesagt schon überlegt, wie ich euch dahinlenken könnte«, sie versuchte, ein Lächeln zu verstecken. Nahm einen großen Schluck Prosecco, »Worauf warten wir?«.

Während Hanne und Claude sich um die Rechnung für die Übernachtungen kümmerten, saß Miriam am Gästecomputer der Surferpension.

Sie rief ihren privaten E-Mail-Account auf – nein, keine Neugier auf Nachrichten aus dem Büro, stellte sie fest. Alles hatte Zeit bis Montag. Oder auch Dienstag. Sie sollte sich Montag freinehmen, um den kulturellen Jetlag auszubalancieren.

Also, was sollte sie Robert schreiben? Wie könnte sie kurz und freundlich formulieren, dass … Im E-Mail-Eingang leuchtete Roberts Absender auf. Er hatte an diesem Morgen auf ihre Notfall-E-Mail reagiert, die sie aus Évora abgeschickt hatte. Miriam las. Las noch einmal. Und fiel vor Lachen fast vom Stuhl.

Guten Morgen, Schatz,
sorry, dass ich erst jetzt antworte. Hatte nicht damit gerechnet, dass du dich noch einmal aus Portugal melden würdest. War ein paar Tage mit unseren Smartphone-süchtigen Kinder auf Entgiftung in den Bergen – fand deine Idee großartig!
Alles okay in Portugal?
Bis Sonntag, Kuss
Robert

28

Der Geldautomat im Dorf spuckte einfach nicht mehr aus. Zwei Zwanziger, ein Zehner – 50 Euro zum 50. Geburtstag.

»Vielleicht hat er nicht mehr?«, versuchte Claude einen verzweifelten Scherz, aber Hanne wusste: Das war's.

Die Surferpension hatten sie noch mit Claudes Resten aus dem Strickstrumpf bezahlt, das Auto war drei Viertel vollgetankt. Das reichte mit etwas Glück bis Lissabon. Claude zog weitere 50 Euro hervor.

»Das reicht für ein paar Drinks, karge Mahlzeiten und ein Zelt am Strand«, sagte sie.

Kein Hotel und auch keine Rückfahrt nach Hamburg. Hanne hatte beschlossen, ihren Flug sausen zu lassen und Claude im Auto nach Hamburg zu begleiten. Sie und vor allem ihre EC-Karte, die die Heimfahrt finanzieren sollte. Aber das Konto war leer.

Sie brauchten Geld.

Hanne überlegte, wer würde ihr unkompliziert Geld leihen? So viel, dass sie es wiederum an Claude verleihen konnte, und zwar sofort, ziemlich langfristig und ohne dass es auf Claudes gepfändetem Konto auftauchte? Wer würde Hanne ein paar Tausend Euro überweisen?

Jens war ausgeschlossen. Hannes Freundinnen hatten selbst weder Aktienpakete noch sonstige Reichtümer zu verwalten, alles keine Karrierefrauen. Welche erfolgreichen, freundlichen Männer kannte Hanne? Nicht so viele. Genauer: gar keine.

Bis auf einen – plötzlich ging ihr ein Licht auf. Eine Flamme. Eine leuchtende Flamme. Hanne musste telefonieren. Sie schaute auf die Uhr. Schnell. Paolo fuhr nach der Arbeit oft übers Wochenende weg.

Er war nicht nur ein deutlich smarterer Anwalt als Jens geworden, seine Telefonnummer war auch eine der wenigen, die Hanne im Kopf hatte – die ehemalige WG-Nummer. Der italienische WG-Genosse hatte sie über all die Jahre von einer Wohnung in die nächste mitgenommen. Für seine Prinzessinnen war er auch Jahre später noch erreichbar.

Hanne lief los. Durch die Dorfgassen, die fluchende Claude ließ sie hinter sich. Vielleicht war es das Letzte, was sie noch bezahlen konnte, aber dieses Telefongespräch könnte sie retten.

Außer Atem stürzte sie in das Restaurant der Surferpension, Miriam kam ihr aufgedreht entgegen, »Weißt du, wo Robert …?«.

»Ich muss telefonieren!«, unterbrach Hanne sie rabiat. »Sofort. Nach Deutschland. Ist hier jemand, der mir sein

Smartphone leiht?« Sie blickte durch das Restaurant, in dem die ersten Mittagsgäste saßen.

»Zu teuer, Schatz. Komm, ich zeig dir mal, was Skype ist.« Miriam zog sie am Arm zum Computer. Mit ein paar Klicks war Paolos Skype-Kontakt gefunden und kurz darauf lachte er aus dem Lautsprecher.

»Hanni, welch seltene Freude! Weißt du, dass Jens gerade in Berlin ist? Gestern noch haben wir bei einigen gepflegten Bieren über alte Zeiten und vor allem über dich gesprochen!«

Das fing ja gut an. Paolo war – zumindest im privaten Rahmen – auch mit einer erfolgreichen Anwaltskanzlei und grauen Schläfen der lässig sonnige Typ geblieben, der Jens nicht mal in entspanntesten Studentenzeiten gewesen war.

»Er hat mir von dem misslungenen Vaterschaftstest erzählt, also dem negativen Ergebnis, und dass du nicht verraten willst, wer der richtige Vater ist.«

Er lachte, die Geschichte gefiel ihm offensichtlich. »Bist du noch in Portugal, auf der Suche nach dem Samenspender?«

»Genau, Paolo. Mit den beiden Frauen, die ich damals hier getroffen habe und …«

Hanne drehte sich um. Claude war hereingekommen und ließ sich neben Miriam auf einen Stuhl fallen. Die deutete ihr mit dem Finger an, still zu sein, sie wollte kein einziges Wort verpassen. Also doch neugierig, sogar Miriam.

»Sag mal, Hanne«, tönte Paolo aus dem Lautsprecher,

»Ich habe ja immer gedacht, dass die Zwillinge nicht von Jens sind und er dich deshalb verlassen hat. Aber gestern sagte er, dass es um Franziska geht, Francesca!«

Er sprach Franzis Namen auf Italienisch aus, und in Hannes Erinnerung begannen sich langsam die Rädchen zu drehen. Himmel hilf – Erdboden tue dich auf!

»Ach, Hanne, nach so vielen Jahren. Aber ich habe Jens aufgeklärt«, sagte Paolo.

»Was hast du geklärt?«, fragte Hanne ängstlich.

»Dass er nicht so fürchterlich penibel sein soll. Es ist doch vollkommen egal, wessen Spermium dein Ei vor 25 Jahren getroffen hat.«

»Das hast du ihm gesagt?«, Hanne mochte nicht weiterdenken.

»Klar! Und dass er eben der Glückspilz war, der Franzis Papa sein durfte, und ein Idiot, dass er dich verlassen hat.«

Hanne saß verblüfft vor dem Computer, aus dem Paolos Stimme kam. Wie blind war sie eigentlich gewesen? Paolo, den Vertrauten über viele Jahre, hatte sie überhaupt nicht auf dem Zettel gehabt.

»Jens ist gespannt wie ein Flitzebogen auf den portugiesischen Samenspender«, spottete Paolo, »etwas humorlos war er ja schon immer. Hast du den Vater gefunden?«

»Der ist verschollen. Nicht auffindbar«, stotterte Hanne.

»Oh, das wird Jens nicht amüsieren, aber mal im Ernst, Hanne, unter uns, es könnte doch auch sein, rein theoretisch und rechnerisch, dass auch ich, also zumindest infrage komme.«

Es war raus. Ein Raunen auf den Besucherinnenstühlen hinter Hanne, unterdrücktes Kichern. Der Erdboden tat sich auf.

Damals, nach den verträumten drei Monaten mit Sebastião, als Hanne ernüchtert aus Lissabon zurückgekommen war. Überraschend in Hamburg angekommen, Jens nach gelungenem Examen ein paar Tage verreist. Paolo sonnig gelaunt in der Küche. Eine lange Nacht bei Pasta und Wein. Und Hanne, die dem Mitbewohner ihr Herz ausschüttete. Paolo, ihrem Freund, ihrem verständnisvollen Bruder, dem sie alles erzählen konnte. Der sie am Ende der Nacht nicht in ihrem großen Bett allein ließ. Der Bruder, der dann doch nicht nur sittsam ihr Händchen beim Einschlafen hielt. Eine Nacht. Eine einzige. Das war's.

Dann kam Jens entspannt zurück, und es folgte die Wiedervereinigung, politisch wie privat.

»Bist du noch da?«, Hanne saß wie betäubt vor dem Computer.

»Also, wenn es Jens' Nerven beruhigt, übernehme ich.«

»Bitte was übernimmst du, Paolo?«

»Das Geschenk der späten Vaterschaft.«

»WAAAAS?«, kreischte Hanne, und hinter ihr gackerten Claude und Miriam los. »Das wird aber teuer, Paolo.« Paolo hatte bereits vier Kinder von drei verschiedenen Prinzessinnen.

»Auf eine mehr kommt's nicht an. Franzi ist erwachsen, studiert und jobbt. Ich meine, was das Geld betrifft, da werden wir beide uns schon einig werden, kein Problem. Aber wir hätten auch früher drauf kommen können, oder?«

»Du scherzt«, sagte Hanne bitterernst.

»Keineswegs«, sagte Paolo, »wir können gerne einen Vaterschaftstest machen.«

»Du spinnst«, versuchte Hanne ihn zu stoppen, aber Paolos Idee hatte ihren Charme, das musste sie zugeben. »Und Franzi?«

»Die fand mich immer schon lustig«, erklärte Paolo, »besser ich als ein verschollener König.«

Tatsächlich war Paolo für Franzi immer eine Art Onkel gewesen, die Anspielstation für jeden Blödsinn, den Eltern nicht erlauben. Paolo könnte tatsächlich Franzis Gnade finden.

»Das wird allerdings wirklich richtig teuer, Paolo. Jens will den gezahlten Unterhalt zurück.«

»Ja, ja, ja – hat er mir alles erzählt. Aber das kann er vergessen. Er hat die Vaterschaft und die festgesetzten Unterhaltszahlungen des Gerichtes anerkannt. Fertig. Der kriegt nichts zurück. Also, mein Angebot steht. Wenn er allerdings aussuchen darf, ob ich mich Franzi als neuer Vater vorstelle oder er vielleicht doch lieber einen zweiten Vaterschaftstest macht, diesmal mit positivem Ausgang … wollen wir doch mal sehen.«

»Du meinst, er hat das alles eingefädelt?«

»Wer weiß …, ich bin mir allerdings sicher, er wird

lieber selbst Franzis Papa bleiben, als die Ehre an mich abzutreten.«

»Du bist ein Halunke!«, lachte Hanne.

»Ich weiß«, sagte Paolo, und Hanne konnte das breite Grinsen in Paolos Gesicht quasi hören. Applaus ertönte von den Stühlen hinter ihr.

»Danke, danke«, unterbrach Paolo mit Schmelz in der Stimme, »Aber warum hast du eigentlich angerufen, Bella?«

29

Claude wusste es sofort. »Hier sind wir richtig.« Am Nachmittag hatten sie Alado, eine Bucht mit einer Handvoll Häuser, erreicht. Sie waren auf der Steilküste ausgestiegen, an den Rand der Klippe getreten – und es war wie im Traum, Liebe auf den ersten Blick.

Unten streckte sich ein langer, schmaler Sandstrand, der zwischen grafitgrauen Felsen endete. Erhaben ragte ein schwarzer Fels aus dem wogenden Atlantik. Am anderen Ende der Bucht wippte eine Handvoll Fischerboote hinter einer Mole. Das Meer glänzte, lange Wellen rollten gleichmäßig heran. Weit draußen lagen Surfer auf ihren Brettern und warteten geduldig auf die perfekte Welle. Am Strand leuchteten bunte Handtücher, Sonnenschirme. Sie liefen zwei, drei Serpentinen hinunter zum Meer, direkt über dem Strand hing eine Hütte an der Steilküste, davor eine windgeschützte Terrasse, und dort duftete es tatsächlich nach frisch gegrillten Fischen.

Claude blickte Miriam und Hanne an. Zwei glückliche Gesichter. Sie hatten verstanden. Hier war der richtige Platz für den Geburtstag.

Zwischen der Pinte und der Mole war am Strand eine kleine Bühne aufgebaut worden, eine Band machte Soundcheck, es klang nach Reggae.

Sie setzten sich in den Sand. »Miri, du musst heute, zum Abschluss dieser Reise, noch einmal ganz stark sein«, sagte Claude ernst. »Ich sehe hier leider weit und breit keine Pension und kein Hotel.«

Sie mussten mit den restlichen 100 Euro zwei Tage durchhalten, bis Lissabon. Sonntag flog Miriam zurück, erst Montag sollte Paolos großzügige, langfristige Leihgabe Hannes Konto gefüttert haben. Dann konnten Hanne und Claude mit einer gedeckten EC-Karte losfahren.

»Stark sein«, seufzte Miriam, während sie das Auf und Ab der Wellen verfolgte. »Du meinst, keine Suite mit Whirlpool und King-Size-Bett für mich allein, kein Beauty-Treatment und kein Candlelight-Sterne-Menü?«

»Tja, so ist die Lage. Hart, aber nicht aussichtslos«, sagte Claude, hob die Hände und schaute sich lächelnd um, »genau genommen haben wir alles inklusive, pura natura, und unsere Suite mit Meerblick, die werden wir dahinten, ein wenig versteckt zwischen den Felsen, aufschlagen ...«

Miriam ließ sich mit ausgestreckten Armen rückwärts in den Sand fallen, »Aaah jaaah – endlich!«.

Viel später, das Zelt stand, irgendwie verankert im Sand, saßen sie auf der Terrasse. Von der Strandbühne wehten Gitarrensounds und dumpfe Trommelschläge hinauf.

Ihr restliches Guthaben war nach gegrillten Fischen und Wein weiter zusammengeschmolzen, aber keine von ihnen war vernünftig genug gewesen, nachzurechnen. Die Sonne schickte ihre letzten Strahlen, als die imposante Figur der Wirtin an ihrem Tisch erschien – mit einem Tablett, auf dem drei kleine Tassen Kaffee und drei Gläser Cognac standen. Sie schaute Hanne fragend an, die nickte lächelnd, »Muito obrigada!«.

»Hanne, du wirst haltlos – hast du die bestellt?«, Claude klopfte drei Zigaretten aus ihrem zerknitterten Päckchen.

»Selbstverständlich. Kaffee, Cognac und Kippe, unsere Dreifaltigkeit, die darf an diesem historischen Tag doch bitte nicht fehlen. Gehen im Übrigen aufs Haus, ich habe mit der Wirtin nett geplaudert.«

»Über Störche …?«, kicherte Miriam und steckte sich eine von Claudes Zigarette zwischen die Lippen.

Claude gab ihr Feuer und gestand, »Meine Damen, ich bin wirklich gerührt«. Ihr war plötzlich sehr feierlich zumute, sie dachte an die Achterbahn der vergangenen Tage. Aber sie hatten es tatsächlich geschafft. Nach 25 Jahren saßen sie wieder zusammen in Portugal am Meer.

»Wie oft haben wir uns auf unserer Reise eigentlich gestritten und wieder zusammengerauft?«, fragte sie. »Das ist nicht nur eine Rarität zwischen Freundinnen. Das war vor allem – wild und gefährlich.« Sie schluckte.

»Ja, Claude«, sagte Miriam leise, »das ist wahr.« Sie zog an der Zigarette, »aber sag mal, wie ging das noch?«, schürzte die Lippen und stieß dabei Rauch aus.

»Miri, so …!«, lachte Claude und schickte einige perfekte Rauchkringel in den glutrot gefärbten Himmel.

»Wild und gefährlich«, murmelte Hanne versonnen, nippte an ihrem Cognac und fixierte eine Gruppe Surfer, die gerade ihre Bretter an den Strand zogen.

»Ich glaube, ich brauche … Mut.«

Claude folgte ihrem Blick, die Surfer kamen näher und einer von ihnen hatte Hanne entdeckt.

Es wurde die Sommernacht des Trio Infernale. Claude, Miriam und Hanne mischten sich in die Menge vor der Bühne, tanzten barfuß zu einem schrägen Soundmix aus Blues, Reggae, Rock und Hip-Hop von portugiesischen und afrikanischen Bands. Claude fühlte sich zeitlos, verlor jeden Gedanken an morgen und an alles, was danach kommen sollte.

Sie trat verschwitzt aus der tanzenden Menge, in die Dunkelheit der Vollmondnacht. Schaute auf die glitzernde Gischt, die die dunklen Wellen hinter sich herzogen. Barfuß leben, hatte Miriam gesagt. Wild und gefährlich – und barfuß! Claude lächelte. Sie fühlte einen Arm auf ihren Schultern.

»Hanne ist weg«, sagte Miriam leise.

»Gut so«, sagte Claude, »Sie soll's genießen.«

Miriam schlief sofort auf ihrer Luftmatratze ein. Claude lag wach und betrachtete die dunkle Zeltplane, die der Wind sanft eindrückte und wieder losließ. Von fern hörte sie die Töne eines Saxophons. Sollte sie noch einmal aufstehen? Doch sie war eingeschlafen, bevor sie den Gedanken zu Ende gesponnen hatte. Sie wachte auf, als jemand den Reißverschluss des Zeltes öffnete. Es war noch dunkel, Hanne krabbelte neben ihr in den Schlafsack.

»Alles okay?«, wisperte Claude.

Hanne rollte sich eng neben ihr zusammen und flüsterte, »Wild – und gefährlich«.

Sie erwachten mit einem Donnerschlag. Ein Blitz zuckte durch das Licht der Dämmerung, Wind zerrte an den Zeltwänden, zog die Heringe aus dem Sand, das Vorzelt flatterte wild, dann prasselte Regen nieder und drückte die Zeltwände hinunter.

»Haltet das Zelt fest«, rief Claude, »bin gleich wieder da!«, riss den Reißverschluss auf und stürzte über den verwaisten Strand, die Serpentinen hinauf, zum Auto. Der Gewitterregen ließ nach, hinter den Wolken wurde es licht. Tür auf, in welcher verdammten Kiste? Claude war sicher, sie musste dort sein – tatsächlich, unter der Bücherkiste lag sie, die alte Kamera mit Selbstauslöser.

Drei regennasse strahlende Gesichter. Der Horizont lag schief.

Ende

Obrigada – danke – grazie!

Portugal ist mir in den Achtziger- und Neunzigerjahren ein zweites Zuhause gewesen, vor allem Lissabon und der weite Süden. Ich war einer Fantasie meiner Kindheit gefolgt, Portugal – das klang zauberhaft, verheißungsvoll, und es war die ferne, unbekannte Welt, aus der Manuel kam. Der junge Pianist, der eines Tages bei uns zu Hause im Wohnzimmer saß, weil meine Mutter für ihn in Deutschland Konzerte organisierte. Er war aus Portugal geflohen, vor dem Militärdienst und dem Krieg in den portugiesischen Kolonien. Viele Jahre später, lange nach dem Ende der Diktatur und der Nelkenrevolution, überließ mir Manuel für einen Winter sein Haus in der Algarve, damit ich in Ruhe mein erstes Buch über Portugal recherchieren konnte. Es wurde eine Reise, auf der ich wahrhaftig neue Welten entdeckte.

In dieser Zeit sind Herminho und ich Freunde geworden. Er öffnete mir in Portugal Türen zu erstaunlichen Orten, aber auch zu diesem eigenartig sehnsüchtigen Lebensgefühl. Als ich nach 15 Jahren für die Recherche zum »Sommer unseres Lebens« endlich nach Lissabon zurückkehrte, erwartete mich Herminho. In einer Fadobar. Was sind schon 15 Jahre? Querido amigo, um abraço!

Meinem wunderbaren, humorvollen Lektor Martin Breitfeld sei Dank, dass einige stilistische Gefühlsausbrüche in diesem »Frauenroman« mit schlichter Eleganz redigiert wurden. Aber nun, lieber Martin, sei stark, auf dieser letzten, nicht lektorierten Seite darf ich hemmungslos schwelgen.

Denn es geht um meine Freundinnen. Um Tani, Taniiii!!, meine Muse für den »Sommer unseres Lebens«, die mir in den letzten drei (ja, wirklich schon drei!!) Jahrzehnten eine Schwester geworden ist. Aber genauso um all meine anderen warmherzigen, schwatzhaften, lustigen, schräg gestrickten und auch mal zickigen Freundinnen. Egal, wo ihr lebt und dass wir uns viel zu selten sehen, ob wir Dramen des Lebens und Liebens gedreht und gewendet, durchlitten und genossen, uns gestritten und betrunken, beneidet oder bewundert haben – ohne euch würde ich trist verwelken wie ein Primelchen. Dieser Sommer ist euch allen gewidmet.

Und natürlich meinen drei Jungs. Kolya und Luca, die klaglos unverantwortlich viele Fischstäbchen verdrückten, während sie ihre schreibende Mama wieder einmal ziemlich geduldig ertragen haben, und Roman. Der Liebe meines Lebens.

Genua, im Januar 2017

Weitere Titel von Kirsten Wulf bei Kiepenheuer & Witsch

Aller Anfang ist Apulien. Roman.
Taschenbuch. Verfügbar auch als E-Book

Tanz der Tarantel. Ein Apulien-Krimi.
Taschenbuch. Verfügbar auch als E-Book

Vino mortale. Ein Apulien-Krimi.
Taschenbuch. Verfügbar auch als E-Book

Leseproben und mehr unter www.kiwi-verlag.de

Cora Stephan. Ab heute heiße ich Margo. Roman.
Taschenbuch. Verfügbar auch als E-Book

Stendal in den Dreißigerjahren: Hier kreuzen sich die Wege von Margo und Helene. Margo ist Lehrling in der Buchhaltung, Helene Fotografin. Sie lieben denselben Mann, werden durch den Krieg und die deutsche Teilung getrennt und bleiben doch miteinander verbunden. Die Geschichte zweier Frauen mit einem gemeinsamen Geheimnis, berührend, fesselnd und voller Überraschungen!

Leseproben und mehr unter www.kiwi-verlag.de

Beth Hoffman. Ein Laden, der Glück verkauft. Roman. Deutsch von Jenny Merling. Taschenbuch. Verfügbar auch als E-Book

Aus alten Möbeln kleine Schätze zaubern, das wollte Teddi schon immer. Als sie einen kleinen Antiquitätenladen übernehmen kann, scheint daher ihr Glück vollkommen. Doch eine mysteriöse Nachricht aus der Vergangenheit droht alles ins Wanken zu bringen ...
Ein herzerwärmender Roman über eine Frau, die ihr Glück mit eigenen Händen zu formen weiß.

Leseproben und mehr unter www.kiwi-verlag.de